EDEN CITY

Dans la série
EDEN CITY

Cet ouvrage a été réalisé par les Éditions Milan
avec la collaboration de Sophie Boizard
et de Marianne Magnier-Ripert.
Conception graphique : Bruno Douin
Mise en page : Petits Papiers

300, rue Léon-Joulin, 31101 Toulouse Cedex 9, France
Loi 49-956 du 16 juillet 1949 sur les publications
destinées à la jeunesse
ISBN : 978-2-7459-2582-4
www.editionsmilan.com

N. M. ZIMMERMANN

EDEN CITY

LES PATROUILLES DU CRÉPUSCULE

MILAN

Pour Morgane Giordano-Schmitt, dont le travail a été une précieuse source d'inspiration, et qui sera un jour une très grande mangaka : arigatô gozaimasu.

N. M. Z.

Prologue

Quand on est en guerre, il n'y a plus de règles. Il ne reste que la survie et nos seules armes : connais ton ennemi. Nous étions en guerre, ça, il n'y avait aucun doute, mais notre ennemi était une ombre parmi les ombres et il m'arrivait de me réveiller en pleine nuit, hantée par l'idée qu'en le regardant bien attentivement, nous finirions par dissiper les ténèbres pour y découvrir notre propre visage. Autour de moi, tous semblaient marcher droit devant, dans une direction précise. Je les suivais, mais en réalité, j'ignorais où nous nous rendions. Aujourd'hui encore, j'avais répondu à la convocation de mon supérieur et j'étais là, assise sur ma chaise de métal, à regarder l'écran qui me faisait face, sans réussir à comprendre ce que Justin attendait de moi.

Rapport du 05/10/07 à 03h56
Lieu d'émission : Quartier Rouge (Edencity – Middle State)
Section E3, patrouille 24

Les informations continuaient de défiler sur un fond noir. Je m'agitai sur mon siège et jetai un coup d'œil nerveux à mon chef de section. Il me désigna le téléviseur d'un geste impérieux. Je reportai docilement mon attention sur les images filmées par les E3 – Externes de troisième catégorie, les ombres, ainsi qu'on les appelait plus volontiers.

Un homme apparut sur l'écran, les cheveux en bataille et les vêtements déchirés. Sa chemise tachée de rouge collait à sa peau en plusieurs endroits. Il lança un regard circulaire et se tourna vers la caméra. Derrière lui, un néon annonçant « Nuit éternelle – pompes funèbres » clignotait doucement dans l'obscurité.

– Rapport numéro… oh, et puis qu'est-ce qu'on en a à faire ? Je ne me souviens plus de ce foutu numéro. (Il secoua convulsivement la tête et partit d'un rire angoissé.) Disons que c'est le dernier rapport, oui, c'est ça : le dernier rapport de la patrouille 24.

Le bruit de sa respiration fut soudain couvert par une série de crachotements. Il tressaillit et se rapprocha de la caméra pour la remettre d'aplomb – je n'arrivais pas à voir sur quoi elle était posée, probablement un couvercle de poubelle d'après le bruit métallique qu'avait produit son repositionnement.

– J'ai lancé un appel au secours il y a presque dix minutes, mais ils m'auront bientôt trouvé. Celui que j'ai eu au téléphone – Ben ? C'était toi, je pense – m'a dit que les spécialistes arrivaient tout de suite. Mais ils ne viendront pas, pas assez tôt en tout cas. Ce soir, c'est ma dernière nuit. On sent ces choses-là, non ? Je sais pas pourquoi je vous raconte ça : vous, les bureaucrates, vous vous en foutez de ceux qui crèvent sur le terrain. Après tout, on n'est que de tout petits pions sur votre grand échiquier ; aujourd'hui, votre armée perd un soldat, rien de plus. Je sais ce que vous vous dites : je suis censé faire un rapport sur la situation, pas m'étendre sur mes états d'âme. Mais quand vous aurez cette cassette, je serai mort. Cette fois-ci, chef, vous pouvez vous mettre vos blâmes où je pense. J'ai jamais voulu bosser pour vous, de toute façon.

Il y eut un grand bruit de verre brisé. L'homme fit un pas de côté d'un air incertain, puis se ravisa et se tourna de nouveau vers la caméra.

– Je suis dans le quartier des nécromanciens, le secteur 5, comme vous dites. Ici, c'est… je ne sais pas ce que c'est, mais si l'Enfer existe, ça y ressemble bien. Je peux rien vous dire de la situation, rien ! Ils ont eu Maria et… il y en a partout. Ils se relèvent un par un et ils se jettent sur tout ce qui passe. Ils sont devenus fous. Même les nécromanciens, ils ont perdu le contrôle, ils… Oh mon Dieu ! Non, je vous en prie ! Non !

Le dernier cri se perdit dans un gargouillement. Il y eut un choc sourd et l'écran se remplit de neige, pas assez vite cependant pour nous empêcher d'entendre un craquement très caractéristique – un bruit d'os broyé.

Rapport découvert le 14/10/07 à 13h37
Lieu : Quartier Rouge (Secteur 5 – nécromancien)
Patrouille de remplacement exigée
En demande d'informations

– Il est mort ? interrogeai-je.

– Oui, répondit calmement Justin en allant retirer la cassette du magnétoscope. Où étais-tu, cette nuit-là ?

– Lundi ? (Je réfléchis un court instant.) Chez moi, dis-je, sans comprendre.

– Et Gaspard ?

J'ébauchai un mouvement d'impuissance – ce que faisait mon coéquipier en dehors de nos heures de travail ne me regardait pas.

– Où est-il, en ce moment ?

– Je ne sais pas.

– La mission des ombres est de récolter des informations, pas de combattre les zombies.

– Oui, dis-je en baissant la tête.

Je voyais où il voulait en venir : c'était à nous, les spécialistes, d'éliminer ce genre de créatures. Nous aurions dû être là pour protéger la patrouille 24.

– Les renforts dont il parle, reprit-il en rangeant lentement la cassette, c'était vous.

– Quoi ?

– La section E3 m'a effectivement fait parvenir une demande d'intervention dans la nuit du 5 octobre. J'ai essayé de contacter Gaspard, mais il était injoignable. Exactement comme aujourd'hui. Je ne pouvais pas t'envoyer sur le terrain sans superviseur – c'est contre les règles élémentaires de sécurité et tu n'as pas encore assez d'expérience pour gérer ce genre de situation. Le temps que je trouve une autre équipe, Kyle Truman était mort, dévoré par des zombies. Ils lui ont miséricordieusement brisé les vertèbres cervicales au préalable ; par contre, il faut croire que la bonne étoile de son équipière n'était pas de garde cette nuit-là.

– Oh mon Dieu, murmurai-je. Je suis vraiment désolée, Justin.

– Ce n'est pas de ta faute. Mais Gaspard, lui… Tu n'as vraiment aucune idée de l'endroit où il se trouve ?

– Non, pas la moindre.

Justin fit claquer ses chaussures vernies sur le sol et secoua la tête d'un air désapprobateur.

– Cette cassette est notre seul indice concernant ce qui s'est passé avant-hier soir. En fait, c'est même la seule preuve en notre possession qu'il s'est passé *quelque chose*. Durant une nuit, les nécromanciens et leurs créatures sont devenus complètement enragés, de vraies bêtes sauvages. Le lendemain matin, tout était rentré dans l'ordre.

– Il y a eu des victimes ?

– Humaines ? Non, personne, à part notre patrouille. Nous avons eu de la chance, une chance qui ne se reproduira pas une deuxième fois, tu peux en être sûre. Par contre chez *eux*... (Il eut un sourire sans joie.) Certains se sont fait dévorer par leurs propres zombies. Maintenant, ils savent eux aussi ce que c'est que de se retrouver face à leurs monstres, ajouta-t-il plus sombrement.

– Le secteur a été nettoyé ? demandai-je, mal à l'aise.

– Les nécromanciens s'en sont chargés eux-mêmes, ils nous ont envoyé la cassette. On doit être vigilants, beaucoup plus vigilants : on ne peut pas se permettre de laisser la situation dégénérer. C'est déjà un miracle que la population ne se soit aperçue de rien – règlement de compte entre bandes rivales, ils sont vraiment prêts à tout avaler, marmonna-t-il. Je compte sur toi et Gaspard pour trouver quel est le problème et le *régler*, c'est clair ?

– Très clair.

– Allez, retourne au travail, dit-il, brusquement. On n'a pas de temps à perdre : chaque heure compte.

Je me levai et me dirigeai vers la porte après avoir enfilé la veste qui dissimulait mon arme.

– Saralyn !

Je me retournai.

– Quand tu verras ton équipier, dis-lui que deux humains sont morts par sa faute : je ne veux plus jamais qu'il disparaisse de cette façon. Jamais.

Je me perdis dans la contemplation de son costume gris et pinçai les lèvres.

– Compris, acquiesçai-je.

Chapitre 1

Je n'avais jamais vraiment apprécié Steven Drake. Pas même lorsqu'il était encore en vie. Finalement, le fait qu'il soit mort n'avait pas arrangé les choses. Je n'écoutais plus ce qu'il disait depuis un certain temps. J'avais tort – je le payais pour qu'il parle. J'essayai à nouveau de me concentrer sur le flot de paroles qui se déversait hors de sa bouche, mais n'y parvins pas. C'était plus fort que moi, son visage me fascinait. Le nécromancien qui l'avait ramené était très puissant, c'était indéniable : mise à part une certaine rigidité dans la mâchoire, on aurait juré qu'il était vivant. Évidemment, si on prenait en compte le fait que la mâchoire en question avait été pulvérisée à coups de barre de fer, elle était d'une souplesse admirable.

Non, je n'aimais pas Steven Drake ; il avait cette insupportable assurance de ceux qui se croient invincibles, et cela même avant d'être réanimé. L'expérience prouvait qu'il avait tort : cafarder les secrets des corbusards n'est pas un boulot très sûr. Il avait eu de la chance d'être aussi utile à l'Organisation, sinon nous l'aurions laissé pourrir dans son cercueil. À présent, il était devenu difficile de tirer quelque chose de lui – il avait l'impression que rien ne pouvait plus l'atteindre puisqu'il avait défié la mort et qu'il en était revenu. Ils pensent tous ça, au début, mais c'est une erreur : tuer un ressuscité n'est pas un problème, pas plus que d'éliminer un être humain normal.

Je m'aperçus que ma jambe se balançait d'avant en arrière en un lancinant va-et-vient. Je l'immobilisai et reposai mon pied par terre, fournissant un violent effort pour ne pas perdre mon empire sur moi-même. À nouveau, je réprimai une irrésistible envie de m'agiter sur ma chaise : Steven me mettait mal à l'aise – tout son être sentait la mort. Sa chair avait encore quelque chose de la teinte cireuse du cadavre, et, parfois, ses membres semblaient rouillés tant leurs mouvements étaient raides. Ses blessures n'étaient pas complètement résorbées et l'odeur viciée qui s'en échappait me rendait folle. Mais c'était un rappelé récent, et je savais qu'avec le temps le pouvoir finirait par investir son corps au point de lui donner toutes les apparences de la vie : dans quelques années, il serait pratiquement impossible de le distinguer d'un humain.

Je secouai la tête et respirai à fond, tâchant de réduire au silence l'instinct qui me hurlait de sauter à la gorge de mon interlocuteur ou de prendre mes jambes à mon cou. Voire les deux. Dire que moins d'un mois auparavant, c'était l'un des nôtres. Un sale type, mais un humain. Il était passé de l'autre côté de la barrière ; désormais, c'était un corbusard, une créature surnaturelle. C'était ainsi que nous les appelions, nous, les membres de l'Organisation : des corbusards. Je songeai qu'au fil du temps j'avais cessé d'employer ce terme peu flatteur devant eux : c'était dangereux et j'avais le sentiment que tout ce qu'il contenait de haine et de mépris était souvent injustifié. Pourtant, ça reflétait assez bien ce que je pensais de Steven – je n'aurais jamais fait appel à lui s'il n'avait été mon dernier espoir. Traiter avec lui me rendait nerveuse parce que même quand il était encore en vie, il était de notoriété publique qu'il n'était pas fiable. Oui, Steven était loin d'être notre meilleur informateur et on ne pouvait pas lui faire confiance, mais c'était le seul à aimer assez l'argent pour réussir à vaincre sa peur. Il m'arrivait de penser qu'il aurait vendu sa propre mère si on lui avait fait une offre.

– Saralyn ? Tu as écouté ce que je viens de dire ?

Entendre mon nom me fit sursauter. Je revins brusquement à la réalité et relevai la tête en essayant de ne pas perdre contenance.

– Non, mais je suppose que tu étais en train de faire la liste de tout ce que tu exiges en échange de ce que tu sais, dis-je d'un ton las. Pour autant que tu saches quelque chose...

– C'est exact. Je veux la protection de l'Organisation et davantage d'argent.

– Pourquoi ? questionnai-je en haussant les sourcils. Notre prix n'est pas négociable et tu le sais très bien. Et depuis quand as-tu besoin de gardes du corps ?

– Tu n'as pas l'air de te rendre compte de ce que tu me demandes : je te fournis des informations sur les plus puissantes créatures de cette ville. Je risque ma vie pour toi !

– Tu es mort, objectai-je. Et tu te mets en danger pour de l'argent, pas pour moi.

Steven se recroquevilla dans son costume jaune mayonnaise. Une horreur à tout point de vue – je me demandais où il avait pu faire l'acquisition d'une chose pareille. Il me lança un regard noir. Visiblement, il n'appréciait pas qu'on lui rappelle son nouveau statut de cadavre ambulant. Je sentis les coins de mes lèvres se relever en un rictus. Steven me fixa un instant du regard, visiblement perturbé.

– Je veux bien conserver le tarif habituel, mais je ne dirai rien sans une protection rapprochée, déclara-t-il, semblant insinuer qu'il me faisait une faveur.

La façon condescendante dont il me traitait m'énervait. En vérité, c'était comme ça que la plupart des gens avec lesquels je travaillais s'adressaient à moi. Justin disait que ça finirait par s'arranger, mais Gaspard m'avait assuré que ça ne changerait pas tant que je ne deviendrais pas un monstre froid et impitoyable. Parfois, je craignais qu'il n'ait raison.

– J'espère que c'est une plaisanterie ! dis-je de ma voix la plus glaciale. L'Organisation ne protège pas les corbusards, nous avons déjà suffisamment à faire avec les humains.

– Écoute, gamine, c'est à prendre ou à laisser, siffla-t-il. Si tu veux savoir ce qui se passe dans le Quartier Rouge, tu dois m'accorder ce que je te demande.

– En plus de l'argent ?

Il acquiesça en silence. Il commençait à me taper sérieusement sur les nerfs. Il fallait toujours que Steven négocie pendant des heures avant de passer à table et je n'avais pas toute la soirée devant moi : j'avais promis à Gaspard de l'aider à nettoyer le secteur D. Je repensai à la journée écoulée avec un soupir – certains jours paraissaient ne devoir jamais finir.

– Allez, tu peux comprendre, dit-il d'un ton larmoyant qui me donna la nausée. Tu sais ce qui s'est passé chez nous, la semaine dernière.

Je hochais affirmativement la tête – la patrouille 24 : c'était pour ça que j'étais là.

– Ça fait combien de temps que tu bosses pour l'Organisation, deux mois ?

– Trois, rectifiai-je. Et je ne vois pas le rapport avec tes conditions.

– Je ne compte pas servir d'indic toute ma vie. En plus, les nécromanciens se doutent de quelque chose, j'ai beau être un rappelé, ils se méfient de moi.

– Tout le monde se méfie de toi, Steven. De toute façon, tu appartiens à l'Organisation jusqu'au jour de ta mort… définitive, ajoutai-je par souci de précision. Tu n'avais qu'à pas mettre ton nez de fouine dans nos affaires.

– Mourir, hein ? Vous ne m'avez même pas laissé cette chance ! dit-il en haussant le ton. Et j'enquêtais sur la disparition d'une fille : je faisais seulement mon boulot. Je n'avais jamais entendu parler de l'ORPHS – Organisation pour la Pacification, tu parles ! cracha-t-il. Si j'avais eu la moindre idée que les zombies, les vampires et tous ces autres trucs existaient, j'aurais quitté cette saleté de ville. Alors, comment je pouvais deviner que j'allais tomber sur vous ?

– Tu ne pouvais pas. Mais tu as eu de la chance que nous t'ayons ramassé : tu n'aurais pas fait de vieux os, là où tu étais.

– Comment j'aurais deviné ? répéta-t-il. Dis-moi comment les humains peuvent savoir que le Fantasmagoria est le terrain de chasse des gargouilles, hein ?

– Ils ne peuvent pas, Steven, répondis-je avec lassitude.

– On devrait mettre les humains au courant, on n'a pas le droit de leur cacher qu'*ils* sont là.

– Ça ne te regarde pas. C'est le problème de l'Organisation et sache que sans tes talents de détective diplômé, tu étais mort. Alors, maintenant, tu vas répondre à mes questions ?

– Oh, je t'en prie ! Je sais que vous, les spécialistes, vous êtes dévoués corps et âme à votre cause et tout le baratin, mais pas moi ! L'Organisation m'a enrôlé sans me demander mon avis ; en l'espace de vingt-quatre heures, elle m'a tout pris et elle a fait de moi… Qu'est-ce qu'elle a fait de moi au juste ?

– Une taupe ? proposai-je.

– Tu sais très bien ce que je veux dire : nos vies ont été effacées. C'est comme si on avait toujours été là, et on y sera toujours.

Je baissai les yeux – c'était vrai : ça ne faisait que trois malheureux mois que j'étais une spécialiste, et j'avais l'impression de traquer les créatures surnaturelles hostiles depuis des décennies. Je n'avais plus de passé et pas d'autre avenir. C'était sûrement mieux comme ça. Oui, sûrement, cependant il m'arrivait de regretter le temps où je croyais que les vampires étaient des monstres imaginaires à grandes dents qu'on pouvait chasser avec une gousse d'ail et un crucifix.

Steven se racla la gorge dans un répugnant bruit de déglutition et se tordit le cou pour essayer d'apercevoir la mallette coincée entre mes pieds. Je crispai mes doigts sur le bord de la table, mais c'était trop tard : l'exiguïté et la saleté de la pièce s'imposèrent dans mon esprit, en chassant toute autre considération. Jusqu'ici, j'avais réussi à fixer mon attention sur Steven, oubliant presque que j'étais dans une cave, que cette cave était enfoncée sous la terre et qu'elle ne disposait que d'une seule issue. Maintenant que j'en avais pris conscience, il *fallait* que je sorte.

– Écoute, je ne peux rien faire pour toi, mes supérieurs n'accepteront jamais tes conditions. Tu sais que j'ai raison : Justin te déteste et il ne lèvera pas le petit doigt pour toi. Je suis désolée d'avoir à te dire ça, mais voilà *notre* proposition : ou tu parles immédiatement ou bien c'est *moi* qui te tue.

Il tiqua et enfonça son dos potelé dans le dossier de sa chaise, ruminant son stupide entêtement. Je ramassai mon sac à main sans le quitter des yeux et en sortis un Asac 380 flambant neuf. L'arme accrochait la lumière électrique, jetant des éclats froids.

– Je ne plaisante pas, Steven, articulai-je.

C'était faux : je ne l'aurais pas fait. Même s'il était mort, j'avais encore en mémoire l'être humain qu'il était quelques semaines auparavant, et je ne tuais pas d'êtres humains. Je détestais être obligée de me comporter comme je le faisais, et l'antipathie que j'éprouvais vis-à-vis de Steven n'y changeait rien. *Ne les laissez jamais vous tenir tête. Si un corbusard vous résiste, sortez votre arme et menacez-le. S'il ne cède pas, montrez-lui que l'Organisation tient toujours ses promesses (procédure d'interrogatoire de niveau 1).* Je n'avais encore jamais eu à exécuter mes menaces – nos informateurs savaient tous qu'ils étaient en sursis : moi, j'hésitais, pas l'Organisation. Pourtant, même si je ne le voulais pas, j'étais consciente que ça viendrait tôt ou tard, qu'à un moment ou à un autre, chacun d'entre nous devait apprendre à se faire respecter pour lui-même.

Je reportai mon attention sur Steven. Il n'avait pas bougé et tentait de garder l'air détendu, mais j'étais certaine que s'il avait été vivant, il aurait été en train de transpirer. La vérité, c'était qu'il ne me craignait pas le moins du monde. Cependant, il savait que s'il ne répondait pas, j'irais chercher Gaspard, et lui, il lui faisait peur.

– Alors, est-ce que tu vas me dire ce que tu sais ? demandai-je d'un ton neutre.

Je posai l'arme sur la table mais gardai le doigt sur la détente, espérant qu'il ne résisterait pas. S'il tentait quelque chose, je n'aurais pas d'autre choix que de le dénoncer : nous ne pouvions pas nous permettre de conserver des éléments dissidents, et si Steven décidait de changer de camp, il représenterait une menace pour l'Organisation

– D'accord, d'accord. T'énerve pas. Qu'est-ce que tu veux savoir exactement ? capitula-t-il.

Je sentis mes muscles se détendre – un filet de sueur coula le long de mon échine. Je songeai fugitivement que j'avais presque autant horreur d'être derrière le pistolet que devant.

– Où est Dagon ?

La mâchoire de Steven s'affaissa. Plus que la normale. Je détournai la tête.

– Il n'est plus là.

– Sans blague ? Ne me prends pas pour une idiote !

– J'en ai aucune idée, paniqua-t-il. Je te dis que je ne suis au courant de rien !

– C'est impossible : tu es au service de son bras droit. Il ne peut pas ignorer où est son dirigeant.

– Non, Dagon a disparu sans laisser de trace. Je t'assure que si les nécromanciens savaient où il se trouve, ils iraient le chercher en vitesse. Tout le monde est au courant que nous avons été les plus touchés pendant la nuit de sa disparition. Hein, tu le sais, toi aussi ! La situation est plus ou moins sous contrôle, pour le moment, mais la communauté ne survivra pas longtemps sans lui : ce n'est plus qu'une question de temps…

– C'est Démétrius, n'est-ce pas ?

– Ouais.

Steven s'agita nerveusement sur son siège. Il ne voulait pas parler de Démétrius. Comme tous les autres. Pourtant, les corbusards n'avaient que ce nom à la bouche depuis des semaines. Démétrius. Chacun d'entre nous sentait sa présence : il était là, partout, telle une ombre menaçante prête à s'abattre sur nos têtes. Une question de temps, oui, c'était ce que disaient tous mes contacts.

– Quelles sont les chances pour que Dagon revienne ? demandai-je.

– Pas terrible. Il est sûrement mort.

Je mordillai nerveusement une mèche de cheveux. J'avais espéré qu'il était parti se terrer quelque part avant que Démétrius ne mette la main sur lui : depuis la nuit où le dirigeant des nécromanciens s'était volatilisé, ses sujets étaient devenus incontrôlables. L'Organisation avait de plus en plus de mal à étouffer les rumeurs qui circulaient au sein de la population humaine, et pas un soir ne se passait sans que des zombies sortis de nulle part ne nous causent des problèmes. Dagon était le seul à pouvoir remettre de l'ordre là-dedans : Démétrius était puissant mais trop contesté pour faire réellement revenir le calme.

– Bon, passons à ce que tu sais *vraiment*, soupirai-je. Et essaye d'être un peu précis, pour une fois. Parle-moi de Démétrius.

– Non. Non, pas question.

Je contemplai ostensiblement mon arme. Steven baissa la tête – il empestait la panique.

– Tu peux tirer si tu veux, je ne dirai rien sur lui. Si je le fais, il me tuera, et je sais que ce sera bien plus douloureux qu'une balle dans la tête.

Il prit un air buté et se mit à tripoter son atroce cravate bleue, sur laquelle gambadaient un certain nombre de trucs à plume que j'aurais personnellement identifiés comme des sortes de dindes… mais je pouvais me tromper. Mon pied recommença à se balancer. Je n'avais rien pu tirer d'aucun de mes informateurs sur Démétrius : ils prétendaient n'avoir pas la moindre idée de ce qui se passait. Pour certains, c'était vrai, mais la plupart d'entre eux avaient juste trop peur pour risquer de mettre la créature la plus puissante de tout Edencity en colère. Je pouvais comprendre ça : ils avaient souvent une famille et j'étais certaine que Démétrius était capable de se montrer extrêmement persuasif. Seulement, avec Steven, j'avais un argument de poids.

– Steven, là nous avons un énorme problème parce que si tu as des informations dont j'ai besoin et que tu refuses de me les donner… (J'esquissai une grimace navrée.) Tu sais quelle est la procédure dans ce genre de cas ?

Steven avala bruyamment sa salive et fit un signe de dénégation.

– Nous ne te tuerons pas, nous ne tuons pas d'humains sans raison valable, enfin, même si cette définition ne te convient plus vraiment, maintenant. Mais je trouverais plutôt fâcheux que les non-humains découvrent ce que tu fais dans leur dos, pas toi ?

Il blêmit et ses yeux prirent une teinte vitreuse. Je savais que j'avais touché une corde sensible – une victime des nécromanciens donnerait tout pour une balle de revolver.

– Dis-moi pourquoi le Quartier Rouge est autant en effervescence, repris-je. Les vampires et les gargouilles en sont presque à s'entre-tuer sous les yeux des passants.

Faire disparaître les traces de ces altercations était chaque jour plus difficile : ils se tuaient aussi vite qu'on ramassait les corps. Pourtant, le nombre des créatures présentes dans la ville n'avait pas l'air de diminuer. Je me demandais combien de temps la population continuerait d'ignorer l'existence de toutes ces charmantes bestioles.

– Ouais, c'est vrai, dit Steven. C'est la guerre. Les anciens maîtres de la ville affrontent les partisans de Démétrius pour retrouver leur pouvoir. Ils s'affaiblissent de jour en jour tandis que *Lui*... (il secoua la tête) sa puissance dépassera bientôt tout ce qu'on peut imaginer. Plus rien ni personne ne pourra l'arrêter.

J'eus un frémissement de soulagement – cette fois-ci, la partie était gagnée : quand il commençait à parler, on pouvait apprendre tout ce qu'on voulait de Steven à condition de bien savoir le manœuvrer. J'enlevai mon doigt de la détente de l'Asac et laissai mes épaules se relâcher. En réalité, j'étais certaine qu'il donnait libre cours à son goût pour la trahison bien plus volontiers qu'il le laissait entendre : chaque information était tarifée.

– Tu n'aurais rien de plus précis ? hasardai-je.

– Chacun a choisi son camp, et tout le monde se bat contre tout le monde, grogna-t-il.

– Qui conduit l'opposition contre Démétrius ?

– Conduire, c'est beaucoup dire. Les trois dirigeants encore libres ont essayé de s'allier, mais, en fait, c'est chacun pour soi. Tu les as vus, ils sont incapables de se mettre d'accord : Gabriel et Redja se détestent et Darius est pour la neutralité, comme d'habitude.

Il haussa les épaules. Rien de très surprenant jusqu'ici, cependant ça me rassurait de penser que les mages continuaient de rester hors du conflit. Je hochai la tête, lui signalant de continuer.

– Je dirais que les gargouilles sont les plus puissantes pour le moment, Gabriel est le seul à n'avoir pas été touché par les attaques de Démétrius. Ça ne durera probablement pas : un grand nombre de sorciers et de nécromanciens se révoltent et rejoignent l'opposition. Ils n'apprécient pas que Démétrius ait tué leurs chefs et pris leur contrôle aussi vite. Ce n'est pas la première fois qu'un truc pareil arrive bien sûr, mais là c'est différent. Ils ont la trouille : Démétrius est bien plus puissant que tous les autres dirigeants et il s'obstine à ne pas se montrer.

C'était malheureusement vrai. Démétrius s'attaquait à toutes les communautés les unes après les autres. Il avait vaincu Virgile et Dagon – les sorciers et les nécromanciens lui appartenaient, à présent. Les vampires s'étant ralliés à lui, ce qui, de leur point de vue, était certainement une sage décision, il contrôlait la moitié de la ville. Son nouveau statut lui avait valu le surnom peu flatteur de « Gangrène d'Edencity » dans le milieu des corbusards. J'esquissai un sourire en y repensant : les non-humains ne pouvaient jamais s'empêcher de tomber dans le grandiloquent.

– Démétrius est le premier à réussir à contrôler plusieurs communautés différentes ; si les sorciers avaient pensé qu'un jour ils combattraient aux côtés des zombies… (Steven laissa échapper un ricanement.) Ils se sentent sûrement très humiliés, eux qui se prenaient pour les rois du monde surnaturel. En ce qui concerne l'opposition, les djinns et les gargouilles se bagarrent pour savoir qui doit diriger leur armée et Darius les regarde avec mépris depuis sa volière : ça fait au moins quinze jours qu'il est enfermé dans son palais, au milieu de ses oiseaux.

– Ils vont perdre, dis-je.

– Oui. D'ici quelques mois, Démétrius contrôlera totalement Edencity, tu peux me croire.

Je frissonnai – Edencity, la ville comportant la plus grosse concentration de corbusards de tout le Middle State. Peut-être même de tout le Continent. Qui sait ce que pourrait faire Démétrius avec une telle armée ?

Je regardai la pendule accrochée sur le mur : j'étais en retard. Je rengainai mon arme et posai la valise sur la table. Steven la tira à lui et la serra contre son estomac.

– C'est toujours un plaisir de faire affaire avec toi, dit-il en grimaçant un sourire sans joie.

Je comptai lentement jusqu'à trente tandis que le bruit de ses pas résonnant sur le pavé s'éloignait. Puis, je me précipitai hors de la cave et partis en direction du secteur D.

Chapitre 2

Ma voiture était trop bruyante ; je l'abandonnai sur le bas-côté de la route et coupai à travers champs pour rejoindre le secteur D à pied. Enfin, les piliers imposants qui marquaient l'entrée du cimetière apparurent – l'arène des zombies, c'était ainsi que les employés de l'Organisation l'appelaient. Je m'arrêtai devant la grille et examinai les allées d'un regard incertain. Elles étaient désertes, cependant une odeur caractéristique flottait dans l'air : aujourd'hui, des morts s'étaient relevés. Je m'approchai encore, jusqu'à appuyer mon visage contre les barreaux en fer. Le métal rouillé gémit, comme pour m'inviter à pousser les battants, mais je restai là. Je n'aimais pas franchir cette grille qui se dressait telle la limite entre le monde des cadavres et celui des vivants. Je continuai de fouiller consciencieusement les ténèbres à la recherche des zombies durant quelques instants. Pourtant, je savais que c'était inutile : seules les stèles de marbre et de granit peuplaient la nuit froide. Au bout du cimetière, trois tombes côte à côte étaient ouvertes. Un frisson me parcourut l'échine – ils étaient déjà loin.

Je repartis au pas de course, soudain prise d'une crainte superstitieuse. C'était ridicule : il n'y avait rien ici, mais, malgré l'air immobile, de légers tremblements de peur m'électrisaient. J'espérais que Gaspard serait déjà arrivé.

Enfin, je l'aperçus, droit devant moi. Je m'arrêtai pour reprendre mon souffle et m'avançai d'une démarche mesurée. Mon coéquipier était adossé à sa voiture, entouré par des volutes de fumée qui formaient un halo trouble autour de son visage. Il ne regardait pas dans ma direction. Je m'approchai sur la pointe des pieds et m'immobilisai dans le silence le plus absolu.

– Tu es en retard, dit-il posément, sans même se retourner.

– Comment savais-tu que j'étais là ? demandai-je, vaguement désappointée.

– Un chasseur ne se laisse jamais surprendre.

Je le rejoignis dans la lumière des phares, décontenancée. Il me jeta un coup d'œil moqueur.

– Je ne comprends pas, dis-je. Tu n'as pas pu m'entendre. C'est impossible.

– Toi non, mais ta caisse si. Je reconnaîtrais n'importe où le bruit que fait la poubelle qui te sert de voiture en s'arrêtant : on croirait assister aux derniers instants d'un tuberculeux.

– Ça s'entendait d'ici ?

– Oui, mais te bile pas pour ça : ils sont toujours là.

Le bout rougeoyant de sa cigarette projetait des ombres sur son visage impassible. Par moments, j'avais l'impression de ne plus le connaître – comme s'il devenait une tout autre personne, quelqu'un de plus grave, de plus âgé. C'était souvent le cas avant qu'il n'aille chasser. Oui, moi, je rendais quelques zombies à leurs dernières demeures non sans un certain malaise, mais lui, il chassait et il aimait ça. Je suivis son regard ; des formes indistinctes s'agitaient dans les fourrés.

– Ils se rapprochent de plus en plus depuis tout à l'heure. Je crois qu'ils commencent à avoir la dalle.

– Alors nous ferions peut-être mieux d'y aller, suggérai-je.

– Ouais. On y va.

J'armai mon Magnum avec un soupir. Gaspard souffla un dernier rond de fumée d'un air pensif puis écrasa le mégot d'un coup de talon : il était temps de nous mettre au travail. Je levai les yeux vers le ciel dégagé – l'éclat des étoiles semblait terni dans la nuit trop claire et la lune enveloppait la campagne d'une lueur blafarde. Gaspard partit d'un pas rapide, comme pour me distancer. Je fronçai les sourcils : apparemment, il avait décidé de se passer de lampe.

– Est-ce que tu vois… suffisamment ? interrogeai-je.

Il acquiesça d'un signe de tête agacé sans me regarder – habituellement, il se munissait de lunettes infrarouges, mais aujourd'hui, il semblait les avoir oubliées. Il ne me laissait jamais prendre les devants lors de nos expéditions nocturnes, alors que j'étais bien plus à l'aise que lui dans le noir. J'observai un instant sa silhouette et essayai de deviner le nombre d'armes qu'il transportait sur lui. Gaspard était un authentique fanatique d'artillerie lourde et il ne sortait jamais sans s'être au préalable muni d'assez de matériel pour pouvoir équiper un régiment. Je supposais que ça l'aidait à se sentir en sécurité, même si personne ne savait mieux que lui que nous n'étions jamais à l'abri et qu'aucune arme, aussi puissante fût-elle, ne pouvait nous garantir la survie. Sa main droite était crispée sur le manche de la hache qui se balançait contre son flanc, la gauche était enfoncée dans sa poche – probablement refermée sur la crosse d'une arme à feu. Gaspard paraissait parfaitement décontracté, mais ce n'était qu'une façade : il était prêt à toute éventualité, à chaque seconde. Il était toujours prêt.

– Tire-toi ! dit-il en m'écartant brutalement.

Un zombie surgit de nulle part. La hache s'abattit à deux centimètres de mon crâne et s'enfonça dans le tronc d'un arbre avec un bruit mat. Je pris une inspiration tremblante et pressai ma main contre ma poitrine pour inciter les battements de mon cœur à ralentir.

Gaspard trancha la tête du zombie puis se pencha pour découper le second signe de réanimation, profondément imprimé dans les tissus nécrosés.

– Désolé, s'excusa-t-il, un peu haletant.

– Tu peux arrêter, dis-je, les yeux fixés sur lui.

– Quoi ? demanda-t-il, enfonçant à nouveau son poignard jusqu'à la garde dans la chair du zombie.

Je pensai malgré moi à Steven : il devait lui aussi avoir le serpent à la gueule sanglante gravé sur la poitrine. Le symbole des nécromanciens me donnait des cauchemars – je me demandais quel effet ça faisait d'en être marqué de façon indélébile.

– Il n'y a plus de trace de la marque, dis-je, le cœur au bord des lèvres, tu peux arrêter.

– Oh, oui, tu as raison, répondit-il en essuyant ses doigts sur son pantalon.

Il y eut un léger craquement derrière moi. Je fis volte-face et visai la tête d'un autre zombie. De la cervelle gicla un peu partout. Je reculai avec répugnance, puis sortis mon poignard pour finir le travail.

Gaspard me regarda faire sans bouger.

– Il doit y en avoir un troisième, dis-je.

– Je m'en occupe.

Il s'enfonça dans les fourrés – le bruissement de feuilles s'acheva dans une détonation. Je relevai la tête tout en terminant de réduire le deuxième zombie à l'impuissance. Gaspard lâcha le corps qu'il transportait à côté des autres. Sans signe de réanimation, il ne restait plus que d'inoffensifs cadavres en décomposition : il paraissait tout à fait irréel qu'ils aient pu se mouvoir quelques secondes auparavant. Mon coéquipier contempla le carnage d'un air satisfait, les yeux encore brillants d'excitation. Je me redressai et tournai le dos aux zombies – je détestais la vue de ces corps décapités, surtout lorsque c'était mon œuvre. Je n'arrivais pas à comprendre comment Gaspard pouvait prendre plaisir à faire ces choses qui me dégoûtaient tant. Peut-être était-ce parce que malgré moi, je continuais de voir en eux les humains qu'ils avaient été ; lui ne voyait que les monstres qu'ils étaient devenus.

– Les tombes sont restées ouvertes, dis-je. Il faut envoyer des techniciens pour les reboucher.

– Je m'en occuperai, mâchonna-t-il.

Il retourna à sa voiture et je remarquai que son avant-bras gauche saignait.

– Qu'est-ce que tu t'es fait ? demandai-je.

– Oh, ça ? (Il essuya le sang du plat de la main avec une désinvolture qui me sembla calculée.) C'est rien : un des zombies m'a sûrement égratigné.

Je secouai la tête – cette blessure était plus ancienne que ça. Elle avait au moins deux jours.

– Non, protestai-je. C'est une plaie qui s'est rouverte.

Gaspard sortit la pelle du coffre sans répondre. Je voulus la prendre pour creuser une fosse, mais il m'écarta d'un geste.

– Laisse : c'est pas un travail pour une femme.

– Quoi ?

– Tu n'as pas à faire ça, dit-il.

– Tu n'es vraiment qu'un…

Je tournai les talons, envahie par une irrépressible colère. J'avais envie de taper du pied comme une enfant et de frapper Gaspard jusqu'à avoir évacué cette horrible énergie destructrice que je sentais monter en moi, mais une petite voix me disait qu'en réalité, ça n'avait pas grand-chose à voir avec lui et ses réflexions machistes.

– Saralyn ! Reviens ! Mais qu'est-ce qui te prend ? Saralyn ! cria-t-il plus fort alors que je pressais le pas.

Laissant tomber la pelle, il me rattrapa et me barra le passage.

– Où est-ce que tu vas ?

– Je rentre chez moi. Après tout, je ne suis qu'une faible femme : je ne vois pas en quoi je pourrais t'être utile, dis-je en essayant de le contourner.

– Idiote, dit-il, me coupant de nouveau la route.

– Laisse-moi passer !

– Non.

J'évitais de le regarder – l'envie de pleurer devenait plus forte que la colère. Non, ça n'avait décidément pas de rapport avec Gaspard.

– Tu es exaspérant !

– Je sais. Ne t'en va pas, d'accord ?

– Oui, mais moi, je… Moi, je… dis-je, incapable de finir ma phrase.

Moi, je ne servais à rien. Je n'étais pas assez forte pour que Justin m'accorde sa confiance.

– La patrouille 24 ? demanda-t-il.

– Oui. C'est de notre faute…

Ma voix trébucha : c'était ma faute. J'aurais dû être capable de les sauver.

Mais je ne l'étais pas.

– Non, dit doucement Gaspard en secouant la tête. Ce n'est pas de notre faute : c'est de *ma* faute. Tu n'y es pour rien. Justin t'a passé un savon ?

J'acquiesçai d'un signe de tête.

– C'était la première fois qu'il avait l'air aussi… Je ne sais pas… Il n'avait jamais semblé vraiment en colère contre moi.

– Ça prouve qu'il commence à te voir comme son employée et plus comme une gamine. C'est bon signe.

– Tu crois ?

– Allez, viens. Et ne fais pas trop attention à Justin : il est sur les nerfs avec tout ce qui se passe.

– Tu as sûrement raison. Oh, excuse-moi, dis-je. Ces derniers temps, je suis fatiguée, et je deviens insupportable !

Gaspard se mit à rire et alla ramasser la pelle.

– J'ai vu pire que toi, dit-il.

Il se tourna dans ma direction alors que je m'asseyais par terre à distance respectable des zombies et me considéra un instant, l'air pensif.

– Est-ce que tu comptes creuser ce trou par la force de ton esprit ? demandai-je.

Il sourit à nouveau et enfonça la pelle dans le sol sans effort apparent. La terre était aussi dure que du béton – il n'avait pas plu depuis des mois –, mais il termina rapidement. La fosse était suffisamment profonde et à l'écart pour qu'on puisse enterrer les restes sans risque. Réenterrer, corrigeai-je mentalement. J'empoignai un cadavre putréfié à bras-le-corps et le jetai vivement dedans. Je notai machinalement qu'il devait être déjà vieux lorsqu'il avait été rappelé à la vie. Nous fîmes disparaître les dernières traces de notre passage. Nous aurions pu faire appel aux techniciens de l'Organisation, après tout c'était leur travail, mais cette situation s'était reproduite tellement souvent ces derniers temps que je ne me sentais pas le courage de les déranger une fois encore. Sans compter que nous en occuper nous-mêmes était plus rapide et plus discret que de faire venir une voiturée d'hommes en combinaison.

– Quelle heure il est ? demanda Gaspard en tassant une dernière fois les feuilles sur le caveau improvisé.

Je regardai mon poignet avant de me souvenir que je n'avais plus l'heure depuis près de deux semaines et haussai les épaules.

– Aucune idée : un vampire a cassé ma montre.

– Encore ? Il faut que t'en rachètes une, t'es déjà tout le temps en retard, alors si en plus tu le sais pas…

– Je n'ai pas tellement les moyens en ce moment, me justifiai-je.

– Je vois ce que tu veux dire. Tu as reçu ta paye, toi ?

– Ce mois-ci ? Non, pas encore. Justin a dit qu'il y avait quelques problèmes avec la comptabilité.

– Ouais, des problèmes, marmonna-t-il. Lui, il s'en fout : il se fait trois fois plus que nous et je te parie qu'il se sert directement dans la caisse.

– C'est normal qu'il soit mieux payé, c'est notre supérieur. Et je ne crois pas qu'on puisse se plaindre : la plupart des gens gagnent bien moins que nous.

– Si ça continue, on finira dans le quartier des indigents, s'obstina Gaspard en secouant la tête. Avec l'augmentation des impôts…

– Pourquoi veux-tu que les impôts augmentent ?

– T'écoutes jamais la radio, ou quoi ? Ils vont construire un métro. Ces trucs-là coûtent une fortune, et qui va payer à ton avis ? Eh oui, encore le généreux contribuable... Et je te parle même pas de tout le boulot en plus que ça va nous donner : Edencity est fauchée comme les blés – t'as bien vu comment cette ville est éclairée – alors, les tunnels souterrains plongés dans le noir, ça va devenir un vrai terrain de chasse à corbusards. Je te parie qu'il y aura deux fois plus de VFS.

– C'est possible, concédai-je.

Victimes de forces surnaturelles : une expression très neutre qui recouvrait toutes les horreurs que nous voyions chaque semaine. Ce n'étaient plus des cadavres mutilés ou d'atroces masques d'agonie ; non, c'étaient des VFS. Rien de plus.

Gaspard renversa la tête en arrière et contempla le ciel d'un air songeur tout en passant la main dans ses cheveux.

– Il doit être pas loin de 2 h, reprit-il. Faut qu'on rentre : le couvre-feu a sûrement déjà commencé.

– Oh, j'avais oublié, soupirai-je. Je ne comprends pas pourquoi Justin nous impose ça.

– L'Organisation a dû trouver un accord avec *eux*.

– Je croyais qu'on ne s'alliait pas avec les corbusards, dis-je.

– On ne s'allie pas, on s'arrange.

– Qu'est-ce que tu veux dire ?

– On n'a aucune raison de se mêler de leurs affaires tant qu'ils ne touchent pas aux nôtres. Si ça leur fait plaisir de se bouffer entre eux, c'est pas nous qui allons les en empêcher ; il se pourrait même qu'ils nous débarrassent de Démétrius. Quand ce sera fait, il n'est pas impossible que notre alliance ne soit plus suffisamment avantageuse.

– Notre tentative de rapprochement est un leurre ? demandai-je, les sourcils froncés. Gaspard, on ne va quand même pas les poignarder dans le dos ?

– Qui a dit ça ? dit-il en ouvrant de grands yeux innocents.

Il ramassa sa hache et partit en direction de la voiture :

– Tu viens ?

J'avançai à sa suite, troublée par ce que je venais d'apprendre. Je devais savoir *qui* nous allions trahir.

– Gaspard ? Avec quel clan avons-nous passé ces accords ?

– Quelle importance ? lâcha-t-il en haussant les épaules. Les corbusards sont tous les mêmes. (Il referma son coffre et ouvrit la portière.) Je te raccompagne ?

– J'aimerais bien, mais je ne peux pas laisser ma voiture ici.

– Allez viens. Je demanderai aux techniciens de passer vérifier qu'on n'a pas laissé de traces : ils te ramèneront ta caisse. Donne-moi les clefs, commanda-t-il finalement en tendant la main.

Je les lui remis avec reconnaissance – j'en aurais eu pour près d'une heure de trajet avec la ruine qui me servait de véhicule. Alors qu'il démarrait, je fermai les yeux et écoutai le rugissement du moteur.

– Où est-ce que tu étais ? interrogea soudain Gaspard.

– Quand ?

– Avant de venir ici.

– Pourquoi tu me poses cette question ? répondis-je, mal à l'aise.

– Ça, dit-il en tirant sur un pan de mon chemisier, ça vient des Caves.

Je soupirai en regardant les traces poudreuses qui striaient le tissu – dans les Caves, les murs s'effritaient et leur couleur jaunie caractéristique ne trompait pas. J'évaluai rapidement mes chances d'être crue si je mentais – c'était tellement proche de zéro que je laissai tomber l'idée de feinter.

– Steven pense que Dagon est mort, dis-je, décidant de jouer franc jeu.

Le regard de Gaspard se durcit.

– Je t'avais interdit de faire appel à lui. C'est un corbusard maintenant, et tu sais qu'il te trahirait sans un remords pourvu qu'on le paye. Si tu veux des tuyaux valables, va voir *mes* informateurs. Avec moi, de préférence, ajouta-t-il.

– Je suis assez grande pour me débrouiller toute seule, protestai-je.

– Je n'aime pas te savoir là-bas. S'il t'arrivait quelque chose, je ne pourrais jamais te retrouver à temps dans ces caves.

– Je n'avais pas le choix, dis-je, exaspérée. Nos informateurs n'acceptent de nous voir que la nuit, et la nuit, tu es injoignable.

– Il fallait me prévenir à l'avance : j'ai un répondeur, se justifia-t-il.

– Gaspard, tu as disparu pendant presque quatre jours !

– J'avais des choses à faire. Et ça ne change rien : je ne veux pas que tu ailles là-bas.

– Tu n'es pas mon supérieur : tu ne peux pas me donner d'ordre, que je sache.

– Ça fait trois ans que je bosse pour l'Organisation, toi, tu es rentrée à Edencity il y a trois mois ! Mettons que je suis chef d'équipe.

– Tu sais, j'ai entendu quand Justin t'a dit que tu devais me faire plus confiance, lâchai-je, perfide.

– Ce n'est pas une question de confiance, rétorqua-t-il d'un air buté. Steven est une ordure et on devrait le balancer.

– C'est nous qui avons fait de lui ce qu'il est. Je déteste être obligée de le traiter comme un monstre alors que nous avons détruit sa vie ! ajoutai-je à mi-voix.

– On n'a rien détruit du tout : c'était un raté, un petit détective minable qui allait se faire bouffer par une bande de gargouilles.

– Je me dis parfois qu'il aurait été plus humain de le laisser mourir, mais on ne lui a pas laissé cette chance, pas même la deuxième fois.

– Ne culpabilise pas : tu n'y es pour rien.

– Moi non, mais les nôtres si. Et je profite de ce qu'ils ont fait.

– Bon, d'accord, on a peut-être bousillé la vie de ce type. Mais ce qui est fait est fait, et on a sauvé plein d'autres gens grâce à ça. Des gens qui méritaient de vivre.

Je me tus – Gaspard ne pouvait pas comprendre. Pour lui, tout était simple, il suffisait de décider qui étaient les monstres et de les mettre hors d'état de nuire pour protéger les humains. Mais moi, je ne pouvais pas décider qui devait vivre ou mourir.

– Tu en as tiré quelque chose ?

– De Steven ? Non, pas vraiment. La situation est plutôt confuse, ces derniers temps.

– Tu ne sais pas les interroger, dit-il avec un sourire. Tu es beaucoup trop gentille.

Je répondis mécaniquement à son sourire, puis gardai les yeux rivés sur la rangée d'arbres qui bordaient la route et semblaient défiler à côté de la voiture telle une procession de carnaval. Je vis avec soulagement apparaître les premiers immeubles d'Edencity. La perspective d'une trahison vis-à-vis des corbusards me tourmentait plus qu'elle ne l'aurait dû – je ne pouvais m'empêcher de penser à ce qui arriverait s'il s'agissait des vampires. Et si c'était le cas… J'appuyai mon visage contre la vitre. Qu'est-ce que je pourrais bien faire si c'était le cas ?

Jamais vous ne trahirez les vôtres.

Jamais…

N'était-ce pas ce que je faisais depuis des semaines ? Lorenzo et ses grands yeux sombres, son rire douloureux teinté de siècles d'amertume. *Nous ne sommes pas si différents, vous et moi.* Je me méfiais de lui – je savais de quoi le dirigeant des vampires était capable. Mais j'avais envie de le croire, je désirais lui faire confiance comme à personne d'autre, et il m'avait sauvé la vie.

– Est-ce que ça va ? demanda Gaspard en garant la voiture en face de mon immeuble.

– Oui, répondis-je, un peu étonnée.

Il se pencha au-dessus de moi pour déverrouiller la portière et s'attarda, me dévisageant avec intensité. Je détournai les yeux – il était bien plus fort que moi à ce petit jeu-là. Une curieuse expression passa sur son visage.

– Je ne peux pas t'aider si tu ne me dis pas la vérité, chuchota-t-il doucement.

J'ouvris la bouche pour protester, mais il secoua la tête.

– Chut, souffla-t-il. Ne me mens pas.

Il était bien trop proche : les muscles de mon dos se contractèrent. Je m'enfonçai plus profondément dans mon siège pour échapper à son examen minutieux et à l'inconfortable sensation que produisait son souffle tiède sur mon visage.

– Ne me regarde pas comme ça, dis-je en fixant mes chaussures, ce qui réduisait considérablement ma force de persuasion.

– Pourquoi pas ? demanda-t-il sans faire un geste pour se détourner.

– S'il te plaît. Je voudrais rentrer chez moi et… je suis fatiguée, ajoutai-je, au désespoir.

Il hésita, ne sachant visiblement pas quoi faire. Je levai les yeux dans une supplication muette. Il s'écarta. J'ouvris la portière et sortis du véhicule, les jambes légèrement tremblantes.

Je ne jouais pas à ce jeu-là.

Chapitre 3

Lorsque je pénétrai dans mon appartement, une grosse boule de poil noir déboula de nulle part et se jeta contre moi avec un tel enthousiasme qu'elle manqua me faire perdre l'équilibre. Je me baissai et pris le chat dans mes bras. Il se hérissa face à l'odeur des zombies et je le caressai pour le calmer.

– Oui, je sais, marmonnai-je. Je suis en retard et tu meurs de faim.

Jamara me donna un grand coup de tête, comme pour appuyer mes dires, et sauta à terre – il avait beau être habitué, les effluves de chair pourrie le rendaient toujours anxieux. Je lui donnai sa pitance et me mis en devoir de nettoyer mes armes : me retrouver avec un pistolet enrayé entre les mains était mon pire cauchemar – il suffisait d'une seconde, une seule seconde… Mourir peut être bien plus rapide qu'on croit. J'achevai de les sécher avec une méticulosité maniaque avant de leur faire regagner leurs étuis. Alors seulement, je me débarrassai de mes vêtements. Encore une tenue que je ne porterais plus : j'étais incapable de mettre de nouveau des habits qui avaient été maculés de sang – des habits dans lesquels j'avais tué. Je ramassai mon pantalon et l'enveloppai soigneusement dans un sac en plastique avant de l'enfouir tout au fond de ma poubelle.

Dans l'étroite cabine de douche, je me collai presque contre le mur. J'hésitai un instant, puis ouvris davantage le rideau pour garder la porte de la salle de bains dans mon champ de vision : voir le battant fermé et le verrou poussé était rassurant.

Tu n'as aucune raison d'avoir peur.

Tu es parfaitement en sécurité ici.

À travers le nuage de vapeur dont l'odeur de pourriture me prenait à la gorge, je regardai le poignard, suspendu à portée de main. Je tendis le bras jusqu'à toucher la lame du bout des doigts et arrêtai l'eau pour écouter – dans l'appartement du dessus, une télévision était allumée.

Je n'ai pas peur.

J'ouvris les robinets à fond, au point de ne plus rien entendre d'autre que l'assourdissante cataracte contre l'émail, et me plongeai sous le jet d'eau brûlante. La tête finit par me tourner et je sortis, légèrement étourdie. Je m'appuyai contre le lavabo pour laisser à mes jambes titubantes le temps de se reprendre et frottai nerveusement mon avant-bras du plat de la main – malgré une demi-bouteille de shampoing et autant de gel douche à la framboise, il me semblait toujours sentir la matière grise en décomposition collant à ma peau, comme si elle y avait laissé un résidu invisible et gluant.

Je m'habillai et allai dans la cuisine à pas lents : il fallait que je mange. J'étais fatiguée, tellement fatiguée d'avoir peur. Il y avait de la viande dans le réfrigérateur – je croyais me souvenir qu'il s'agissait de bœuf. Je n'en avais pas envie, pas après tout ce que j'avais vu aujourd'hui. Mais mon estomac réclamait, il avait faim. L'instinct de survie, pas plus que mon conditionnement, ne me laissait de répit : manger pour pouvoir combattre, manger pour survivre ; c'était une nécessité que je ne pouvais contrôler. Je regardai le sang froid, qui se répandait à grosses gouttes sur le papier brun, d'un œil rendu vague par l'heure tardive. Le réfrigérateur resté ouvert diffusait une douce lumière jaune dans l'obscurité et les relents de la chair crue dans mon poing serré me montaient aux narines. J'en avalai les derniers lambeaux et me lavai les mains jusqu'à en avoir les jointures écorchées. J'avais un mauvais pressentiment. J'allai vérifier que la porte de mon appartement était bien fermée à double tour. Le miroir du couloir capta mon image. J'observai un instant mon visage trop pâle maculé de sang et les deux grands yeux gris qui me dévisageaient – des yeux de loup qui luisaient d'une étrange façon dans le noir. Quelquefois, l'animal prenait le pas sur l'homme dans mon esprit. Je secouai la tête pour chasser la boule d'angoisse qui se formait au fond de ma gorge et m'essuyai la bouche. Je devais dormir.

L'odeur de la mort me tint longtemps éveillée, aiguisant ma peur jusqu'à la rendre tangible.

Ma vie était un mensonge.

***

Je m'éveillai en sursaut, trempée de sueur et tremblant encore.

– Démétrius, murmurai-je.

Mais il n'y avait personne, bien sûr. Le goût du sang persistait sur mes lèvres. J'enfouis mon visage contre mon bras et y enfonçai mes dents pour chasser l'illusion.

Démétrius. À peine un mois auparavant, il était l'Étranger, une menace diffuse et abstraite. À présent, il devenait notre maître à tous. Il se faufilait dans l'ombre et se dérobait aux regards jusque dans mes cauchemars. Bientôt, les choses allaient changer. C'était ce qu'il me murmurait dans mon sommeil : l'inéluctable approchait et allait nous écraser sous son poids. Je ne savais pas qui il était, je ne voulais même pas le savoir, mais il était partout où j'allais. *Nous sommes liés*. Oui, il me semblait parfois sentir le fil invisible qui nous rattachait – mais peut-être n'était-ce qu'une illusion de plus.

Les corbusards mentent.

Ça faisait trois mois qu'il était arrivé à Edencity, trois mois qu'il hantait mes nuits, et j'ignorais toujours ce qu'il voulait de moi. Il ne s'était pas montré hostile à mon égard, mais sa présence glaçante planait au-dessus de chacun de mes pas et me rendait folle. La seule preuve tangible que j'avais de son existence, c'étaient les roses qu'il s'obstinait à m'envoyer. Je me souvins avec gêne de la façon dont j'avais détruit le dernier bouquet – je m'étais acharnée dessus avec sauvagerie, sans pouvoir contrôler l'instinct qui me poussait à considérer ces fleurs aux teintes sanglantes comme une menace.

Je me recroquevillai sous les couvertures, essayant de me souvenir de mon rêve. La clef était là, elle *devait* y être, mais je n'y comprenais rien : la mort, les ruines, la destruction… Le passé et l'avenir. Oui, l'orphelinat, les loups, puis le chaos. Mais je ne pouvais croire que nous nous dirigions vers cette apocalypse – il y avait tellement d'innocents dans cette ville, tellement d'humains et si peu de corbusards.

Je me calmai progressivement et repoussai dans un coin de mon esprit la pulsion qui m'ordonnait de courir me cacher dans la forêt. Je n'étais plus une enfant pour céder à mes terreurs nocturnes. Quel âge pouvais-je avoir la dernière fois que c'était arrivé ? Douze ans ? Peut-être treize. L'angoisse, la folle angoisse, et l'appel de la meute. Les hurlements étaient trop forts, ils me transperçaient le crâne au point que j'avais envie de hurler, moi aussi. Je m'étais glissée hors du dortoir de l'orphelinat, pieds nus et en chemise de nuit. Les bois étaient loin, mais je les avais trouvés – il suffisait de suivre les bruits, les odeurs et cette voix qui *savait*. La police m'avait découverte quelques jours plus tard, errant au milieu des arbres, les pieds en sang et pratiquement nue. J'avais été punie pendant des semaines pour m'être ainsi enfuie. Cependant, malgré des jours de jeûne, enfermée dans la pièce grise, je ne leur avais pas dit ce qui s'était passé. Je ne l'avais dit à personne, parce que j'étais incapable de m'en souvenir.

Je somnolai jusqu'à 9 h, sans réussir à me rendormir tout à fait. Je me levai finalement, et dissipai les dernières brumes du sommeil avec une tasse de café et une douche écossaise. « Tu sèmeras mort et destruction », voilà ce que la voix murmurait dans mon rêve. Pouvais-je vraiment représenter un danger ? Je contemplai mon reflet dans la glace qui me faisait face et éclatai de rire. Quoi, moi, cette insignifiante petite humaine, comment aurais-je pu faire du mal à qui que ce soit ? Il était vrai qu'il m'arrivait de tuer des... choses, des corbusards, mais je le faisais pour sauver d'autres personnes. Tuer me faisait horreur et j'étais si faible face à toutes ces créatures. Pourtant... Mon rire s'enroua et s'étouffa : il sonnait faux, même à mes propres oreilles.

Je chassai de mes pensées le souvenir de ceux que j'avais éliminés – certains jours, ils revenaient me hanter, comme pour exister une dernière fois. Je me rappelais chacun d'entre eux : les dates, les noms et une multitude de détails que j'aurais préféré oublier.

Il fallait que j'arrête tout ça. Démétrius était en train de détruire. Ma vie se désagrégeait sous mes yeux – lentement, inexorablement. Je mentais encore et encore, et me noyais peu à peu dans la terreur à l'idée qu'ils ne le découvrent. Gaspard, Justin – s'ils savaient ce que je ressentais vraiment, à quel point Démétrius me semblait parfois proche... Ils me tueraient ou ils se feraient tuer : je ne pouvais pas les mêler à ça, ça ne regardait que moi. Moi et Démétrius.

Si seulement je parvenais à le trouver, à le voir, alors cette situation prendrait fin. Je lui ferais comprendre que je n'étais pas celle qu'il croyait, que je n'étais personne. Alors, il saurait qu'il n'y avait rien que je puisse faire pour lui être utile et, d'une façon ou d'une autre, il mettrait un terme à ce non-sens.

Je me demandai si l'Organisation me ferait réanimer, si je mourais. Je déglutis en pensant au serpent gravé dans ma chair et aux années de servitude qui m'attendraient. J'espérais sincèrement qu'ils me laisseraient pourrir dans mon cercueil.

Il était temps d'aller m'entraîner – j'avais quatre heures d'efforts en perspective, sous la surveillance étroite d'un exigeant instructeur par les mains duquel tous les spécialistes de l'Organisation étaient passés. J'étais loin d'être enthousiaste à ce sujet mais Justin ne m'avait pas laissé le choix : mon supérieur savait se montrer très persuasif.

– Saralyn, voici John Sherman, avait-il annoncé en me poussant devant lui. John a toujours refusé de se plier à l'entraînement, il a prétendu qu'il n'en avait pas besoin puisqu'il avait une arme à feu. Bien sûr, il ne peut pas te le dire lui-même, mais je suis certain que les dernières vingt-quatre heures lui ont fait reconsidérer sa position et qu'il t'encouragerait vivement à rendre visite à notre instructeur. Tu ne crois pas ? (Il avait lentement hoché la tête.) Une meute de gargouilles… C'est dommage : c'était un gentil garçon. Oh, au fait, l'incinération a lieu à 8 h demain matin, tu peux venir, si tu veux.

Après avoir passé une demi-heure à vider mon estomac dans les toilettes de la morgue, je m'étais précipitée à ma première séance d'entraînement avec un enthousiasme dont je ne me serais jamais crue capable.

Chapitre 4

Je m'arrêtai au milieu des escaliers menant à mon appartement pour détendre mes muscles raidis. L'entraîneur m'avait assené un impitoyable coup de pied dans les côtes, et j'étais prête à parier que d'ici quelques heures je serais l'heureuse propriétaire d'une splendide collection d'ecchymoses. Je tressaillis en m'apercevant que la crosse de mon pistolet dépassait légèrement de mon pantalon et rabattis mon tee-shirt par-dessus – Gaspard était le seul à afficher ostensiblement ses armes.

Je repris mon ascension à pas lourds. Je n'aimais pas tellement cet escalier, il était trop étroit et la peinture écaillée des murs avait viré au gris, ce qui le rendait désagréablement sombre. Je m'arrêtai encore au deuxième étage, posai mon sac par terre et secouai mes doigts engourdis. Il y eut un bruit dans mon dos. Je fis brusquement volte-face et m'obligeai à écarter ma main droite de mon holster en reconnaissant mon voisin du dessous.

– Bonjour Monsieur Landsome, dis-je.

– Oh, Miss Fara. On ne vous voit pas beaucoup en ce moment, répondit-il en soulevant son chapeau.

Mike Landsome vivait dans cet immeuble avec sa femme depuis près de cinquante ans. Mais s'il avait quitté West Land plus d'un demi-siècle auparavant, il continuait obstinément à donner du « Miss » à toutes les femmes qu'il rencontrait et à porter d'affreux cirés beigeâtres alors qu'il ne pleuvait presque jamais ici, dans le Middle State.

– Oui, je sais. Je travaille sans arrêt, grimaçai-je d'un ton d'excuse.

– Vous ne devriez pas gaspiller votre jeunesse, on n'a vingt ans qu'une fois. Charles refuse de m'écouter : je me tue à lui répéter que ce n'est pas en restant enfermé dans son bureau toute la journée qu'il se trouvera une femme, mais que voulez-vous... (Il secoua la tête.) La vieillesse vient plus vite qu'on ne croit et quand elle est là, il est trop tard pour revenir en arrière. Je vous embête avec mes histoires. C'est juste qu'Eli et moi on s'inquiète pour notre fils.

Il m'adressa un sourire qui rendait son visage presque juvénile et j'eus un signe d'assentiment, retournant le sourire. À leur place je me serais inquiétée aussi : Charles Landsome n'était plus si jeune que ça. Je me demandai quel âge son père pouvait avoir. Soixante-dix ans ? Peut-être davantage. Et dire que durant toutes ces années, il avait vécu dans l'inconscience des dangers qui le menaçaient. Il était humain. Il ignorait tout des corbusards, des monstres, de Démétrius, ou de l'Organisation, et continuerait probablement de les ignorer jusqu'au jour de sa mort. Pendant un instant, j'enviai profondément son ciré beige.

– Au revoir, Monsieur Landsome, dis-je, parvenant presque à garder mon sourire vacillant en place.

Je refermai la porte de mon appartement avec soulagement, poussai le verrou et mis la chaîne de sécurité. Le gazouillement de l'horloge me parvint : il était midi. J'avais fait l'acquisition de cette merveille chez un antiquaire – toutes les heures, un rouge-gorge plus vrai que nature sortait du cadran en chantant. Ça rendait Jamara complètement fou.

Intriguée par son silence, j'appelai doucement. Je posai mes affaires dans la cuisine et m'arrêtai pour tendre l'oreille : quelque chose n'allait pas. Sentant une présence, je sortis mon arme et approchai silencieusement du salon en la braquant devant moi. J'eus un hoquet de terreur – Lorenzo était assis sur le canapé, mon chat sur les genoux. Je rengainai : de toute façon, un pistolet n'aurait servi à rien contre un vampire. Je tirai sur le manche de mon poignard, sortant à moitié la lame de l'étui, et gardai la main posée à proximité. Lorenzo n'avait pas bougé, pourtant, il savait forcément que j'étais là.

– Il va abîmer votre chemise, dis-je, empêchant ma voix de trembler.

– Ça n'a pas d'importance, répondit-il en levant ses yeux sombres. Il est rare qu'on m'apprécie tout en sentant ce que je suis.

– Peut-être qu'il ne le sent pas.

Je me plaçai devant le couloir qui menait à la porte d'entrée tout en prenant garde de rester le dos au mur. Aurais-je le temps d'atteindre la sortie s'il décidait de me tuer ?

– Il ne sent pas le loup en moi, repris-je.

– Si, dit Lorenzo, caressant la tête du chat qui ronronnait comme un poêle à charbon. Il sait ce que vous êtes, mais il l'accepte. (Il suivit mes manœuvres d'éloignement d'un regard froid et eut un sourire amer.) Vous devriez faire de même.

– Comment êtes-vous entré ? demandai-je d'un ton plus sec que je ne l'aurais voulu.

C'était la troisième fois que je le trouvais chez moi, mais cette fois-ci, il n'avait même pas eu à forcer la serrure de la porte d'entrée. L'angoisse me prit à la gorge à l'idée qu'il pouvait peut-être se téléporter, ou quelque chose de ce genre qui me mettrait entièrement à sa merci. Une inspiration oppressée souleva ma poitrine et je m'appuyai contre le mur. Lorenzo sortit une clef de sa poche. *Ma* clef. Je regardai alternativement celle que j'avais encore dans la main et la sienne.

– J'ai fait faire un double.

– Mais, comment ?

– La dernière fois que je suis venu, j'ai... disons emprunté votre clef. Je suis allé la faire dupliquer, puis je l'ai remise en place pendant la nuit.

Je fis un pas en arrière, me collant encore davantage contre le plâtre, à la fois furieuse et apeurée. Les corbusards ne me laissaient aucun répit, pas même chez moi.

– Comment avez-vous pu faire une chose pareille ? m'écriai-je. Vous avez volé ma clef ! Vous avez osé rentrer chez moi pendant la nuit ? Pendant que je *dormais* !

Ce que ça impliquait me sauta au visage : ce qu'il aurait pu faire... Je portai nerveusement la main à mon cou, comme pour vérifier qu'aucune trace de morsure ne s'y trouvait.

– Je n'aurais jamais fait ça, dit-il.

– Alors, pourquoi ? demandai-je.

Qu'est-ce qu'un maître vampire pouvait bien avoir en tête pour me voler ma clef ?

– Oh, l'idée ne venait pas de moi, répondit-il. Je crois que le but était de pouvoir intervenir au cas où vous vous feriez attaquer chez vous.

– Hein ?

J'ouvris de grands yeux. Alors, l'ordre devait venir de *Lui*.

– Je voudrais... je voudrais juste qu'on me laisse tranquille.

– Je me doutais que ça ne vous plairait pas. (Lorenzo écarta une mèche de cheveux de son visage.) Vous avez toujours aussi peur de moi, constata-t-il. Ne pouvez-vous pas me faire un peu confiance ?

– Non, je suis désolée. On ne tourne pas le dos à un vampire, récitai-je, sans savoir pourquoi – ce que l'Organisation m'avait fait apprendre me revenait d'une manière lancinante lorsque j'étais en présence d'un corbusard. Je ne veux pas... je ne supporte pas l'idée que vous entriez chez moi de cette façon. Ça me rend folle, ajoutai-je.

– Vous ai-je laissée à croire que je pourrais vous faire du mal ? questionna-t-il, les yeux remplis d'incompréhension.

– Les vampires ne laissent pas à entendre qu'ils vont vous faire du mal : ils le font.

L'image d'un corps exsangue, ratatiné derrière les poubelles d'un bar, s'imposa à moi.

Les vampires sont des monstres. Tous des monstres.

– Voulez-vous que je vous la remette ? demanda-t-il.

Il me tendit la clef.

– Je vous en prie. N'entrez plus dans mon appartement de cette façon. C'est chez moi, et j'aimerais pouvoir m'y sentir en sécurité.

– Comme vous voudrez, répondit-il, impassible, en posant la clef sur la table basse.

– Maintenant, dites-moi ce que vous venez faire ici.

Ma mission était d'éliminer les créatures qui représentaient un danger pour les humains. Lorenzo en était un : il était le maître, celui devant qui tout le monde tremblait. Contrairement à la plupart des autres vampires qui, selon les accords que Lorenzo avait lui-même contractés avec l'Organisation, se nourrissaient de sang animal, il buvait notre sang. Tout son être en était encore imprégné ; l'odeur de terreur et de mort qui se dégageait de lui me donnait envie de me sauver en courant. C'était son privilège, le signe de son inaliénable puissance.

Il me dévisageait d'un air curieux, essayant de sonder mon esprit. Je respirai à fond pour faire retomber ma nervosité. Il m'était difficile de me contrôler en présence de prédateurs, et les vampires étaient aussi imprévisibles que des bêtes sauvages : on ne savait jamais ce qui pouvait leur passer par la tête. Cependant, Lorenzo était différent ; il était si puissant qu'il m'arrivait d'oublier totalement qu'il était mort. Ce qui était encore bien plus dangereux.

– Vous avez fait beaucoup de progrès, remarqua-t-il. Il me devient impossible d'accéder à vos pensées.

J'esquissai un sourire et relâchai ma concentration – maintenir mon esprit hors de portée m'épuisait. Il m'avait fallu des heures d'exercices pour y parvenir, mais je n'étais pas encore assez résistante : si Lorenzo l'avait vraiment voulu, forcer mon barrage mental aurait été un jeu d'enfant pour lui. *Une boîte. Enfermer son esprit dans la boîte et repousser le leur*. Tous les corbusards savent lire dans les pensées au bout de quelques années, et moi, j'arrivais à peine à préserver les miennes.

– Alors, qu'est-ce qui vous amène ? demandai-je.

– Je viens de la part de Démétrius.

– Ah oui, murmurai-je. J'ai entendu dire que vous aviez rejoint son clan.

Il acquiesça silencieusement, caressant Jamara.

– Pourquoi lui ? Pourquoi ne pas faire front avec les autres communautés ?

– Je pense qu'il a des chances de l'emporter. Mais en vérité, je crois que j'ai décidé de le suivre parce que je souhaite réellement le voir gagner.

J'ouvris la bouche et la refermai. Voir Lorenzo confier ce qu'il pensait était nouveau pour moi et me procurait une sensation étrange.

Non, ça ne pouvait pas être ça !

– Vous ne craignez pas qu'il décide de vous éliminer ? Il veut sûrement le contrôle total de votre communauté et vous ne lui êtes pas d'une grande utilité, dis-je.

– Les choses ne sont pas aussi simples que vous le pensez. Démétrius est extrêmement puissant, mais personne ne peut régir seul toutes les communautés. Vous le savez, il est très contesté : il est problématique de s'imposer auprès de personnes qui ne vous ont jamais vu.

– Alors c'est donc vrai, personne ne l'a vu ?

– Sauf peut-être quelques-uns… juste avant de mourir de façon définitive.

– Et ça ne vous inquiète pas ?

Il sourit et haussa élégamment les épaules. Lorenzo avait une telle classe qu'il en devenait fascinant. Le moindre de ses gestes semblait calculé, comme s'il avait eu une conscience aigue de chacun de ses muscles. Et peut-être était-ce le cas après tout. Je baissai les yeux pour ne plus voir sa chair palpitante – vivante. Ce sang qui circulait dans ses veines, ce souffle régulier… tout ça était faux, mais par moments il paraissait si humain que mes sens, malgré leur acuité, se laissaient manipuler.

Il est mort, mort !

– Peut-on faire confiance à qui que ce soit ? Il me semblait pourtant que je n'avais plus rien à vous apprendre sur le chapitre de la méfiance, dit-il d'un ton parfaitement neutre.

– Vous n'avez aucune garantie ?

– Je vous ai *vous*, Saralyn.

Je frémis, vaguement mal à l'aise : chaque fois que Lorenzo prononçait mon prénom, j'avais l'impression d'avoir vendu mon âme au diable.

– Que voulez-vous dire ?

– J'ignore pourquoi, mais vous avez une grande importance à ses yeux. Tant que vous désirerez me garder en vie, il ne me fera rien.

– Vous êtes un vampire, dis-je, troublée. Je devrais vous tuer moi-même.

– C'est vrai, mais vous ne l'avez pas fait.

– Vous êtes beaucoup trop puissant pour que j'aie la moindre chance contre vous.

– Je vois. Et si je vous laissais faire ?

– Quoi ?

Je le considérai avec stupéfaction. Il posa doucement le chat par terre puis s'appuya contre le dossier du canapé, me regardant bien en face.

– Allez-y, sortez votre poignard.

– Vous plaisantez ?

– Sortez-le et venez par ici.

J'obtempérai et me retrouvai debout devant lui, mon arme à la main. Je me sentais parfaitement ridicule. Il posa ses mains à plat sur les coussins, laissant sa poitrine à découvert.

– Maintenant, tuez-moi, je vous jure de ne pas bouger.

– Quoi ? Mais enfin… Comment pouvez-vous me demander ça ?

Ses grands yeux noirs me transperçaient et ma main tremblait. J'étais à la fois terrifiée et en colère qu'il ose me mettre dans une telle situation. Une situation où il m'était impossible de fuir. J'aurais dû éliminer Lorenzo, mais c'était une chose que je n'avais même jamais tenté de faire : il était trop fort pour qu'un humain puisse rivaliser avec lui, et Justin m'avait formellement interdit de m'attaquer à l'un des dirigeants sans ordre d'exécution. Priver une communauté de son chef aurait eu pour conséquence de la désorganiser totalement, et les retombées auraient alors été catastrophiques pour les humains d'Edencity – la nuit de la disparition de Dagon nous en avait fourni la parfaite illustration. Mais à présent, j'étais obligée de voir la réalité en face : je n'essayais pas de tuer Lorenzo parce que je ne le voulais pas. Et ce sentiment…

Non, c'était impossible ! C'était quelque chose que je ne pouvais pas envisager !

Je laissai tomber le poignard sur le sol sans quitter Lorenzo du regard et ravalai mon envie de pleurer lâchement pour qu'il arrête de me tourmenter.

– Pourquoi ? demandai-je. Pourquoi est-ce qu'il faut que les choses se passent toujours de cette façon ? Pourquoi est-ce qu'on ne pourrait pas arrêter de s'entre-tuer et vivre en paix ? Est-ce que ça nous coûterait tant que ça ?

Lorenzo ne dit rien, parfaitement impassible. Parfois, son inexpressivité me mettait vraiment les nerfs à vif – il était comme le ciel nocturne, semblant si proche qu'on avait l'impression de pouvoir le toucher et pourtant tellement loin et insaisissable. Car, même si je l'oubliais sans cesse, au fond de cette personne, à qui j'aurais confié mes plus noirs secrets sans réfléchir, se cachait un animal froid et terrifiant.

– Vous êtes toujours si calme, sans faille… Est-ce que vous ne ressentez rien ? demandai-je.

– Il m'arrive de le souhaiter, dit-il d'une voix un peu sourde.

Je m'assis sur la table basse, devant lui. Maintenant, tricher ne servait plus à rien, même si j'en avais honte. Je n'étais pas Gaspard et je ne parvenais pas à les considérer comme des numéros sur un ordre de mission. Quelquefois, Lorenzo avait l'air piégé dans ses ténèbres au-delà de tout espoir de rémission. J'aurais aimé pouvoir lui dire qu'il n'était pas obligé de vivre seul dans le noir pour l'éternité, mais je n'en avais pas le droit, parce que mon travail, c'était d'éliminer les êtres tels que lui.

– Démétrius voudrait vous voir, reprit-il lentement.

– Je regrette, je ne peux pas faire ça. Mes supérieurs ne m'y autoriseraient pas.

– Vous comptez leur en parler ?

– Non. Il vaut mieux que les autres restent en dehors de cette histoire.

– Cela me paraît être une sage décision. Cependant, je ne crois pas que Démétrius ait la moindre intention de vous faire du mal, il veut seulement discuter avec vous.

– Nous n'avons rien à nous dire, répliquai-je en secouant la tête.

Je me relevai, un peu perdue. Lorenzo était trop proche. Je ne comprenais pas pourquoi il faisait confiance à un monstre comme Démétrius – est-ce que cela signifiait qu'il en était un, lui aussi ? C'est ce que Gaspard en aurait conclu, mais…

– Ce sera votre réponse ?

– Oui. Moi…

Je fis une pause, sachant que j'étais sur le point de faire une bêtise en dévoilant les pensées que je me donnais tant de mal à cacher :

– Je ne veux pas être mêlée à tout ça. Je ne sais pas pourquoi il a choisi de me contacter, mais j'aimerais que vous lui demandiez d'arrêter. Il se trompe, je ne peux rien faire et je ne lui serai d'aucune utilité : je suis seulement une employée de l'Organisation.

– Mmm. Vous n'êtes pas seulement cela, vous pouvez me croire.

Je savais à quoi il faisait allusion – je passai le bout de mes doigts sur la cicatrice qui me barrait la gorge. Je n'étais pas un corbusard. J'étais juste une pauvre fille qui s'était fait mordre par l'un des leurs. Mais ils refusaient tous de l'admettre.

– J'étais là au mauvais endroit, au mauvais moment, rien de plus. Ça ne fait pas de moi un monstre, affirmai-je en balayant cette idée d'un revers de la main.

– Et de nous ? Pensez-vous que j'aime ce que je suis devenu?

La tristesse, encore. La solitude. L'expression sur son visage me fit mal, beaucoup plus que ça n'aurait dû.

– J'ai entendu dire que vous cherchiez Dagon, reprit-il, l'air de nouveau aussi paisible qu'un ciel sans nuages.

– Steven, grondai-je à mi-voix.

– M. Drake a toujours su se montrer extrêmement coopératif quand la situation l'exige. J'espère que mon indiscrétion ne lui causera pas trop d'ennuis. Enfin, pour en revenir à Dagon, il n'est plus là.

– Où est-il ?

– Je n'en ai pas la moindre idée, cependant il n'est pas impensable qu'il ait rejoint Virgile.

Il eut une grimace significative. D'après les personnes averties, le dirigeant des sorciers, enfin l'*ancien* dirigeant, était définitivement hors de combat. En clair, il se décomposait sûrement quelque part. En tous cas, personne ne l'avait revu depuis qu'il avait fait connaissance avec Démétrius.

Tout allait trop vite. Démétrius arrivait bien trop facilement à faire plier ceux que des siècles de luttes et de complots n'avaient pas réussi à détrôner. Des six dirigeants, seuls trois d'entre eux étaient encore indépendants. Et pour combien de temps ? Steven m'avait assuré que les gargouilles étaient encore suffisamment puissantes pour pouvoir résister, mais j'ignorais tout de la situation des djinns. Quant aux mages, je soupçonnais que leur constante neutralité provenait moins d'un quelconque désir de préserver la paix que de leur faiblesse militaire. Oui, décidément, cette guerre s'annonçait très mal pour les anciens dirigeants.

– À ce propos, il m'a prié de m'excuser auprès de vous pour les incidents de ces derniers jours, ça ne se reproduira plus.

– Incidents ? répétai-je.

Kyle Truman et Maria – la patrouille 24 : ceux que mon inexpérience avait tués.

Je me sentais impuissante, tellement impuissante face à ce conflit. Démétrius était un monstre sans pitié et il allait trahir Lorenzo, j'en étais sûre. Pourquoi ne s'en rendait-il pas compte ? J'avais envie de le secouer jusqu'à ce qu'il accepte de le voir.

– Je suis navré, dit-il doucement.

Cette situation n'était pas normale. Ça n'était pas censé se passer comme ça entre les vampires et les humains et j'en voulais à Lorenzo de tout rendre si compliqué.

Ne laissez jamais un vampire vous approcher.

Alors pourquoi est-ce que la désinvolture avec laquelle il envisageait toute son existence me blessait autant ?

– Pour quelle raison le Quartier Rouge l'intéresse-t-il tant ? demandai-je. Il va régner sur les communautés, et après ?

– Hum... Je ne sais pas exactement quelles sont ses intentions, mais le Quartier Rouge concentre la quasi-totalité des non-humains de cette ville. S'il en obtient le contrôle, il sera à la tête de l'armée la plus puissante de toute la partie nord de ce continent.

– Mais pour quoi faire ? demandai-je. Une guerre ? Contre qui?

– Il me semble que quelqu'un a dit qu'il fallait préparer la guerre pour avoir la paix. Les choses doivent changer, maintenant. L'heure est venue.

Il se leva pour partir et s'engagea dans le couloir qui menait à la porte d'entrée, comme à regret.

– Il est déjà tard. Il est temps pour moi de redevenir Rack, le maître des vampires : cracha-t-il.

J'eus tout à coup l'impression que son personnage le dégoûtait. Rack, le puissant, Rack, l'alcoolique, le cruel et dangereux vampire, qui était-il vraiment ?

– Rien de tout cela. Je suis désolé, ajouta-t-il, je ne voulais pas lire vos pensées.

– Ça ne fait rien.

– Je sais que je vous fais peur, que pour les membres de l'Organisation, je ne suis qu'un monstre. Je suis obligé d'être Rack si je veux survivre, mais il n'est pas moi.

– Je comprends. Vous n'avez pas idée à quel point je comprends.

– Le loup vous ronge, dit-il doucement.

– Parfois, j'ai le sentiment de jouer un rôle, de ne pas être humaine du tout. L'instinct est tellement fort… (J'eus un rire étranglé.) Il y a des jours où j'ai envie d'aller me cacher dans les bois et de rejoindre les miens pour hurler à la lune. Il en sera toujours ainsi: l'instinct fait partie de moi. Tandis que vous, vous avez construit Rack, vous pouvez le détruire.

– Non, je ne peux pas. (Un sourire morose traversa son visage.) L'alcool me fait horreur. Sa couleur, son odeur… mais passer pour un alcoolique et un fou me sauve constamment la vie. Les autres dirigeants ne font même pas attention à moi parce qu'ils m'ont toujours considéré comme leur bouffon, alors qu'ils devraient me tuer pour m'être allié à Démétrius.

– Vous êtes très puissant, Démétrius également: ils n'oseraient pas s'attaquer à vous.

– Vous ne connaissez pas encore si bien notre monde. Si les autres dirigeants m'attaquent, Démétrius y gagnera le total contrôle des vampires. Il ne m'aidera pas.

Artifices, artifices, artifices…

Les corbusards mentent.

Pourquoi l'oubliais-je toujours quand je parlais avec lui ?

– Lorenzo ?

– Oui ? demanda-t-il en se retournant.

– Non, rien, dis-je en m'obligeant à sourire.

– Je vais transmettre votre réponse à Démétrius. Si vous changez d'avis, allez voir Calvin.

La mention du vampire en question me fit penser qu'il y avait longtemps que je n'étais pas allée aux « Délices de Bacchus »

– Cal était l'un de mes meilleurs informateurs, et c'était également une des rares personnes dont j'appréciais la compagnie dans cette ville.

Je hochai distraitement la tête, mais Lorenzo me tournait déjà le dos, se dirigeant vers l'entrée. Il sortit et disparut en l'espace d'un instant. Comme chaque fois, je me sentis seule et soulagée. J'étais terrifiée à l'idée que Gaspard me surprenne avec lui – je n'osais même pas imaginer comment mon équipier réagirait s'il apprenait… Je me mordis les lèvres et allai m'asseoir sur le canapé. Il ne restait rien, ni odeur, ni chaleur – comme si Lorenzo n'était jamais venu. Pourtant, son absence laissait un vide, parce que en fait, la raison pour laquelle j'éprouvais ce sentiment je la connaissais bien : malgré tous mes efforts, quand je regardais Lorenzo, c'était moi que je voyais.

Je pris le double de ma clef et le posai dans la coupelle sur le buffet, celle dans laquelle je mettais tout ce dont je ne savais pas quoi faire.

Oui, Gaspard m'aurait détestée s'il avait su.

Ne les écoutez pas, ne les écoutez pas et tuez-les.

Chapitre 5

– Êtes-vous absolument certain qu'une autre série de cinquante abdominaux soit nécessaire ? demandai-je de mon air le plus enjoué.

L'entraîneur m'écrasa d'un regard froid – il me sembla soudain urgent de raffermir les muscles de mon abdomen. Aujourd'hui, il paraissait avoir l'intention de me faire travailler jusqu'à ce que je tombe morte d'épuisement. À vrai dire, je ne m'en sentais pas loin : j'avais passé la nuit à me tourner dans tous les sens sans parvenir à m'endormir. Finalement, je m'étais retrouvée en train de faire un grand nettoyage de printemps à 4 h du matin.

Je ne comprenais rien à ce qui était en train de se passer dans cette ville, mais je savais que ça ne me plaisait pas. Les alliés de Démétrius et la coalition finiraient fatalement par se lancer dans une guerre ouverte, et alors nous serions obligés de déclencher la « procédure d'urgence ». Je promenai ma vue brouillée sur la salle de sport vide – encore un des locaux de l'Organisation. L'entraîneur m'enjoignit d'un geste impatient de me concentrer davantage sur ce que je faisais.

Après encore deux heures de coups de pied et autres exercices, il tourna les talons sans un mot: la séance était terminée.

J'essuyai d'un revers de manche la sueur qui me dégoulinait sur le visage et observai l'étrange forme de la cicatrice qui me déchirait l'épaule – un coup de griffes mal placé.

– Chaque cicatrice est une victoire, dit une voix dans mon dos.

– Justin, saluai-je, mon souffle encore altéré par l'effort.

Je me retournai vers mon supérieur et rassemblai ce qui me restait d'énergie pour lui sourire avec conviction.

– Comment se passe l'entraînement ? demanda-t-il en s'approchant.

– Ça va.

– Je t'avais dit que tu finirais par aimer ça.

– Faut pas exagérer, marmonnai-je.

– Fais voir ce que tu sais faire, m'ordonna-t-il en se mettant dans une posture évoquant vaguement un mélange entre une cigogne bourrée et un ours unijambiste.

– Quoi ?

– Vas-y.

Il me fit un signe de tête encourageant. On m'avait appris à obéir sans discuter. Mon pied partit. Justin se plia en deux et recula en poussant un grognement de douleur.

– Je ne voulais pas te faire mal, m'excusai-je, gênée.

– Tu as fait beaucoup de progrès, commenta-t-il en reprenant son souffle. C'est bien. Rudolph n'est pas très causant, mais il est efficace.

– Oui, acquiesçai-je.

Je massai distraitement mes muscles douloureux et laissai échapper une grimace.

– Tu as une mine épouvantable, remarqua-t-il en se redressant. Tu as passé toute la nuit à patrouiller ou quoi ?

– Non, je crois que je suis en train de devenir insomniaque.

– Ça arrive souvent, ne t'inquiète pas : tu finiras par t'habituer. Tu veux que je te fasse prescrire des somnifères ?

– Non, ça ira.

Mes jambes tremblaient. Justin eut un hochement de tête approbateur et m'enjoignit d'aller m'asseoir sur l'un des bancs en bois disposés tout autour de la salle.

– Sinon, est-ce que tout va bien ?

– Oui, répondis-je, m'obligeant à sourire de nouveau.

– Menteuse. Allez, raconte-moi tout.

– Justin… Est-ce que nous sommes alliés aux opposants ?

– Nous avons des accords avec *certains* d'entre eux, admit-il avec réticence. Ils ont le couvre-feu et un peu de tranquillité en échange de quoi nous avons une chance d'obtenir la tête de Démétrius, ou au moins de le voir s'affaiblir. Mais ça ne nous empêche en rien de les surveiller, bien au contraire. Nous ne nous allierons jamais à des corbusards, Saralyn. Quels qu'ils soient.

– Pourquoi est-ce que nous combattons Démétrius ? Il élimine les mêmes… personnes que nous.

– Ce ne sont pas des personnes, Saralyn, dit Justin d'un ton fatigué. Et Démétrius nous menace. Souviens-toi de ce qui est arrivé à la patrouille 24 : c'est de sa faute si ces deux agents sont morts. Nous ne connaissons pas encore exactement ses projets, les corbusards sont les seuls à être au courant et ils ont trop peur pour qu'on puisse en tirer quoi que ce soit, mais il est certain que tôt ou tard, il voudra prendre le contrôle de cette ville. Il commencera par nous détruire, puis il massacrera toute la population humaine. Tu sais de quoi les corbusards sont capables.

– Justin, je ne peux pas croire...

– Il t'a contactée ? me coupa-t-il.

– Non.

Il se tut et secoua la tête d'un air las : il savait que je mentais. Encore.

– Si jamais il le faisait, avertis-moi immédiatement. Ne te fie à rien de ce qu'il dira : il va essayer de gagner notre confiance pour faciliter notre *élimination*, cracha-t-il.

– Je comprends, dis-je d'un ton neutre.

Je m'en voulais. Je n'aurais pas dû cacher la vérité à Justin – je n'en avais pas le droit. Pas après tout ce qu'il avait fait pour moi.

– J'imagine que tu es venu pour me confier du travail, repris-je.

– Oui. Ça n'a rien de très urgent, mais j'aimerais que toi et Gaspard essayiez de savoir ce que les opposants fabriquent exactement. Commencez par aller écouter ce qui se dit dans le Quartier Rouge et nous aviserons ensuite de la procédure à suivre. Il est probable qu'ils passeront bientôt à l'attaque, et connaître les détails nous permettrait de nous préparer.

– Pour leur prêter main forte ? interrogeai-je, me demandant si je serais capable d'aller joyeusement massacrer les sujets de Lorenzo aux côtés des gargouilles – ces atroces créatures.

Justin fronça les sourcils d'un air réprobateur.

– Pour sécuriser le périmètre. Nous ne voulons pas de victimes humaines : la grande époque des guérillas entre communautés nous a laissé un trop mauvais souvenir.

J'acquiesçai – j'avais lu quelque chose sur cette période, qui avait vu massacres répétés et nombre de bavures de la part de certains chefs de clan. C'était à ce moment que l'ancien dirigeant sorcier avait été très proprement écarté du pouvoir par l'Organisation et que Virgile avait pris la relève. Ces événements remontaient à plus de vingt ans, mais la peur attachée à ces souvenirs était encore présente, chez les corbusards comme dans nos rangs.

– Et pour l'équipe 24 ? Est-ce que nous devons leur faire racheter le prix du sang ?

– Non, c'était un cas particulier. Une autre équipe se chargera de cette affaire et, de toute façon, Démétrius payera le prix fort, cette fois.

– Cette fois ?

– Je sais que ça te gêne, et je le comprends. Cependant, pour gagner cette guerre, il faudra savoir mettre nos scrupules de côté et ne pas faire de concession : il est probable que les sorciers, les nécromanciens et les vampires auront à subir beaucoup de pertes. Tu dois t'y préparer.

Je baissai les yeux. J'avais beau ne rien dire, Justin sentait toujours ce qui se passait.

– Tu as oublié qui sont les corbusards, reprit-il d'un air navré. Ce qu'ils te montrent est faux : ils essayent de gagner ta confiance pour pouvoir te manipuler. Mais nous, nous savons. Les corbusards tuent des êtres humains, tous les jours.

Je hochai la tête et eus du mal à avaler ma salive.

– J'aimerais sincèrement que tu puisses conserver ton innocence, ajouta-t-il. C'est difficile à admettre, mais il n'y a rien à faire pour arrêter ces monstres, aucun accord à trouver – les éliminer est la seule solution. Je souhaiterais qu'il en existe une autre, autant que toi. C'est pour ton bien que je te dis la vérité : je te tuerais si je te laissais garder tes illusions.

Il ramena mes cheveux en arrière et eut une grimace désolée.

– C'est comme ça, dit-il. Tu n'y peux rien.

– Depuis combien de temps est-ce que tu travailles pour l'Organisation ? demandai-je.

– Suffisamment longtemps, crois-moi. J'ai été un spécialiste, tout comme toi, et puis je suis devenu le chef de la section. Je suis trop vieux pour me battre, maintenant.

– Tu as quel âge, Justin ? demandai-je, réalisant soudain à quel point je ne savais rien de lui, lui qui m'avait tout appris.

– Quarante-neuf ans.

Je plissai les yeux, essayant d'assimiler l'information.

– Non, c'est impossible, protestai-je. Tu es beaucoup plus jeune que ça.

– Quand on a mon âge, on ne dit pas « jeune » mais « bien conservé ».

– Tu es marié ?

– Nous ne devons pas aborder ce genre de sujet.

– Oui, alinéa 4 du cinquième livre. Pourquoi devons-nous rester si seuls, Justin ?

– Un jour tu comprendras, et tu ne seras plus seule, je te le promets. En attendant, oublie la patrouille 24 et concentre-toi sur la nouvelle coalition, d'accord ?

Ce qu'il insinuait était très clair : affaire classée. Il ne serait plus question de Maria ou de Kyle Truman – pour nous, ils n'avaient jamais existé.

– Compris ? demanda-t-il.

– Compris, répondis-je, essayant de garder une expression neutre.

– Ça n'a rien à voir avec toi, dit-il, plus doucement. Les enjeux de cette guerre te dépassent, alors laisse-nous faire notre travail et contente-toi de faire le tien. Crois-moi, c'est mieux comme ça pour tout le monde. Pas trop de problèmes avec les zombies ? reprit-il après un silence.

– Non, on s'en sort. Pourvu que ça ne dure pas trop longtemps, on devrait réussir à gérer la situation. Mais je crois que Gaspard en fait bien plus que moi, il passe des heures à chasser seul.

– Chasser ?

Ça m'avait échappé. Je me mordis les lèvres.

– Non, je veux dire qu'il effectue beaucoup de rondes seul. Je sais que c'est contre les règles de sécurité, mais il se débrouille très bien sans moi, ajoutai-je vivement. Parfois, j'ai presque l'impression de le gêner plutôt qu'autre chose.

– Ne te laisse pas influencer par lui. Vous passez trop de temps ensemble. N'oublie pas que c'est un tueur : on ne peut pas lui faire entièrement confiance, dit-il sombrement.

– Euh, oui mais...

– Tu n'as aucune idée de ce qu'il peut bien faire presque toutes les nuits ?

– Quoi ?

– En réalité, c'est pour ça que je suis venu aujourd'hui : j'ai une petite mission pour toi. Je sais que Gaspard trame quelque chose dans notre dos – ne me dis pas que tu n'as rien remarqué, tu ne sais pas mentir. Fais tout ce qui sera nécessaire pour découvrir quoi. J'attends ton rapport.

Je levai vers lui un regard interloqué. Justin avait lui-même décidé que je devais travailler avec Gaspard : il était le chef des spécialistes – la section delta, comme se plaisait à l'appeler la bureaucratie – et il était responsable de la composition des équipes. Un mois auparavant, j'aurais juré que Justin aimait Gaspard comme son propre fils, mais ces derniers temps, il avait adopté un comportement étrange à son égard : il était devenu soupçonneux et le considérait de la même façon qu'il aurait regardé… quoi ? L'un des *leurs* ? Mais Gaspard, malgré le séjour prolongé qu'il avait fait chez les sorciers avant de rejoindre notre camp, était incapable de faire une telle chose. Je le connaissais depuis à peine plus de trois mois, cependant je savais qu'il ne nous aurait jamais trahis. Jamais.

– Je ne comprends pas, soufflai-je, n'osant pas élever la voix.

– Oh que si, dit Justin. Même en résistant de toutes tes forces, tu finiras par comprendre.

Il se leva et sortit sans se retourner après avoir brièvement fait peser sa main sur mon épaule dans un geste rempli de sympathie qui n'annonçait rien de bon. Je me laissai glisser à genoux devant le banc. Gaspard ? Un traître ?

Impossible, impossible, impossible !

J'appuyai ma tête contre le banc et fermai les yeux – pourquoi ne pouvais-je pas passer une journée normale ? Rien qu'une seule. Je ne savais rien sur Gaspard, ni sur lui ni sur personne.

Tout ce qui sera nécessaire.

Tout.

***

Je roulai sur le dos et fermai les yeux, mais le sommeil semblait me fuir. Ou peut-être était-ce moi qui le fuyais, pour éviter tous ces cauchemars qui avaient parfois l'air si réels que je restais là, à trembler sous les couvertures, pendant des heures.

Je caressai distraitement Jamara, qui avait pris possession de mon oreiller et le défendait avec autant de férocité que si cela avait été le Grand Quartier général des forces félines d'Edencity. Je renonçai à l'en déloger après qu'il m'eut craché toutes les menaces que sa condition lui permettait de proférer.

Ma discussion avec Justin remontait à deux jours et je n'avais pas vu Gaspard depuis. Ça ne tarderait plus et je redoutais autant cette confrontation que je la désirais. Je ne savais pas quoi faire : est-ce que je devais lui dire que Justin le soupçonnait et lui demander franchement ce qui clochait ? Il pourrait se fâcher, ne plus jamais m'adresser la parole, et ce serait trahir la confiance de Justin. Si je me taisais, c'était mon coéquipier que je trahissais.

Et il n'y avait pas que ça. Quelque chose n'allait pas, c'était certain. J'avais beau nier être liée aux corbusards, je devais reconnaître que je sentais autant qu'eux l'ombre qui se rapprochait, prête à s'abattre sur nous et à tout emporter comme une grosse vague sur un château de sable. Quand j'en avais parlé à Gaspard, il s'était moqué de moi. Pourtant, si j'ignorais comment ou pourquoi, je savais que quelque chose de monstrueux se préparait. Mais qu'est-ce que je pouvais faire ? Je me sentais désemparée au point d'en avoir mal au ventre et d'en perdre le sommeil.

Je pressai mon visage contre le matelas, désespérant de réussir à m'éclaircir les idées. J'étais si obnubilée par ce sentiment de menace grandissant que je n'étais même pas allée me renseigner sur la Nouvelle Coalition ainsi que Justin me l'avait demandé. Demain, j'irai demain.

Je repensai à la loi du silence qui entourait les vies privées des membres de l'Organisation. C'était pour des raisons de sécurité, bien sûr, mais je me demandais parfois si ce n'était pas pour camoufler le gouffre que ce travail faisait de nos existences. Après tout, aucun de mes collègues ne semblait avoir d'enfant, ou du moins ils n'en parlaient pas. J'avais vu des dizaines de portefeuilles s'ouvrir et jamais une seule photographie à l'intérieur, j'avais serré des dizaines de mains sans jamais sentir le contact froid d'une alliance. Est-ce qu'on pouvait réellement laisser sa vie privée à l'extérieur de l'Organisation comme le préconisait l'Alétéia ou bien était-il tout simplement impossible pour nous de redevenir des êtres humains une fois le service terminé ? J'avais peur, tellement peur de découvrir que la deuxième solution était la bonne, parce que alors cela signifierait que jamais, de toute ma vie, je n'aurais de famille.

J'éteignis la lumière et serrai Jamara contre moi jusqu'à ce qu'il réussisse à m'échapper avec un miaulement de protestation.

***

J'étais debout, seule, et les alentours me paraissaient abyssalement vides. Une immense étendue d'herbe se déroulait à mes pieds – sa couleur était si vive qu'elle en devenait imperceptible. C'était une impression indéfinissable. La vue était troublée, déroutée par tant de perfection. Seule. Peut-être pas si seule que ça. Une légère brise me caressait le visage, mais je sentais l'odeur de plus en plus prononcée d'une tempête qui se rapprochait. L'air se chargeait d'électricité et d'humidité tandis que ma nervosité s'accroissait. Enfin, la présence se fit plus distincte derrière moi. *Sa* présence. Je ne me retournai pas, je savais que c'était inutile. Les reflets émeraude de l'herbe miroitaient au soleil et me fascinaient. Je ne pouvais quitter des yeux les éclats lancinants, reflétés par ce qui ressemblait presque à de l'eau verte, et que l'ombre des nuages noirs amoncelés au-dessus de ma tête ne parvenait pas à ternir.

– Que voulez-vous de moi ? m'entendis-je demander d'un ton étrangement calme et détaché.

La présence devenait plus proche et plus tangible à chaque seconde ; je percevais son souffle dans mon dos.

– *Regarde.*

L'orage éclata. Des éclairs explosaient dans le ciel avec des bruits de détonations. L'étendue verdoyante s'agitait sinistrement. L'herbe se racornit et devint noire, comme consumée. Il n'y avait que moi dans le gigantesque orage. Le vent soufflait avec violence tandis que des trombes d'eau se déversaient sur le sol calciné.

– *Voilà la corruption. Voilà leur guerre, leur bataille, leur grand combat. Tu veux voir ton avenir, n'est-ce pas ? Qui ne veut pas savoir ? Voici celui qu'ils nous réservent à tous.*

La pluie devint sang et arrosa le sol. Des coups sourds résonnèrent tel le bruit de pas d'une armée. Je baissai les yeux. À mes pieds, il n'y avait plus qu'une étendue de cadavres, un immense champ de bataille où la mort pourrissait déjà ceux qui avaient été. Les coups continuaient, me vrillant le crâne. Je poussai un hurlement.

– *C'est ta destinée, toi seule peux l'empêcher.*

– Arrêtez ça ! Laissez-moi ! suppliai-je.

Je me réveillai en sursaut. Haletante, je me redressai – les coups étaient toujours là. Il me fallut quelques instants pour réaliser qu'ils étaient bien réels.

Je me levai et traversai l'appartement. Une fois la main sur la poignée de ma porte d'entrée, je me ravisai et allai chercher une arme que je gardai cachée derrière mon dos pendant que je terminais d'ouvrir un à un tous les verrous.

– Gaspard ? demandai-je, retirant mon doigt de la détente. Qu'est-ce que tu fais là ? Il est 2 h du matin !

– Va t'habiller.

Il y a un mois, j'aurais protesté et traîné les pieds, mais je savais à présent que c'était inutile, alors je laissai Gaspard entrer et retournai dans ma chambre pour me changer.

Chapitre 6

– Qu'est-ce qui se passe, Gaspard ? demandai-je.

Il continua de regarder la route sans prononcer un mot et je me tournai vers la vitre pour tenter de deviner où nous allions. Il avait cette expression sur le visage, ce masque fermé et dur qui ne laissait rien transparaître. Mais je le connaissais trop bien et je voyais la veine de son cou qui battait irrégulièrement et les jointures blanchies de ses doigts qui serraient le volant.

– Réponds-moi, je t'en prie : tu me fais peur, implorai-je d'une voix qui tremblait un peu.

Il donna un brusque coup de volant et s'engouffra dans un parking souterrain avant de piler sèchement à cheval sur deux places de stationnement. Nous étions sous l'un des imposants immeubles du quartier des bureaucrates.

– On a un gros problème, marmonna-t-il enfin. Je ne sais pas encore exactement ce que c'est, mais un coordinateur m'a appelé et m'a dit de rappliquer ici en vitesse. Je suis passé devant le Quartier Rouge en venant et j'ai eu la nette impression que ça sentait le roussi.

– Un coordinateur ? Je croyais qu'ils ne traitaient qu'avec les chefs de section.

– Ouais, ça, c'est l'autre truc bizarre.

– C'est quoi le premier truc bizarre ?

– Tu sais où on est ? demanda-t-il en s'extirpant de la voiture.

Je me redressai et humai la désagréable odeur d'essence et de caoutchouc chaud qui hantait toujours les parkings. À côté des ascenseurs, il y avait un grand logo strié de traces noirâtres. Il représentait une couronne d'épis de blé d'un jaune criard, qui surmontait un cercle vert pomme dans lequel était écrit « l'OPE, pour un futur vert ». Cette image m'était familière.

– Nous sommes au siège de l'Organisation, dis-je enfin.

Oui, ce sigle, c'était celui qui se trouvait sur l'enveloppe et le papier à en-tête qui accompagnaient ma paye chaque mois. Cette organisation de protection de l'environnement était la couverture sous laquelle l'ORPHS se cachait. Mais nous, les spécialistes, n'avions pas le droit de nous rendre dans les locaux principaux – nous n'étions même pas censés savoir où ils se trouvaient.

Une femme émergea de l'ombre et je me rapprochai instinctivement de mon coéquipier, la main sur la crosse de mon arme.

– Saralyn Fara et Gaspard Flynn ? demanda-t-elle.

Elle n'esquissa aucun geste menaçant.

– Vous êtes qui, vous ? Où est Justin ? répliqua Gaspard, sans grande amabilité.

Elle prit le badge accroché à la poche de sa veste entre le pouce et l'index et le tendit vers nous. Il y avait bien sa photographie et le sigle de l'OPE.

– Je suis Loren Hunt, coordinatrice de niveau deux. On m'a chargée de vous mettre au parfum afin que vous puissiez commencer à travailler.

Gaspard hocha la tête, réticent. Loren Hunt avait la trentaine et portait un tailleur noir qui, combiné à un carré châtain très judicieusement dégradé par un habile coiffeur, lui donnait une allure à la fois élégante et extrêmement professionnelle. Je ne pus m'empêcher de jeter un coup d'œil sur mon jean, que les lavages répétés avaient fait pâlir par endroits, et sur mon manteau d'un blanc terne que les premières rigueurs de ce mois d'octobre m'avaient obligée à ressortir de mon armoire – il dégageait d'ailleurs un vague relent de naphtaline.

Je me sentais négligée et honteuse : j'étais jalouse de Loren Hunt.

– Nous n'avons pas de temps à perdre – la situation est critique, dit celle-ci en appuyant sur le bouton d'appel de l'ascenseur. Suivez-moi.

Ma salive était devenue pâteuse et je l'avalai avec difficulté en regardant les portes de métal coulisser pour découvrir le minuscule espace clos dans lequel on voulait me faire entrer.

– On prend l'escalier, dit Gaspard. Il est où ?

– Quoi ? demanda Loren Hunt, l'air déconcerté.

– L'escalier, c'est cette porte ? demanda mon coéquipier en ouvrant le battant d'à côté.

– Oui, mais…

– Quel étage ? interrogea-t-il, implacable.

– Cinquième, répondit-elle.

Elle secoua la tête, renonçant visiblement à comprendre.

– On se voit en haut, annonça Gaspard en s'engouffrant dans l'escalier. Allez viens, ajouta-t-il à mon intention.

Je le suivis et montai les marches bétonnées en silence. L'escalier était raide et propre. Vu la blancheur des murs, j'aurais parié qu'il était peu emprunté.

– Gaspard ? appelai-je enfin entre deux inspirations asthmatiques.

– Oui ?

– Merci.

J'avais eu deux étages et demi pour réfléchir à une façon d'exprimer ma reconnaissance, mais c'était tout ce qui m'était venu. La plupart du temps, Gaspard était grossier, brusque et misogyne, cependant il se montrait parfois étonnamment attentionné.

– Pas de quoi, dit-il sans se retourner.

Enfin, il ouvrit la porte du cinquième étage. Je remarquai que son souffle ne s'était même pas accéléré alors que moi, j'avais l'impression qu'on venait de me retirer un poumon.

Loren Hunt nous attendait déjà. Derrière elle, des employés en costumes sombres s'agitaient dans une vaste salle, passant d'un bureau à un autre, presque avec frénésie, pour échanger quelques mots ou scruter des rapports griffonnés à la hâte. Au milieu du mur de gauche se trouvait un grand écran sur lequel était projeté le logo de l'Organisation. J'avais rarement eu l'occasion de le voir. Je penchai la tête de côté, prenant un instant pour l'observer : deux mains tenaient un miroir à l'intérieur duquel on pouvait voir se refléter une épée entourée de fleurs blanches. Un soleil rougeoyant se levait en arrière-plan. Le symbolisme du triomphe de la pureté par les armes était assez évident, mais cette image démesurée sur ce fond noir me parut soudain effrayante.

– Allez, c'est l'heure de la mise au point, annonça un homme d'une voix forte.

Il alla vers l'écran sur lequel tremblotait le logo et fut rapidement entouré par une dizaine de personnes. Celles qui étaient restées à leur bureau avaient cessé de travailler et semblaient écouter attentivement.

– La plupart des observateurs font un rapport toutes les quinze ou vingt minutes, mais on fait une mise au point générale toutes les demi-heures. Là-bas, ce sont les chefs de section, dit Loren Hunt en désignant le groupe avant de le rejoindre. Venez, vous allez comprendre.

Elle nous indiqua d'un signe de tête à l'homme qui dirigeait apparemment les opérations, et il nous regarda. Si Gaspard et moi étions les seuls à ne pas porter de costume, celui-ci avait toutefois retiré sa veste et retroussé les manches de sa chemise. Il transpirait et, malgré son attitude posée et autoritaire, je sentais la panique l'envahir progressivement.

– Ralph, appela-t-il.

– Les équipes d'intervention sont en place, elles bouclent le secteur, dit un homme qui avait la chance d'avoir la peau suffisamment foncée pour éviter le teint verdâtre que nous donnait à tous l'éclairage électrique.

Il prit une télécommande posée sur une table et appuya sur un bouton. Sur l'écran, le logo laissa place à des agents en uniforme de policier. Ils étaient en train d'installer des barrières et repoussaient une foule compacte sans ménagement. Nous pouvions les voir gesticuler mais il n'y avait pas le son, ce qui rendait la scène plus confuse encore.

– Qu'est-ce qu'ils font ? demandai-je à Loren Hunt.

– Nous terminons l'évacuation du Quartier Rouge et nous empêchons les habitants d'y retourner, répondit celui qu'on avait appelé Ralph. Nous avons annoncé qu'il y a une fuite de gaz et que tout risque de sauter d'un moment à l'autre, ce qui n'est pas très loin de la vérité.

– Ce sont nos agents ?

Ils me regardèrent tous comme si j'étais la dernière des idiotes, ce que j'étais peut-être. Gaspard me fit un signe affirmatif tandis que les autres continuaient de faire leur rapport, les uns après les autres. Une femme qui semblait très fatiguée annonça que ses équipes s'occupaient des journalistes – je supposai donc qu'elle dirigeait la section des ombres. Visiblement, la situation était mauvaise, et, à entendre chaque chef de section placer ses hommes, on avait l'impression de se trouver en bordure d'un champ de bataille.

Sur l'écran, on ne voyait que des employés de l'Organisation et des humains, mais il ne montrait que les abords du Quartier Rouge, pas le centre. Si les hostilités devaient se déclencher, ce serait au cœur, à l'endroit où se cachait Démétrius.

– Spencer ?

Le nom me tira de ma torpeur. Je me redressai et ne pus retenir une grimace peu engageante en croisant le regard du chef de section des techniciens.

– On est prêts à tout nettoyer, dit-il. On a des camions garés partout et on a déjà commencé à embarquer les corps. Mais il faut qu'on soit couverts : mes gars n'ont pas à être en première ligne.

– OK, on s'en occupe. Remettez-vous au travail, ordonna l'homme en chemise. Prochaine mise au point dans vingt-neuf minutes, annonça-t-il en regardant sa montre.

Le groupe s'éparpilla sans perdre de temps et l'homme nous fit signe d'approcher.

– Ce sont eux ? demanda-t-il.

Loren Hunt fit un signe affirmatif. Je m'empêchai à grand-peine de me balancer d'un pied sur l'autre. La tension dans l'air était trop épaisse et j'avais l'affreuse impression que mon cauchemar était en train de se matérialiser juste sous mes yeux.

Gaspard paraissait calme, comme s'il avait fait ça toute sa vie. J'avais envie de me cacher derrière lui.

– Venez avec moi, commanda l'homme.

Nous le suivîmes dans un bureau vitré situé à droite de la grande pièce.

– Ici, c'est le siège des opérations, dit-il. Je vais vous la faire courte : les opposants sont passés à l'attaque il y a environ une heure. On se doutait que ce serait pour bientôt, alors on avait placé un certain nombre de dispositifs de sécurité ; ça nous a permis d'évacuer les civils à temps. Reste qu'il faut que tout ça ait disparu avant demain matin.

– Par « tout ça », vous entendez, les cadavres ? demandai-je.

– Oui. Pour les dégâts matériels, on pourra toujours dire que des casseurs ont profité de l'évacuation pour aller mettre la pagaille.

– Mais on ne peut pas les arrêter ? dis-je. Qu'est-ce qu'on doit faire ?

Je me souvins que Justin m'avait demandé de prévoir les événements qui étaient en train de se produire. Seulement, j'avais remis ça à demain, et peut-être que demain, il n'y aurait plus de Quartier Rouge où enquêter. Je baissai les yeux : une fois encore, j'avais failli à ma tâche et des gens que j'aurais dû protéger allaient mourir.

– C'est là le problème, expliqua l'homme. Normalement, ce sont les spécialistes qui doivent intervenir.

– Je pige rien, dit Gaspard, qui avait été jusque-là extraordinairement patient par rapport à d'habitude. Où est Justin et qu'est-ce qu'on fiche ici ? Si c'est la guerre, on doit être sur le terrain pour mettre de l'ordre dans tout ce bazar.

– Ils y sont : tous les spécialistes disponibles ont été envoyés en urgence dans le Quartier Rouge. Maintenant, ils attendent les ordres.

– Quoi ? Mais alors pourquoi sommes-nous là ? demandai-je.

C'était comme si une alarme s'était mise en route dans mon esprit. Notre situation venait officiellement de passer de bizarre à cauchemardesque : j'étais dans un endroit où je n'avais pas le droit de me trouver, Lorenzo et ses sujets étaient probablement en train de se faire massacrer sans que je puisse faire quoi que ce soit, je ne comprenais rien à ce qu'on attendait de moi, et Justin n'était pas là.

– La procédure d'urgence veut que les chefs de section se regroupent ici, dans la base, et qu'ils guident leurs équipes via les écrans. Nous, les coordinateurs, nous occupons de faire le lien à différents niveaux, expliqua Loren Hunt. Mais Justin n'est… pas disponible, pour l'instant.

– Pas disponible ? répétai-je. Qu'est-ce qui lui est arrivé ?

– Rien. Traitons un problème à la fois, coupa l'homme.

– Un problème ? Quel problème ? demanda Gaspard, l'air soudain passablement énervé. Et vous, vous êtes qui, d'abord ?

– Oh, oui, je ne me suis pas présenté. Peu importe. Ici, tout le monde m'appelle Emerson. Je suis le seul coordinateur de niveau quatre à cet étage, alors vous pouvez me considérer comme le supérieur hiérarchique de tous ceux qui s'y trouvent.

J'acquiesçai d'un signe de tête. Cet Emerson ne me plaisait pas avec ses yeux de fouine trop enfoncés dans leurs orbites et son menton pointu. Je voulais savoir où était Justin et il refusait de me le dire.

– Bon, assez de mondanités, reprit-il. Comme Justin est absent, il faut que quelqu'un le remplace. Pour le moment, Spencer s'occupe de coordonner les équipes de spécialistes en plus de celles des techniciens. Il faut que vous preniez le relais. Allez le voir, il vous mettra au courant. À partir de cet instant et pour toute la durée de cette intervention, vous êtes sous mes ordres : faites un rapport à Loren tous les quarts d'heure et ne prenez aucune initiative sans me consulter. C'est tout.

– Spencer, le chef des techniciens ? demandai-je.

– Oui. Ça pose un problème ?

Je jetai un coup d'œil à Gaspard – ces deux-là se détestaient cordialement. J'avais horreur de me retrouver prise entre deux feux.

– Non, assurai-je avec le sourire le plus faux qui ait jamais étiré mes lèvres. Mais pour quelle raison sommes-nous assignés à ce travail ?

– Ce sont les ordres. Comme nous avions interdiction de vous envoyer dans le Quartier Rouge et que nous avions besoin de toutes les personnes disponibles sur le terrain, par élimination il ne restait que vous pour diriger les équipes.

– Mais nous sommes incapables de faire ce que vous attendez de nous. Je ne suis pas qualifiée pour commander, je n'ai jamais rien fait d'autre qu'obéir aux ordres, protestai-je.

– Ce n'est pas difficile, il suffit d'indiquer la position des ennemis que vous voyez sur l'écran aux équipes. Pour le moment, contentez-vous de suivre les consignes mises en place.

– Qui sont ? demanda Gaspard.

– Pas de traces ni de prisonniers. On a fait le maximum pour que les membres de la coalition laissent tomber et rentrent chez eux. Maintenant, on abat et on emporte toutes les créatures qui se trouvent dans le périmètre.

– Attendez. Je croyais qu'on avait conclu une trêve avec les membres de la coalition, intervins-je.

– On n'a pas le temps de distinguer les membres d'un camp ou de l'autre, alors on fait au plus pressé : il faut que tout soit nettoyé d'ici demain matin. Bon, allez-y, maintenant, je ne vous ai pas fait venir pour que vous me fassiez perdre mon temps avec vos questions.

Je jetai un coup d'œil par-dessus mon épaule et un groupe de coordinateurs attendait déjà derrière la porte vitrée. C'était probablement l'heure des rapports.

– Spencer va vous expliquer ce que vous devez savoir et Loren vous aidera en cas de problème. Montrez-vous efficaces et ça ira, mais n'oubliez pas que toutes les pertes ressortent de votre responsabilité.

Gaspard et moi suivîmes Loren Hunt jusqu'à l'un des postes de contrôle, ainsi qu'elle appelait les bureaux couverts de dossiers, de claviers et d'écrans sur lesquels se reflétaient des images du Quartier Rouge. J'avais l'impression d'être emportée par le courant et la seule chose à laquelle j'arrivais à penser, c'était à ce désordre ambiant. J'éprouvais le besoin pressant de ramasser les feuilles éparpillées sur le bureau auquel on nous avait conduits, pour les remettre dans la chemise ouverte. Loren Hunt était partie chercher Spencer.

Il fallait que je regarde les écrans, que j'analyse le carnage pour pouvoir le continuer. Cette fois-ci, ce serait à moi de dire quand presser la détente.

Je ne pouvais pas lever les yeux de ce tas de papiers, c'était au-dessus de mes forces. Je détournai la tête et croisai le regard de Gaspard.

Ça va aller. Ne t'inquiète pas.

Je me sentis mieux. Gaspard ne semblait jamais perdu, comme s'il savait réellement ce qu'il fallait faire dans chaque situation. Et c'était pour ça que je l'aurais suivi n'importe où les yeux fermés.

– Tiens, l'équipière de Flynn ! s'exclama Spencer en me gratifiant d'un sourire horripilant. Flynn, ajouta-t-il avec un temps de retard en inclinant la tête vers Gaspard dans un salut qui aurait aussi bien pu être une déclaration de guerre.

– La ferme, Spencer. Dis ce que tu as à dire et casse-toi, répondit celui-ci.

Il n'avait pas élevé la voix, mais même Loren Hunt recula d'un pas. Elle m'interrogea du regard, l'air inquiet. Je n'appréciais vraiment pas Spencer, mais Gaspard le haïssait profondément : l'ambiance était si mauvaise entre ces deux-là que je me serais presque attendue à les entendre grogner comme des chiens enragés. Je haussai les épaules – quelque part, cette situation me détendait : elle ressemblait nettement plus à ce dont j'avais l'habitude.

– Je vois, je vois, marmonna Spencer.

Il s'apprêtait visiblement à relancer les hostilités, mais Loren Hunt l'en découragea d'un signe de tête.

– T'as de la chance que j'aie pas de temps à perdre avec toi, dit-il. Bon, il y a neuf équipes de deux. Ce sont tous des tueurs expérimentés, alors vous n'avez pas grand-chose à faire. Les nôtres, ce sont les points violets, vos équipes, ce sont les points rouges, et les méchants, ce sont les points noirs, expliqua-t-il en indiquant lesdits points sur l'ordinateur. Vous pouvez pas vous gourer : tous les employés de l'Organisation sont équipés de capteurs. Quand une cible apparaît sur l'écran de contrôle, vous prenez ce micro et vous indiquez sa position. L'équipe la plus proche répond qu'elle s'en charge et elle règle le problème. Ensuite, l'une de mes équipes nettoie vos saletés et le tour est joué. C'est clair ?

– Mais si c'est un civil ? demandai-je. Eux non plus n'ont pas de capteur.

– C'est que vous avez vraiment pas de bol, parce que la zone a été entièrement évacuée, répondit Spencer en me faisant un clin d'œil.

– Qui… qui est en train de gagner ? dis-je en observant les petits points qui clignotaient sur l'écran comme les personnages d'un jeu vidéo rudimentaire.

– Nous, bien sûr, dit Spencer en éclatant d'un rire mauvais.

Quand une cible apparaît sur l'écran…

Mon Dieu, quelle horreur ! Un petit point violet disparut brusquement et deux points noirs apparurent à son emplacement. Je remarquai que la carte était découpée en carrés numérotés à la façon d'un plateau de bataille navale.

– Merde ! pesta Spencer en attrapant le micro. À toutes les unités : on se fait attaquer en C-23. Je répète : on se fait attaquer en C-23. Deux sorciers. Ils se sont servis d'un sort de camouflage pour qu'on ne les voit pas arriver, alors faites gaffe.

– Bien reçu, dit une voix masculine qui grésillait un peu. Ici équipe bêta. On y va.

Hypnotisée, j'observai les deux petits points rouges qui passaient de la case D-22 à la case C-23. Ils s'avancèrent jusqu'à l'angle de la rue et s'arrêtèrent.

– À destination de l'équipe bêta : les cibles sont à environ cinq cents mètres direction nord-ouest. Gare à vos fesses en traversant.

– Bien reçu, répéta la voix.

Alors, les deux points s'engouffrèrent dans la rue et se précipitèrent vers les points noirs toujours immobiles. Il y eut des coups de feu et un point noir se volatilisa tandis que l'autre restait sur place. Un son sinistre nous parvint et l'un des points rouges se mit à clignoter.

– Merde, on est touchés, commenta Spencer.

– Quoi ? Ça veut dire qu'un spécialiste est mort ? demandai-je, affolée.

– Équipe bêta, répondez. Équipe bêta ? demanda Spencer.

– Oui, dit une autre voix. Weitz a été touché, il est salement amoché. Il nous faut une ambulance.

– OK, on vous envoie ça. Eh, Jay ! hurla-t-il en se tournant vers un rouquin à lunettes assis à quelques bureaux de là. Il nous faut une ambulance en C-23 : un spécialiste a été touché par un sorcier. Je crois qu'il sera plus opérationnel pour ce soir. Je crois même qu'il le sera plus jamais, ajouta-t-il plus bas avec une grimace dégoûtée en entendant les bruits de toux et de vomissements qui venaient se mêler aux détonations produites par les autres équipes.

Jay indiqua d'un signe qu'il avait compris et d'autres petits points violets ne tardèrent pas à se mouvoir en direction du blessé.

– Eh, l'équipe bêta ! beugla Spencer. Coupez le micro du crevard parce que c'est vraiment dégueulasse à écouter.

J'ouvris de grands yeux – écœurée. Comment pouvait-il traiter ainsi quelqu'un qui venait de se faire blesser, peut-être même tuer, pour nous ? Après tout, c'était lui qui l'avait envoyé à la mort.

– Bon, vous avez pigé ? demanda-t-il en se tournant vers nous.

– Ouais, dit Gaspard. Maintenant, barre-toi : ça nous fera des vacances.

Spencer hésita, mais renonça à riposter face à l'agitation ambiante : déjà, nos points rouges s'égaillaient en tous sens sur la carte. L'écho affaibli des coups de feu me devenait plus intolérable à chaque seconde. Spencer grommela quelque chose d'indistinct et retourna à son poste.

– Vous pouvez vous débrouiller ? demanda Loren Hunt. Il faut que j'aille travailler.

– Et vous, vous servez à quoi, au fait ? dit Gaspard avec son tact habituel.

Impassible, elle indiqua du doigt un homme basané aux cheveux grisonnants qui paraissait vraiment en colère. Il agitait le bras vers l'un des autres postes de direction en traitant le responsable du poste en question de tous les synonymes possibles et imaginables de « simple d'esprit ». D'après ce que je comprenais, celui-ci s'était trompé de coordonnées et, ses hommes s'étant déplacés, une personne non autorisée avait réussi à franchir les barrages de sécurité.

– Je sers à éviter ce genre de situation en prenant soin de transmettre correctement les informations, expliqua Loren Hunt. Ça permet aux chefs de section de ne pas perdre de temps et de travailler d'après des données valides. Si vous n'avez pas d'autre question, je vais vous laisser, conclut-elle avec un sourire impersonnel.

L'espace d'un instant, elle me fit froid dans le dos. Elle était si lisse et si impeccable dans son rôle de coordinatrice qu'on aurait juré un cyborg parfaitement programmé.

– Je ne comprends pas, dis-je, décidant de faire une dernière tentative. Pourquoi est-ce que nous abattons tous les corbusards que nous croisons ? Où est Justin ? Et pourquoi est-ce que Gaspard et moi devons le remplacer ?

Loren Hunt soupira et, au regard qu'elle me lança, il devint évident qu'elle ne m'appréciait pas beaucoup. Je sentis mes épaules se raidir, comme lorsque j'étais enfant et que je savais que l'une des femmes en robe noire de l'orphelinat allait me punir. Mais c'était idiot : j'étais une adulte à présent.

– La coalition a décidé d'attaquer Démétrius et ses alliés. Ces derniers ont violemment riposté au mépris de la population civile présente sur les lieux. Nous sommes intervenus pour protéger les humains. Pour l'instant, nous nous contentons de nous défendre et d'empêcher les corbusards de franchir la zone. Nous leur avons donné jusqu'au lever du soleil. Ensuite, s'ils continuent de se battre, nous serons obligés d'y mettre bon ordre pour permettre aux nôtres de retourner chez eux et pour éviter les soupçons. Ce sera déjà bien assez difficile de convaincre les journalistes qu'il ne s'agit que d'une fuite de gaz et de quelques hooligans.

– Je croyais que nous avions pour ordre d'abattre le plus de corbusards possible ? demanda Gaspard, qui avait presque l'air déçu.

– Nous achevons les blessés qu'ils ont laissés sur place, ce qui est souvent un acte de charité vu ce qu'*ils* font aux membres les plus faibles de leurs clans, et nous nous défendons. C'est tout.

– Et pour Justin ? demandai-je.

– Nous vous avons dit qu'il n'était pas disponible. Je ne suis qu'une coordinatrice de niveau deux et je me contente d'exécuter les ordres : Justin est occupé ailleurs et il a été décidé que vous le remplaciez pour ce soir. Maintenant asseyez-vous au poste de commande et faites votre travail ou vous risquez d'avoir des morts sur la conscience.

Elle tourna les talons et alla calmer le chef de section qui vociférait toujours. Oui, elle était bien trop parfaite dans son élégant tailleur, à débiter ces réponses qui avaient l'air apprises par cœur tellement elles collaient aux préceptes de l'Organisation.

Malgré l'impression de malaise qu'elle suscitait en moi, elle avait sûrement raison. Pourquoi aurions-nous brusquement décidé d'aller à la chasse aux corbusards après ces années de compromis ? Alors ça devait être ça : Emerson s'était mal exprimé, il parlait du moment où la situation deviendrait critique et où il faudrait agir pour que les choses rentrent dans l'ordre – nous ne pouvions pas avoir si facilement trahi nos alliés. D'ailleurs, je pouvais voir sur l'écran que nos unités ne réagissaient que lorsqu'elles étaient attaquées.

Et si les corbusards ne s'arrêtaient pas avant le lever du soleil ? Non, il ne fallait pas y penser. De toute façon, c'était absurde : il restait encore plus de trois heures avant l'aube, et l'escarmouche serait sans doute terminée bien avant. Mais si ça n'était pas le cas, est-ce que j'arriverais à donner la position des petits points noirs sans savoir qui j'envoyais mes collègues tuer ? Alors que ça pourrait être Cal ou Lorenzo…

Je jetai un coup d'œil inquiet autour de moi. Gaspard s'était déjà installé au poste de commande et il pilotait ses petits soldats en fronçant les sourcils d'un air concentré. Je le connaissais assez pour savoir qu'il était ravi : pour lui, c'était comme un super jouet – parce que dans son esprit, il n'y avait rien derrière les points qu'il voyait sur l'écran.

Fatiguée et l'esprit totalement embrumé, je m'assis sur le siège à côté de lui et l'écoutai distraitement donner des ordres.

Sur l'écran, trois petits points noirs disparurent.

Chapitre 7

Gaspard et moi étions dans la salle de contrôle depuis un peu plus d'une heure. Je n'avais vu personne de familier, mais apparemment la plupart des employés présents connaissaient notre identité et nous n'étions pas franchement les bienvenus. En fait, tous ceux qui s'étaient approchés de nous m'avaient ignorée et s'étaient montrés désagréables avec Gaspard, qui m'avait pourtant juré ne les avoir jamais rencontrés. Nous avions déjà présenté quatre rapports à Loren Hunt et deux à Emerson.

Nous avions aussi fait disparaître onze petits points noirs de la carte et, d'après les coordinateurs, nos résultats étaient « satisfaisants ».

En réalité, je jouais la simple spectatrice pendant que Gaspard s'en donnait à cœur joie. Visiblement, dans le trip commando, il était comme un poisson dans l'eau. Moi, je n'aimais pas ça. Plus les opérations progressaient et plus je soupçonnais qu'il y avait quelque chose dans cette intervention qui dépassait de très loin le simple fait d'empêcher les débordements lors d'une bataille rangée entre deux camps de corbusards.

– Je vais aller chercher du café, dis-je en me levant.

Gaspard acquiesça d'un signe de tête sans lever les yeux de l'écran et je me dirigeai vers le petit couloir attenant à la salle de contrôle qui était bordé d'une impressionnante collection de distributeurs en tous genres. J'appuyai sur un bouton après avoir introduit une pièce dans l'une des machines et un liquide qui tenait autant de l'huile de moteur que du café vint remplir un gobelet en plastique mou et brûlant. Je l'attrapai et m'avançai jusqu'au dernier distributeur. Je m'adossai contre le mur, et, ainsi dissimulée par ce grand rectangle blanc, certaine que personne ne pourrait me voir boire, je fermai les yeux.

Voilà leur guerre…

Est-ce que c'était cela dont mon rêve parlait ? Non, nous n'avions pas déclenché les hostilités. Nous n'étions pas en guerre : nous maintenions la paix. Alors pourquoi avais-je autant l'impression que ce rêve était un appel au secours de Démétrius ? Je ne pouvais pas l'aider, c'était impossible.

Je bus une gorgée, me brûlant la langue au passage, et portai ma main libre à mon front.

– Tiens, l'équipière de Flynn ! dit une voix dont l'accent traînant de Silvertown était reconnaissable entre mille.

Je sursautai et manquai de lâcher mon gobelet.

– Pourquoi tu te planques ? Tu cherches à fuir Flynn ? Je comprends, continua Spencer, un beignet d'allure caoutchouteuse constellé de sucre dans une main et un café dans l'autre.

– Mais non, pas du tout, me défendis-je.

– Je sais pas comment tu fais pour supporter ce sale type. T'as pas de bol d'avoir été affectée à son équipe : il a vraiment un don pour se faire des ennemis et nous créer des emmerdes. Tout le monde le déteste, ici.

– Qu'est-ce que tu racontes ?

– Tu n'as pas remarqué la façon dont ils vous regardent ?

Si, j'avais remarqué. Maintenant au moins je savais que ce n'était pas seulement ma paranoïa naturelle qui était en cause.

– Mais pourquoi ?

– C'est un petit con, tu t'en étais pas aperçue ?

– Oh, tais-toi ! Va-t'en ! ajoutai-je, à bout de nerfs.

– Tu lui ressembles de plus en plus, dit Spencer. Tu deviens vraiment désagréable. Mais laisse tomber : tu ne seras jamais comme lui.

– Quoi ?

– En fait, tu sais quoi ? Ce serait pas mal qu'on fasse la paix, toi et moi. C'est vrai qu'on n'a pas été très sympas avec vous, mais bon, on est déjà en guerre avec *eux* : on peut pas se tirer dans les pattes tout le temps.

– Pas très sympas ? répétai-je. La dernière fois, toi et ton équipe, vous nous avez laissés en pleine forêt avec un sorcier taré et deux zombies. On a dû rentrer à pied et on a mis près de six heures à retrouver la ville !

– Oh, c'était juste pour rigoler.

– Rigoler ? Et la fois où vous avez refermé à clef les portes de la morgue et qu'un des cadavres s'est relevé, c'était aussi pour rire ?

– Ça n'avait rien de personnel. Je veux dire, c'est avec Flynn que j'ai un problème, pas avec toi. Et je ne savais pas que l'un de ces cadavres était… encore en vie. Je le jure, ajouta-t-il en levant la main droite.

– Si tu veux que nos relations s'améliorent, tu pourrais peut-être commencer par apprendre mon nom, dis-je. Je m'appelle Saralyn, pas « l'équipière de Flynn ».

– OK, ça roule. Alors, vous vous en sortez avec le commandement ? Toi, ça devrait aller : à ce qu'on raconte, t'as le petit guide de la parfaite machine à tuer implanté dans le cerveau, ajouta-t-il en riant.

Je serrai mon poing libre derrière mon dos, résistant à l'envie de lui envoyer le contenu de mon gobelet dans la figure. Le conditionnement auquel on m'avait soumise me faisait peur – il s'activait dès que la situation devenait inconfortable et je ne savais pas jusqu'où j'étais capable d'aller.

– C'est quand même bizarre qu'ils vous aient choisis pour remplacer l'autre planqué. D'après moi, ça sent le favoritisme à plein nez.

J'ouvris la bouche, cherchant un sens à cette remarque. L'autre planqué ? Justin ?

– Ben oui, on l'appelle comme ça parce qu'il cause mais qu'il va jamais sur le terrain. C'est un planqué. Mais toi, il t'aime bien, hein ? Alors il t'a mise à l'abri le temps que ça se calme, dit-il d'un ton plein de sous-entendus. Du coup, Flynn aussi est bien au chaud, ajouta-t-il d'un air de regret en avalant une ultime lampée de café trop sucré.

Le café me brûla les doigts en débordant du gobelet. Je baissai les yeux et m'aperçus que j'avais fermé le poing au point d'écraser le plastique.

– Oh, allez, fais pas cette tête : ce ne serait pas la première fois que ça arrive entre un instructeur et son élève.

Je lui aurais volontiers balancé une réplique cinglante à la figure et ma main avec, mais je restai muette de stupeur. Était-ce vraiment ce que les employés de l'Organisation pensaient ? On m'avait déjà fait remarquer que Justin passait beaucoup plus de temps avec notre équipe qu'avec les autres, cependant ça ne m'avait pas plus intriguée que ça : pour moi, Justin était ce qui se rapprochait le plus d'une famille.

Je sortis du recoin où je m'étais cachée, tant pour reprendre contenance que pour m'éloigner de Spencer. Je pensais souvent que la haine qui existait entre les spécialistes et les techniciens était ridicule et qu'y remédier nous faciliterait grandement la tâche, mais à chaque fois que je croisais le chemin de leur chef de section, les raisons pour lesquelles Gaspard le détestait autant devenaient étonnamment claires.

Je m'avançai pour jeter mon gobelet encore à moitié plein et pris une serviette en papier dans un distributeur pour essuyer mes mains dégoulinantes de café – par chance, mes vêtements avaient été épargnés.

C'est alors que je la vis. Elle semblait encore plus petite qu'à l'accoutumée dans son ensemble gris.

– Laura ? m'interrogeai-je à mi-voix.

– Ah ouais, Smith, dit Spencer derrière mon épaule en enfournant la dernière bouchée de son beignet dans sa bouche avant de sucer méthodiquement chacun de ses doigts poisseux, émettant des bruits répugnants.

Je m'écartai de lui, mais continuai de regarder le médecin attitré des spécialistes. Que pouvait-elle bien faire ici ? Les médecins faisaient partie d'un réseau externe et, théoriquement, ils ne devaient même pas être réellement au courant de nos activités, alors ne parlons même pas de connaître l'emplacement du Central de l'Organisation. Elle restait plantée là, au milieu des coordinateurs qui couraient en tous sens et des vociférations des chefs de section qui réclamaient des techniciens ou une ambulance pour un de leurs hommes.

– Elle a l'air bouleversée, dis-je pour moi-même.

– Peut-être qu'elle a eu vent de votre relation très *spéciale*, dit Spencer en gloussant.

– Quoi ? demandai-je, agacée.

– Oh, tu étais pas au courant ? C'est vrai que les spécialistes ne viennent jamais à la base… Le doc et Justin sont comme qui dirait ensemble.

– Justin et Laura ? dis-je, ouvrant de grands yeux.

– Ouais, tout le monde le sait : ça fait un moment que ça dure. Remarque, ils sont bien assortis dans le genre « couple de vieux ».

– Tu es vraiment ignoble, lâchai-je, ne pouvant plus me retenir. Est-ce qu'une fille a déjà accepté de sortir avec toi ?

– Je suis marié, moi, répondit Spencer, ne paraissant pas troublé par mes propos. En fait, je vais même bientôt avoir un gosse.

Je grimaçai malgré moi. Je ne réussissais pas à imaginer qui avait pu dire « oui » à ce rustre au physique peu avantageux. Je le considérai d'un œil critique. Non, je ne m'étais pas trompée : il avait la mâchoire d'un mâcheur de chewing-gum professionnel et j'aurais parié qu'il se préparait une belle calvitie prématurée au milieu des mèches de ses cheveux qui brillaient toujours d'un éclat graisseux que j'espérais dû à un quelconque produit chimique.

– Enfin, dis-je, reprenant mes esprits. Ça n'explique pas ce qu'elle fait là : Justin est absent, aujourd'hui.

– Absent ? Ça, on peut le dire ! C'est ce qu'ils vous ont raconté ?

– Oui, pourquoi ? demandai-je, soudain inquiète. Il y a eu un problème ?

– Ouais, et un sérieux : votre boss, il s'est fait enlever. Moi, je dois avouer que je trouve ça balèze de la part d'un gars qui sort presque jamais de son bureau.

– Enlevé ? Mais quand ? Par qui ?

Les questions se bousculaient sans ordre derrière mes lèvres. Je n'arrivais pas vraiment à réaliser ce que tout cela signifiait, comme si mon cerveau refusait d'analyser correctement ce que j'entendais. Justin, enlevé ? C'était totalement impossible.

– Ils ont fait ça juste avant d'attaquer le Quartier Rouge. Ça devait être pour nous empêcher de trop intervenir. D'ailleurs, ça a pas mal marché : quand on est arrivés sur les lieux, le plus gros était déjà passé. En fait, ce qui se passe maintenant, c'est rien à côté de ce qu'il y a eu.

– Mais qui ? Comment ?

– Bah, sûrement Démétrius. Faut dire qu'il a pas l'air de nous aimer beaucoup, et puis il a les moyens. Et l'enlèvement, c'était du grand spectacle : ils sont allés le chercher dans son bureau, en plein QG ! Ils ont neutralisé tout le système de sécurité avec un sort de brouillage, même que les caméras de surveillance n'ont rien filmé. Sur les images, on voit Justin, et l'instant d'après il a disparu. Du grand art ! J'aurais adoré assister à ça.

Je fixai le sol, me répétant sans cesse : « Justin a été enlevé, il n'est plus là, peut-être qu'il est déjà mort. » Malgré cela, cette histoire continuait de me paraître complètement ridicule et dépourvue de signification. Comment aurait-on pu enlever Justin alors que ses propres employés n'avaient jamais la moindre d'idée de l'endroit où il se trouvait ? Ça ressemblait à une sorte de farce et je m'attendais à chaque instant à ce que quelqu'un m'annonce que c'était juste pour rire.

– Il faut aller le chercher, affirmai-je, maudissant la petite voix tremblante qui sortait de ma gorge. Pourquoi est-ce qu'on ne nous a pas envoyés fouiller le Quartier Rouge ?

– T'inquiète : ils le cherchent. Justin est quelqu'un d'important ici. Ce sont des équipes spéciales qui s'occupent de ce genre de trucs. Bon, il faut que je retourne bosser, parce que en ce moment c'est un de mes potes de la section technique qui me remplace. Si Madame Communication s'en aperçoit, je vais passer un sale quart d'heure.

Je relevai la tête et le considérai d'un œil trouble, essayant vainement de ralentir le flot de pensées incohérentes qui me traversaient l'esprit.

– Moi, je dois y aller, dis-je.

– Quoi ?

– Il faut que j'aille dans le Quartier Rouge, ici, je ne sers à rien.

– Hon, hon, fit Spencer en se grattant la tête.

Je remarquai que ses ongles étaient trop longs et je détournai les yeux :

– Ils ont décidé que tu devais rester là, parce que tu peux me croire, la planque, elle était pour toi : Flynn, ils s'en foutent. De toute façon, tout le monde le déteste, ajouta-t-il en marmonnant.

– Je m'en moque. J'y vais, insistai-je, tant pour me convaincre moi-même que pour afficher ma détermination.

– Tu peux pas partir comme ça : toutes les portes sont surveillées et il faut un passe pour entrer ou sortir. Ils te laisseront jamais te tirer maintenant.

Je lui jetai un regard en biais tandis que l'idée la plus tordue que j'avais jamais eue germait dans mon esprit.

– Spencer, tu as un passe, non ?

– Eh quoi ? demanda-t-il, reculant d'un pas et secouant vigoureusement la tête. Je ne vais pas me griller pour toi, ça non.

– Alors mettons que je te l'ai volé, dis-je en tendant la main vers lui.

– Tu veux que je passe pour un demeuré, ou quoi ?

Emerson sortit de son bureau et jeta un coup d'œil circulaire dans la pièce principale avant de se diriger vers Laura Smith. Il la prit doucement par le bras, comme si elle était une sorte d'objet fragile, et l'entraîna vers son bureau. Elle se laissa faire, l'air hébété. Voir cette femme, toujours si gaie et pleine d'énergie, dans cet état me serra le cœur.

– Tu te souviens des nouvelles bonnes relations que nous sommes censés avoir à partir de maintenant, tentai-je. Spencer, s'il te plaît, repris-je d'un ton suppliant après un silence.

– Tu n'arriveras pas à le trouver toute seule, de toute façon.

Là, il se trompait : si Démétrius y était pour quelque chose, Lorenzo devait le savoir. Et à moi, il me le dirait, j'en étais sûre.

Oh par pitié, pensai-je, *faites que Lorenzo n'y soit pour rien.*

– Ça ne plairait pas à Flynn que tu te carapates là-bas sans lui, ajouta Spencer, songeur.

D'un coup, son regard s'éclaira, comme si la situation venait de prendre un sens nouveau qui le satisfaisait beaucoup.

– Allez viens : il faut en profiter pendant qu'Emerson est occupé avec Smith.

Il balaya la pièce principale d'un regard circonspect avant de s'y engager. Loren Hunt était en grande discussion avec Ralph.

Je me glissai à la suite de Spencer en direction de la sortie. Je m'aperçus que je marchais sur la pointe des pieds en retenant mon souffle et m'obligeai à reprendre une démarche normale, me sentant ridicule. Personne ne parut nous remarquer et nous arrivâmes devant l'ascenseur sans nous faire arrêter. J'avais pourtant l'horrible impression d'être aussi repérable qu'un éléphant et je m'attendais à chaque seconde à voir Loren Hunt surgir en criant : « Eh ! Qu'est-ce que vous faites ? »

Spencer sortit son passe et l'introduisit dans le petit appareil accroché au mur, près de l'ascenseur, qui ressemblait à un composteur de billets de train. Il y eut un léger bip que je trouvai assourdissant mais qui ne fit même pas se retourner la jeune femme rousse qui travaillait sur le bureau situé juste derrière nous. Les portes de l'ascenseur coulissèrent, cependant j'ouvris celle qui menait à l'escalier. Spencer haussa les sourcils d'un air surpris.

– Au fait, ils te laisseront pas entrer dans la zone, dit-il, maintenant la porte ouverte alors que je commençais déjà à descendre les marches. Choisis un endroit où ils sont en train de se faire attaquer et fais-toi discrète.

– Oui, acquiesçai-je en hochant la tête. Oh, et merci.

– De rien, je le fais juste pour emmerder ton sale petit con d'équipier, dit-il, ayant sur le visage ce qui, chez lui, se rapprochait le plus d'une expression amicale.

Cette vision me fit froid dans le dos. Je grimaçai un vague sourire et me précipitai vers le parking. Je n'avais même pas de voiture pour aller jusqu'au Quartier Rouge et je commençais déjà à regretter mon geste inconsidéré.

Chapitre 8

J'attendis que le taxi ne soit plus en vue pour m'engager dans l'une des rues attenantes au cordon de sécurité mis en place par nos agents. J'étais au sud-est du Quartier Rouge, l'endroit le plus proche du secteur des vampires. Je le longeai de façon à rester aussi éloignée que possible du secteur six: je n'aurais pas aimé me retrouver toute seule sur le terrain de chasse des gargouilles un jour de tuerie. Même en temps normal, j'évitais au maximum de m'en approcher. Gaspard aurait sans doute trouvé ça stupide parce que ces deux sortes de créatures étaient des prédateurs pour les humains, mais j'arrivais à rester calme face à un vampire, alors que les gargouilles causaient chez moi un sentiment de peur panique et de répulsion presque physique.

J'avais vu sur les écrans qu'il y avait des sentinelles sur toute la longueur du barrage qui entourait le Quartier Rouge. Pourtant, là où j'étais placée, j'avais de bonnes chances d'entrer: j'étais juste entre le secteur des vampires et celui des nécromanciens et je savais qu'avec tous les problèmes de zombies que nous avions eus ces derniers temps, c'était probablement un vrai chaos à cet endroit.

Je m'arrêtai au coin de la rue et jetai un coup d'œil en direction de la foule. Il y avait là un groupe d'habitants passablement énervés qui exigeaient à grands cris de pouvoir rentrer chez eux, quelques journalistes dont une équipe de télévision, et des policiers que je supposai appartenir à l'Organisation et qui contenaient de leur mieux toute cette joyeuse assemblée. Des barrières avaient été dressées et, alternées avec des camions, elles empêchaient la foule de voir ce qui se passait à l'intérieur. Je me mêlai à l'attroupement et me rapprochai de l'un des véhicules. Il suffisait que je parvienne à me glisser en dessous pour passer de l'autre côté. Évidemment, je ne possédais pas de capteur, je serais donc bientôt repérée sur les écrans : je n'aurais pas beaucoup de temps pour trouver Lorenzo.

Je me baissai et fis mine de relacer ma chaussure. L'agent de sécurité le plus proche me jeta un regard méfiant auquel je répondis par mon sourire le plus innocent. Il fronça les sourcils et avança d'un pas vers moi : bon sang, je devais avoir l'air d'une voleuse à l'étalage sortant d'un grand magasin. Ce fut alors qu'il y eut un bruit métallique retentissant. C'était probablement une poubelle tombée à terre, mais il y avait aussi autre chose. Je reconnus tout de suite ce bruissement écœurant pour l'avoir déjà entendu : une gargouille arrivait.

La foule n'avait pas dû le percevoir au milieu du brouhaha, et si la poubelle renversée la fit se taire quelques instants, personne ne prêta attention aux battements d'ailes dans la nuit noire. Personne sauf nous, ceux qui savions.

Les agents de l'Organisation mirent plus de temps que moi à l'entendre. Je vis celui qui me surveillait blêmir d'un coup quand il comprit ce qui rôdait derrière le camion. Il se retourna par réflexe, bien qu'il fût impossible de distinguer quoi que ce soit de là où nous étions. J'en profitai pour me précipiter à plat ventre sous le véhicule, essayant de ne pas penser à ce que j'allais trouver de l'autre côté. Bien sûr, il ne faudrait que quelques instants pour que l'agent devine où j'étais allée, mais la gargouille risquait d'occuper mes collègues suffisamment longtemps pour que je puisse m'éloigner.

Je rampai, m'égratignant les mains sur le béton, puis m'immobilisai pour prendre une grande inspiration avant de sortir. Il fallait que je coure vers le nord-ouest jusqu'aux « Délices de Bacchus » sans m'arrêter. Pour la première fois, j'étais heureuse d'avoir fait autant d'heures de sport ces derniers temps. Ensuite, tout irait bien, parce que même si c'était stupide, je me sentirais en sécurité avec Cal et Lorenzo.

Je me remis péniblement debout et essuyai les paumes de mes mains sur mon pantalon. Il faisait plutôt froid depuis que la nuit était tombée et je regrettai que mon manteau soit resté sur le dossier de la chaise de bureau à côté de Gaspard. Je tiquai en pensant à mon coéquipier – il devait s'être aperçu que je m'étais volatilisée, maintenant. En fait, je me trouvais probablement en ce moment sur son écran sous l'apparence d'un petit point noir.

Il était sûrement furieux. Évidemment quand il saurait pour Justin, il comprendrait. À ma place, il aurait agi exactement comme moi. Mais une petite voix me murmura qu'il faisait tous les jours des choses qu'il ne tolérerait pas que je fasse.

Je n'avançais que depuis quelques secondes en direction du bar de Cal, pourtant ma respiration devenait déjà haletante dans le vent froid. J'essayai de me remémorer les conseils que Rudolph, mon coach sportif, m'avait enfoncés dans le crâne à grand renfort d'exercices exténuants. Mais rien ne venait et un point de côté m'obligea à me pencher vers la gauche, donnant à ma course une allure cahotante. J'avais mal, je ne savais plus trop où, et je ne parvenais plus à reprendre mon souffle. Je grinçai des dents : malgré mes efforts, je paniquais complètement.

Je n'entendais plus la gargouille. Je ralentis le rythme, sachant que je pourrais probablement semer les spécialistes en prenant les petites rues qui coupaient le boulevard principal. De toute façon, les bruits de coups de feu et les cris qui résonnaient un peu partout me disaient que mes collègues avaient suffisamment de problèmes pour ne pas se précipiter sur un pauvre petit point noir isolé et non menaçant. Non, ils ne se lanceraient à ma recherche qu'à partir du moment où l'homme de la barricade donnerait l'alerte et qu'ils sauraient que j'étais un être humain. Ça ne saurait plus tarder à présent.

J'avalai difficilement ma salive, qui était devenue épaisse et avait pris un goût ferrugineux. Je regardai vraiment autour de moi pour la première fois et m'aperçus que j'étais allée plus loin que ce que je pensais. Peu de réverbères fonctionnaient encore et les rares flaques de lumière jaune rendaient l'endroit plus effrayant que s'il avait été entièrement plongé dans le noir. En tout cas, ça ne me facilitait pas la tâche puisque ma vision était sans cesse obligée de s'accommoder aux variations de luminosité.

Le sol était jonché de verre brisé et de toutes sortes d'objets hétéroclites. Il n'y avait pas de corps – nos agents les avaient ramassés au fur et à mesure –, mais du sang teintait l'asphalte. Bien sûr, un être humain normal ne l'aurait pas vu, mais moi, je le percevais : peu importe l'énergie désespérée avec laquelle vous essayez de le faire disparaître, le sang ne part jamais tout à fait. Ça, je le savais par expérience.

J'observai ce quartier dévasté et me demandai si nous arriverions à le remettre en état avant que la population ne regagne ses appartements. Probablement pas, alors nous ressortirions l'alibi des bandes de hooligans. Il m'arrivait de me dire qu'en réalité ces jeunes désœuvrés et violents n'avaient jamais existé nulle part, qu'il ne s'agissait en fait que du leurre sorti de l'imagination d'un responsable de l'Organisation acculé par les événements. J'avais peine à comprendre pourquoi, mais voir cet endroit si désolé et si vide me rendait triste. On aurait dit un champ de bataille déserté après une offensive.

Un bruit de voix me tira de mes réflexions. J'aperçus la lumière d'une lampe torche: cette équipe était encore assez loin, mais elle se dirigeait vers moi. Je me mis à courir, essayant d'ignorer mes muscles déjà tétanisés par la terreur et la fatigue.

Je n'étais plus très loin des « Délices de Bacchus ». Je jetai un coup d'œil par-dessus mon épaule avant de tourner à droite pour tenter de semer mes poursuivants. Je vis alors une forme sombre s'abattre sur eux. Il y eut un bruit comme un grognement sourd et la créature fit tomber l'un des deux spécialistes. Je me détournai, m'obligeant à garder les yeux fixés droit devant moi pendant que je m'enfuyais. Une déflagration retentit dans mon dos.

S'il était arrivé la même chose à Cal et à Lorenzo… Si…

Une évidence désagréable se fit jour dans mon esprit. J'essayai de la faire taire, mais elle restait là, tel un moucheron qui vole devant votre visage et que tous vos gestes agacés ne parviennent pas à faire fuir. Bien sûr, la disparition de Justin m'avait beaucoup affectée et j'étais venue parce qu'il était très probable que Démétrius y soit pour quelque chose. Mais ce que je désirais réellement entendre en venant ici était qu'il n'avait rien à voir avec ça : en vérité, j'étais inquiète pour *eux*. Si Démétrius avait enlevé Justin, nous exterminerions les vampires, et aussi les sorciers ainsi que les nécromanciens. Et je ne le voulais pas.

J'entendis de nouveau l'horrible battement d'ailes. Proche. Une vague de peur passa derrière moi et mes poursuivants se mirent à tirer, demandant du renfort en parlant bien plus fort que nécessaire dans leur radio. Maintenant, je savais qu'ils ne me suivraient plus avant un moment. Cependant, je n'arrivais pas à m'en réjouir, parce que se retrouver face à une gargouille était quelque chose que je n'aurais souhaité à personne.

Ce qui était en train de se passer n'avait aucun sens. Pourquoi est-ce que les corbusards dévastaient ce quartier ? Et pourquoi les opposants à Démétrius nous attaquaient-ils alors que nous combattions le même ennemi ? Justin aurait sans doute dit qu'ils étaient des animaux et que devant l'attrait du sang et du carnage, ils étaient incapables de se raisonner. C'était peut-être la vérité, mais habituellement ils réagissaient tout de même avec une certaine logique, et ici je n'en voyais pas.

Un projectile relativement volumineux passa près de ma tête et je ne pus retenir un glapissement de terreur. Je me retournai à demi et aperçus une forme sombre à quelques pas de moi – je ne l'avais pas entendue approcher. Je dégainai sans même m'en rendre compte et braquai mon arme sur la silhouette, prête à tirer. Il y avait une tache noire d'au moins vingt centimètres de circonférence dans le mur de béton à ma gauche. Celui-ci s'était légèrement enfoncé à l'endroit où le projectile l'avait atteint. Si mon assaillant avait mieux visé, j'aurais probablement eu le crâne pulvérisé.

Une odeur de pouvoir flottait dans l'air et je vis quelque chose luire entre les mains de l'inconnu. Je ne parvenais pas à distinguer son visage, comme s'il était à moitié dématérialisé – ce qui, pour autant que je sache, n'était absolument pas impossible.

– Qui êtes-vous ? demandai-je en forçant ma voix. Montrez-vous, je n'ai pas l'intention de vous faire de mal.

Par pitié, ne m'obligez pas à participer à ce massacre, suppliai-je intérieurement. Mais même si je pouvais voir distinctement les traces de lutte et les résidus organiques sur le sol, même si l'idée d'ajouter un corps de plus dans le camion des techniciens me répugnait, mes mains, refermées autour de mon colt, ne tremblaient pas.

La lueur clignota, comme si mon assaillant hésitait. Il se rapprocha de quelques pas, prudemment. Je luttai contre l'instinct qui poussait mes jambes à reculer et mon index à se crisper sur la détente.

Le réverbère qui se trouvait entre nous était tellement tordu qu'il formait presque un angle droit. Il s'alluma progressivement, éclairant le sorcier. Comme à chaque fois que je faisais face à l'un de ces êtres, je ressentis cette étrange sensation qui m'empêchait de distinguer en eux le moindre caractère humain. Pour moi, ces traits parfaits, constructions artificielles dues au pouvoir, rendaient leur apparence plus proche de celle d'un mannequin en plastique que d'un véritable être humain. Souvent, je ne parvenais même pas réellement à me rappeler à quoi ils ressemblaient, comme s'ils n'avaient plus eu de visage mais seulement des masques uniformes et figés.

– Vous ? demanda-t-il, l'air déstabilisé. Vous n'êtes pas censée être là.

– Comment le savez-vous ? demandai-je, effrayée.

Il se retourna et, au même instant, je perçus une présence inquiétante autour de nous. Il se dissipa dans l'air et la lumière du réverbère s'éteignit soudainement. Je pinçai les lèvres et tentai de chasser le terrifiant sentiment de désespoir qui m'envahissait.

Justin. Justin n'était pas à mes côtés. Il était peut-être mort. Peut-être bien qu'une fois encore je me retrouverais seule, et Gaspard allait tellement me détester pour être venue ici, moi qui mentais sans arrêt.

Il fallait que je me reprenne : les « Délices de Bacchus » n'étaient plus loin. Il suffisait que j'avance encore un peu, et après ça irait mieux. Oui, après je saurais quoi faire.

Je me remis en marche, plus lentement. Je me sentais oppressée et mes muscles refusaient de se détendre. Il y avait quelque chose de gluant dans l'atmosphère, quelque chose qui collait à mes pas et qui me rappelait la sensation poisseuse qui m'écrasait lors de mes cauchemars. C'était comme si tout à coup, la nuit s'était mise à suinter le long des murs de béton, enfermant ce quartier dans une bulle dont je ne pourrais plus ressortir. J'enfonçai mes ongles dans mes paumes jusqu'à ce que la douleur m'eût suffisamment calmée pour me permettre de respirer normalement. Ce n'était qu'une illusion causée par ce silence soudain et lugubre.

Je tendis l'oreille, guettant les coups de feu, mais je n'entendais plus rien. Je consultai ma montre neuve, espérant au passage qu'elle durerait un peu plus longtemps que les précédentes, ce qui n'était pas évident vu la situation. L'heure de l'ultimatum que nous avions posé aux corbusards approchait : peut-être avaient-ils finalement décidé d'arrêter les hostilités à temps. J'espérais que c'était le cas sans oser trop y croire. Je pressai le pas, décidée à atteindre le bar coûte que coûte maintenant que j'étais si près du but. Et puis, je n'avais rien à craindre, après tout j'étais un soldat entraîné et il y avait des spécialistes dans tout le secteur – ils m'aideraient en cas de besoin. Enfin, s'ils me demandaient mon identité avant de tirer.

Je frissonnai, transie de froid et de peur, et décidai de couper par une petite ruelle transversale que je ne connaissais pas mais qui semblait aller dans la bonne direction. Je m'y enfonçai, gardant mon arme pointée devant moi, et tâchai de ne pas penser à ce qui arriverait si ce n'était pas le cas. L'étonnement du sorcier quand il m'avait vue me perturbait. Sans compter qu'il m'avait épargnée sans raison apparente. Je chassai ces pensées parasites et me concentrai sur les alentours, affûtant mes sens pour éviter d'être de nouveau attaquée par surprise.

Ce fut avec un soupir de soulagement que je reconnus les odeurs familières qui entouraient le Grand Boulevard – principalement des relents de rongeurs et de sang de bœuf séché. Je n'aurais jamais imaginé être un jour aussi contente de les respirer. Il ne me restait plus que quelques mètres à parcourir et après… Je réalisai alors que je n'avais aucune idée de ce que je ferais après. Rien ne me disait que Lorenzo serait là ou qu'il accepterait de me dire quoi que ce soit. Auquel cas j'aurais trahi la confiance de Gaspard pour rien.

Une vague de pouvoir passa dans l'air avec violence et je crus tomber à la renverse. Je commençai à tousser, m'asphyxiant. J'avais l'impression que le pouvoir était entré dans mes poumons et empêchait l'oxygène d'y pénétrer. Mes yeux se brouillèrent et je me pliai en deux, appuyant mes mains sur mes genoux fléchis.

Il faut que tu te redresses et que tu te sauves, Saralyn!

Dépêche-toi. Tu ne dois pas rester là!

Tout en moi hurlait. Mon instinct et mon conditionnement luttaient contre mon corps paralysé par la fatigue et la terreur au point que ça en était douloureux. Les alentours étaient à la fois si calmes et si menaçants, tel un prédateur qui se ramasse silencieusement sur lui-même avant de bondir sur sa proie. Une silhouette se découpa dans un coin de la ruelle, sans aucun bruit.

Qui êtes-vous?

Je voulus parler, cependant la question mourut avant d'avoir pu franchir mes lèvres. De toute façon, elle était inutile: je ne distinguais qu'une forme emmitouflée dans une grande cape faite d'un épais tissu brun, mais je savais qui il était. En vérité, je l'avais su bien avant qu'il n'apparaisse devant moi, parce que aucun autre corbusard ne pouvait dégager une telle puissance.

Chapitre 9

Mes jambes me paraissaient en plomb, mais je me forçai à reculer. J'entendais ma gorge produire des murmures inarticulés et je ne pouvais pas l'en empêcher : la peur était trop forte, il fallait qu'elle sorte de mon corps d'une façon ou d'une autre.

Je le voyais, je le voyais, cependant je ne voyais rien. Il ne tenta pas de s'approcher. J'aurais pu lui demander pour Justin, le supplier de me le rendre et de ne pas lui faire de mal, seulement j'étais incapable de réfléchir de façon cohérente. Dans mon esprit, la fuite était devenue la seule option et elle avait balayé toute forme de réflexion. Je me redressai avec effort et pris appui contre le mur pour m'aider à faire demi-tour. Démétrius ne bougeait toujours pas et il m'évoquait malgré moi ces gens qui passent des heures immobiles à essayer d'attirer des animaux sauvages.

Après tout, il avait l'appât.

Cela se pourrait-il ? Est-ce que Démétrius aurait enlevé Justin dans l'unique but de me faire venir jusqu'à lui ?

Non, c'était ridicule. Il n'aurait pas déclenché une guerre ouverte avec l'Organisation juste pour me voir alors qu'il savait pertinemment où j'habitais.

Je ne le quittais pas des yeux, je ne pouvais pas détacher mon regard de lui car en cet instant il était la seule chose qui existait. Dans mon esprit, il n'y avait plus rien que cette terreur – face à lui, j'avais l'impression de contempler ma propre mort. À présent...

Il n'était pas seul.

Sentir cette autre présence me libéra soudain de cette chape visqueuse qui me clouait au sol. Je me retournai et partis en courant. Peu m'importait à présent de rencontrer une de nos patrouilles, en fait j'aurais même été soulagée d'en trouver une. Ce ne fut que quelques mètres plus loin, alors que je m'étais déjà engagée dans une autre rue, que je compris ce qui venait de se passer : Lorenzo était avec Démétrius. C'était lui, l'autre présence. En fait, il m'avait même parlé mais j'étais tellement obnubilée par Démétrius que je ne l'avais pas entendu.

– Saralyn ? Que faites-vous là ?

Je me demandai comment ces paroles pouvaient me sembler à présent si claires. Je songeai à m'arrêter, parce que même si je n'arrivais pas encore à l'entendre, je me doutais qu'il me suivait. Mais cela m'était tout à fait impossible : mon corps ne répondait plus.

– Saralyn ! Arrêtez-vous, c'est dangereux de courir ici : vous risquez d'être prise pour l'un des nôtres par votre propre camp, dit-il.

Je crus à une nouvelle réminiscence et je fus surprise de le voir près de moi quand je tournai la tête. Curieusement, il n'avait pas l'air de courir et il n'y avait pas dans sa voix la moindre inflexion qui aurait pu laisser penser qu'il était en train de faire un effort.

– Je vous en prie, arrêtez. Je vous jure qu'il ne vous arrivera rien : Démétrius est loin, maintenant.

– Je sais, soufflai-je d'une voix entrecoupée. Mais je n'y arrive pas. Je ne peux pas m'arrêter. Je ne peux pas, répétai-je, me sentant dans un état proche de l'hébétude.

Il posa sa main sur mon épaule et se plaça devant moi. Mes jambes stoppèrent brusquement, et je manquai de tomber.

– C'est bon, dit-il doucement. Ça va aller, ne vous en faites pas.

Ses doigts se crispèrent légèrement, puis il me lâcha. Je vacillai – des taches noires dansaient devant mes yeux et j'avais la tête qui tournait. Je fixai mon regard sur un point dans le vide, et je m'y accrochai comme si ma vie en dépendait, cherchant à effacer toutes les pensées qui tourbillonnaient confusément dans mon esprit.

– Venez, je vais vous raccompagner, dit Lorenzo.

Je levai la tête vers lui et acquiesçai. Sa présence était apaisante et, pendant un instant, je désirai oublier totalement qui il était et la raison pour laquelle j'étais venue le voir.

***

– Je ne peux pas aller plus loin : les miens ont besoin de moi et je ne tiens pas à provoquer de nouveaux affrontements, dit Lorenzo en s'arrêtant.

Il avait marché avec moi jusqu'à la limite du Quartier Rouge et nous n'étions plus qu'à quelques mètres du cordon de sécurité – je pouvais entendre les grésillements des talkies-walkies et les protestations éteintes des habitants fatigués. Je savais que la plupart avaient été envoyés dans des hôtels, suivant la procédure normale, mais certains avaient refusé de s'en aller.

– Les affrontements sont terminés, dis-je.

– Oui. Pour ce soir. Pourquoi êtes-vous seule ? Je croyais que Gaspard Flynn était toujours avec vous lors des missions.

– Je ne suis pas précisément en mission, avouai-je, embarrassée.

Lorenzo me regarda, l'air curieux. Il ne semblait pas du tout alarmé, et la stupéfaction qui se peignit sur son visage me parut sincère quand je dis :

– Justin a été enlevé.

Je remarquai malgré moi que le visage de Lorenzo était d'un coup beaucoup plus mobile et expressif. Je me demandai si cela était une tentative de sa part pour endormir ma méfiance ou s'il se forçait habituellement à rester impassible.

– Vous êtes sérieuse ? questionna-t-il.

Je hochai la tête, ayant du mal à avaler la boule qui s'était formée dans ma gorge. J'avais pensé interroger Lorenzo, mais c'était stupide : il ne pouvait pas être au courant. Même si c'était Démétrius le responsable, il ne l'en aurait pas informé.

Lorenzo ne pouvait *pas* avoir participé à une chose pareille.

– Je... Ils ont envoyé des équipes spécialisées à sa recherche, et moi, je... Il y avait les affrontements ici, et ils n'ont pas voulu me laisser y aller.

Je me tus, confuse. J'étais morte d'inquiétude, mais pour qui ? Lorsque j'avais vu Lorenzo, j'avais compris à quel point j'avais eu peur qu'il ne leur soit arrivé quelque chose, à lui ou à Cal. J'étais venue dans l'espoir de rencontrer quelqu'un qui aurait pu me confirmer que Démétrius n'était pas impliqué dans l'enlèvement de Justin, cependant quand j'avais été face à lui, je n'avais réussi qu'à m'enfuir en courant. Jamais Gaspard n'aurait réagi d'une façon aussi stupide. Et jamais il n'aurait eu la moindre pensée pour les corbusards impliqués dans l'attaque du Quartier Rouge.

– Est-ce que Cal va bien ? demandai-je.

– Oui, il est parti s'occuper des blessés, dit Lorenzo, semblant surpris.

– Ce n'est pas Démétrius, n'est-ce pas ? repris-je, suppliant presque.

– Qui a enlevé l'un des chefs de section de l'Organisation ? Non, cette hypothèse me paraît hautement improbable, dit Lorenzo avec un sourire triste.

– Comment pouvez-vous en être sûr ?

– Je ne suis pas au courant des détails, mais je crois savoir qu'il existe certains liens entre Démétrius et les dirigeants de l'Organisation.

– Des liens ? Comme un accord ? Nous ne nous serions jamais alliés avec vous, vous le savez.

– Non, il s'agit de quelque chose de plus ancien. Vous n'aurez qu'à le demander à votre supérieur quand vous l'aurez retrouvé.

Je lui fus reconnaissante de montrer une telle confiance, comme si cela ne faisait aucun doute que Justin allait bien et que nous allions bientôt le revoir. Parce que moi, j'étais loin d'en être certaine. En fait, je n'étais plus sûre de rien, et il me semblait voir les fragiles bases de ma nouvelle existence trembler, prêtes à s'effondrer au moindre coup de vent. Je me sentais si seule, si fatiguée et si inutile. Je n'avais rien fait d'autre que créer des ennuis à Gaspard et à Lorenzo sans réussir à obtenir la moindre piste.

– Vous pensez qu'ils lui ont fait du mal ? demandai-je d'une petite voix.

– Non. Je ne sais pas dans quel but on a pu l'enlever, c'est se donner beaucoup de mal et risquer gros, mais c'est certainement pour un objectif bien précis. Le tuer signifie être traqué jusqu'à la fin de ses jours par l'Organisation, et nous savons tous deux à quel point elle est puissante. Sans compter que cela ne nous apporterait pas grand-chose : ce n'est pas lui qui dirige l'ORPHS.

Je hochai la tête. C'était à la fois sensé et réconfortant. Je me sentis mieux : le calme de Lorenzo faisait paraître la situation moins sombre.

– Vous n'avez aucune idée de qui pourrait être derrière tout ça ?

Il haussa les épaules, fronçant légèrement les sourcils.

– Non, pas la moindre. Mais je suis certain que vous l'apprendrez sous peu. Bien sûr, je pourrais vous proposer l'aide de Démétrius dans cette recherche, parce qu'il serait sans doute le plus à même d'apporter une réponse à cette question, cependant, vu votre réaction tout à l'heure, je doute que vous l'acceptiez.

– Je suis désolée. Je ne peux pas.

– Bien, alors allez les retrouver, dit-il en indiquant les lumières. Gaspard Flynn doit vous chercher partout.

– Oh ça, j'en doute, répondis-je en grimaçant. Mais il doit être furieux.

– Il tient beaucoup à vous, affirma Lorenzo d'un ton parfaitement neutre en m'observant d'un œil scrutateur.

– Qu'est-ce qui vous fait penser ça ? demandai-je.

– J'ai entendu dire qu'avec vous, il était gentil.

Il sourit d'une étrange façon et pencha la tête de côté, paraissant considérer quelque chose.

– Faites attention, reprit-il, on dit aussi qu'on ne se méfie jamais assez de lui : il pourrait vous faire du mal sans même le vouloir.

Cette réflexion éveilla en moi des échos désagréables. Je repensai à contrecœur aux propos de Justin la dernière fois que je l'avais vu. J'avais jusqu'ici réussi à ne plus y songer, mais à présent, je ne pouvais plus faire semblant de ne pas me rendre compte que tout le monde me disait la même chose sur mon coéquipier, comme s'ils avaient tous aperçu une facette de Gaspard qui me restait invisible. Évidemment, Gaspard était impulsif et brusque, souvent désobligeant, voire carrément vindicatif avec les corbusards, cependant la haine que je décelais dans les remarques le concernant allait au-delà de tout ça. Je ne pus m'empêcher de me demander si Spencer savait quelque chose que j'ignorais. Au cours des dernières semaines, les avertissements n'avaient cessé de pleuvoir. On m'avait parlé de mon coéquipier comme d'un être sombre et incontrôlable qui ne ressemblait pas le moins du monde au Gaspard que je connaissais.

Je secouai la tête, troublée. Ce n'était sûrement rien, et retrouver Justin était le plus urgent.

– Je vais… rentrer, dis-je. Bonsoir.

Lorenzo leva les yeux devant la nuit qui pâlissait, chassée par les premières lueurs de l'aube. Je fus une fois de plus frappée par la perfection surnaturelle de son visage. C'était ce qui le rendait à la fois si terrifiant et si rassurant – un être d'une telle beauté paraissait incapable de faire souffrir les autres. Mais rien n'était plus faux, je le savais par expérience.

Tout était tranquille. Il n'y avait plus que le bruit de nos agents qui nettoyaient le quartier sans heurts de façon à ce qu'il ne reste plus aucune trace de l'existence des corbusards.

– Bonne nuit, dit-il, me regardant de nouveau. Je vous souhaite un sommeil sans rêve.

J'eus un pauvre sourire, sachant qu'il était inutile de lui demander comment il était au courant pour mes cauchemars. Parfois, j'avais l'impression que les corbusards savaient tout, tels des dieux à hauteur d'hommes. Mais ce n'était qu'une impression, et ces créatures misérables n'étaient même pas humaines.

Je marchai vers la lumière des projecteurs, laissant Lorenzo se fondre dans les ombres.

Chapitre 10

Je bâillai et jetai un coup d'œil du côté du groupe d'hommes qui discutaient devant le camion. Une voiture était en train de se ranger de l'autre côté de la rue. J'avais été arrêtée par des techniciens dès que j'avais rejoint le bord de la zone. Ils m'avaient conduite jusqu'aux agents qui montaient la garde autour du Quartier Rouge. Quand j'avais expliqué que je faisais partie de l'Organisation, ils m'avaient fait attendre ici le temps de contacter le Central. Ça faisait maintenant près d'une demi-heure.

Il n'y avait plus beaucoup de gens dehors – la plupart des habitants récalcitrants avaient fini par céder, vaincus par la fatigue, et étaient allés se coucher dans les chambres qu'on leur avait préparées. On leur avait promis que le quartier serait ouvert d'ici midi et j'avais entendu des vigiles dire que nous avions fait un communiqué de presse moins d'une heure auparavant pour tranquilliser la population. L'histoire de la fuite de gaz « probablement accidentelle » et des bandes de hooligans venues du quartier des indigents avait été retenue. Au pire, les gens croiraient à une attaque terroriste dissimulée par le gouvernement. Comme le répétait Justin, les vieux mensonges étaient toujours les plus sûrs.

Je poussai un soupir et m'assis sur le capot d'une voiture verte. Les deux hommes en uniforme qui étaient restés près de moi depuis mon arrivée me regardèrent du coin de l'œil, semblant anticiper une quelconque manœuvre de ma part. Ils essayaient de faire croire qu'ils se contentaient de monter la garde pour empêcher les intrus d'approcher ainsi que le faisaient tous leurs collègues, mais ils étaient visiblement chargés de me surveiller. Je m'en moquais : je mourais d'envie d'aller me coucher, mais je n'avais pas l'intention de m'enfuir. Après tout, je savais ce que je risquais en venant ici contre l'avis de mes supérieurs, et j'en supporterais les conséquences.

J'observai la voiture faire un créneau un peu brusque et s'arrêter. Loren Hunt en émergea, accompagnée par un homme chauve que je ne connaissais pas. Elle tourna la tête vers moi, puis se dirigea vers le gros camion blanc d'où semblaient venir les ordres. Elle frappa quelques coups contre la portière et l'homme en uniforme qui m'avait dit de rester là descendit. Ils se mirent à parler et il était évident qu'il s'agissait de moi.

Je sentis la crispation se peindre sur mon visage malgré mes efforts et elle se changea en grimace quand la voiture de Gaspard déboula de nulle part : les ondes de fureur qui en émanaient arrivaient déjà jusqu'à moi et il était peu probable que mon coéquipier se soit déplacé juste pour venir me souhaiter bonne nuit.

L'impression s'intensifia encore quand il sortit et qu'il claqua la portière si fort que l'homme en poste à côté de moi sursauta. Il suivit mon coéquipier des yeux d'un air inquiet, se demandant visiblement s'il n'allait pas nous attaquer.

– Ne vous en faites pas, le rassurai-je, alors que Gaspard tournait la tête dans tous les sens, c'est après moi qu'il en a.

L'agent leva les sourcils et eut un rictus de compassion – l'expression de mon coéquipier au moment où il m'aperçut pouvait en effet suggérer qu'il s'apprêtait à se jeter sur moi pour m'arracher la tête. Mais j'étais persuadée qu'il saurait se maîtriser.

Du moins, je l'espérais.

– Gaspard, je… dis-je, essayant d'éviter l'explosion.

– Monte dans la voiture, articula-t-il lentement.

Il essayait apparemment de rester aussi calme que possible, mais sa voix était plus grave que d'habitude et elle tremblait de fureur. Et il avait ce regard… Je ne l'avais jamais vu faire ces yeux-là auparavant, même quand il était hors de lui : l'étrange façon dont il les plissait faisait presque disparaître tout le blanc et leur couleur de bois ciré avait viré au noir. Cependant ce qui m'inquiétait le plus, c'était la flamme tremblotante que j'y apercevais : il avait des yeux d'animal. Un animal fou de rage et carnivore.

Je me mis debout, sans toutefois avancer vers lui. En fait, je fis même un pas en arrière, et ma jambe heurta la voiture qui se trouvait derrière moi. Je restai là, paralysée. Je savais que Gaspard ne me tuerait pas, mais c'était plus fort que moi : mon instinct m'interdisait de l'approcher.

– Tout de suite, reprit-il.

Je ne pus pas bouger – je ne parvins même pas à parler, sentant mes yeux s'agrandir et mes pupilles se dilater. Les hommes qui me surveillaient s'agitèrent, mal à l'aise, cherchant à savoir s'ils devaient intervenir.

La mâchoire de Gaspard se crispa et ses lèvres découvrirent brièvement ses dents dans un rictus qui acheva de me tétaniser. Il me prit par le bras et m'entraîna sans ménagement vers son véhicule. Je hoquetai, retenant le hurlement qui cherchait à sortir de ma gorge. Les hommes en uniforme se retournèrent vers celui qui paraissait être leur chef de section, qui leur indiqua d'un geste non équivoque de ne pas s'en mêler. Loren Hunt nous regarda partir en pinçant les lèvres, me considérant d'un air peu amène.

Je compris qu'en matière d'intégration au sein de mon travail, il ne m'avait fallu que deux petites heures pour détruire trois mois d'efforts.

***

Gaspard me ramena chez moi. Il ne prononça pas un mot pendant tout le trajet, agissant comme si je n'étais pas là. Je savais que c'était là le maximum qu'il pouvait faire pour éviter d'exploser, aussi lui fus-je reconnaissante de si bien m'ignorer et ne cherchai pas à attirer son attention.

Il m'indiqua l'une des chaises de ma cuisine d'un mouvement impérieux et je m'assis, pensant qu'à ce moment précis j'aurais fait tout ce qu'il aurait pu me demander si ça avait eu une chance de le calmer. Il me considéra en silence durant quelques instants qui me parurent interminables. Il avait toujours cet air sombre, les lèvres serrées comme s'il craignait de laisser échapper quelque chose. Je cillai et dus mobiliser toute ma volonté pour ne pas baisser la tête.

– Est-ce que tu as la moindre idée à quel point je me suis inquiété ? lâcha-t-il soudain.

– Quoi ? demandai-je, abasourdie.

Ce n'était vraiment pas la réplique à laquelle je m'attendais.

– Aller là-bas toute seule, contre l'avis de tes supérieurs, et sans émetteur, alors que j'avais pour ordre de faire abattre toute personne non autorisée franchissant la barrière de sécurité… Et tu le savais !

– Mais on venait de m'apprendre que Justin… plaidai-je.

Est-ce qu'il était au courant pour Justin ? Je le dévisageai, essayant de discerner une quelconque réaction, mais son masque de colère ne frémit pas.

– Tu ne penses jamais qu'à toi ! rugit-il en envoyant mes boîtes à thé par terre d'un revers de main. On te dit que nous venons de subir une attaque, que Justin a été enlevé, et au lieu de me prévenir, tu te précipites là où tu as toutes les chances de te faire tuer !

Ce fut alors que je réalisai : je n'avais même pas pensé à avertir Gaspard de la disparition de notre supérieur. Plus que ça, je l'avais délibérément mis en position de me blesser en allant sur la zone qu'il était en train de nettoyer sans l'en informer. Je me souvins des termes de mon contrat : tuer ou blesser un autre agent même accidentellement conduit au renvoi, voire à des sanctions. Pourquoi n'y avais-je pas pensé plus tôt ?

– Oh, je suis désolée. J'avais oublié : c'était toi qui dirigeais les spécialistes et tu aurais été responsable de tout ce qui aurait pu m'arriver là-bas. Je comprends que tu m'en veuilles : tu aurais pu te faire renvoyer, dis-je, soulagée d'avoir une explication à ce regard.

Il s'approcha de moi et se baissa jusqu'au niveau de mon visage. Il avait toujours l'air aussi en colère.

– Tu veux une baffe ou quoi ? demanda-t-il.

Je me recroquevillai sur ma chaise, rentrant instinctivement la tête dans mes épaules. Je voulus dire quelque chose, mais ne sachant pas quoi, j'ouvris la bouche et la refermai, prise au dépourvu.

– Tu aurais pu te faire enlever. Tu es allée dans une zone dans laquelle les corbusards les plus enragés étaient en train de se massacrer… Je t'ai vue sur la carte, et j'ai ordonné ton exécution ; j'ai failli te faire éliminer. Et toi, tu penses que je suis en colère parce que j'aurais pu me faire virer ? (Il émit une sorte de rire nerveux et me prit par les épaules.) C'est quoi ton problème, nom d'un chien : tu cherches à me faire péter les plombs, c'est ça ? demanda-t-il en me secouant.

– Je… je ne comprends pas, réussis-je à balbutier.

Je repensai à ce qu'avait dit Lorenzo. Peut-être que c'était vrai, peut-être qu'il avait réellement eu peur de me faire du mal sans songer à ce que cela aurait entraîné pour lui. Je me sentis honteuse de m'être mise à le considérer comme s'il était l'un d'entre *eux*, une de ces créatures dépourvues de sentiments et de peur. Après tout, même si nous faisions tous en sorte de l'oublier, nous étions des êtres humains.

– Pardonne-moi. Je suis désolée. C'est que… Justin… Qu'est-ce qu'on va faire sans Justin ? demandai-je, laissant éclater la bulle de désespoir qui n'avait fait que grandir autour de moi depuis que j'avais parlé avec Spencer.

Gaspard me lâcha et se redressa. Il soupira et je retrouvai enfin son visage habituel. J'en aurais pleuré de soulagement – je commençais à craindre qu'il ne me pardonne jamais.

– C'est bon, ça va, mâchonna-t-il. Tu as paniqué : je comprends. Je n'aurais pas dû m'énerver comme ça. Arrête de faire cette tête ! lança-t-il d'un ton rogue mais dans lequel on ne percevait plus aucune rage.

– Oui, murmurai-je.

– Arrête, je te dis, j'ai l'impression d'être un monstre quand tu me regardes avec ces yeux-là.

– Je… Tu savais pour Justin ?

– Ouais, ils m'ont expliqué quand je suis allé les prévenir que tu t'étais évaporée quelque part entre le bureau et la machine à café. T'en fais pas : on va le retrouver.

– Ils ne veulent pas qu'on s'en charge, marmonnai-je avec amertume. Il paraît qu'il y a des équipes spécialisées qui travaillent là-dessus et qu'on ne doit pas s'en mêler.

– Et c'est toi qui dis ça ? remarqua-t-il en levant un sourcil.

– Oui, je sais. Mais je n'aurais pas dû aller contre les ordres, c'était complètement idiot. On va avoir d'énormes problèmes si on tente quoi que ce soit, non ?

– J'ai entendu des coordinateurs raconter qu'on avait intercepté un message qui passait sur les télérhizomes de tout le Middle State : apparemment, les corbusards intéressés par une gentille mise à sac d'Edencity sont conviés à une petite fête demain soir. Ça te dit qu'on aille y faire un tour ? Ah… mais si on a pour ordre de ne rien faire, il vaut mieux qu'on reste ici en attendant que ça se passe. Après tout, puisqu'on ne sait pas si c'est l'ORPHS ou Démétrius la cible, l'Organisation enverra sûrement des agents là-bas. Ouais, t'as raison. À la place, on pourrait peut-être aller au cinéma : j'ai vu qu'ils repassaient de vieux films d'horreur à la RMC.

– On y va, répondis-je, posant mes mains sur mes genoux et me sentant déjà plus calme.

– Au ciné ?

– Non, à la fête privée.

– Tu es sûre que c'est ce que tu veux ? demanda-t-il. Ça risque d'être dangereux et ça peut nous coûter notre boulot. Sans compter qu'ils y sont sûrement pour rien : moi, je parierais plutôt sur cette enflure de Démétrius.

– Pas moi. Démétrius n'a aucune raison de se mettre l'Organisation à dos alors qu'il a déjà tous les corbusards du Middle State contre lui.

– Je sais pas. Il compte peut-être demander notre aide en échange du patron, ou peut-être qu'il veut une information. N'importe qui a pu enlever Justin, sauf que ça demandait une bonne connaissance de nos systèmes de sécurité, un plan béton et une très grande puissance. Je ne vois pas qui serait assez fort, à part Démétrius.

Il haussa les épaules.

– Bon, de toute façon, on s'en fiche : qui qu'il soit, on le trouve, on le massacre, et on ramène Justin.

Je ne pus m'empêcher de sourire. Tout avait toujours l'air si simple avec Gaspard.

– Ah, enfin un sourire ! Tu sais, tu devrais arrêter de dévisager les gens avec cet air terrorisé de bête traquée, je t'assure, c'est vexant. Remarque, je comprends que tu sois un peu nerveuse, vu le monde dans lequel on vit.

– Je t'assure que je ne le fais pas exprès, me défendis-je, me sentant tout de même un peu insultée. Et tu exagères, je ne dois pas avoir l'air si effrayé que ça. Si ? demandai-je devant son regard moqueur.

– Quand je suis venu te chercher, tu avais l'air de t'attendre à ce que je t'exécute sans procès. Je t'assure, tu ressemblais tellement à une gamine que même les horribles vigiles insensibles ont failli intervenir pour te sauver.

Je sentis mes traits se tordre dans une grimace maussade. S'ils avaient cette image de moi, je comprenais mieux la façon dont ceux qui travaillaient avec moi me traitaient.

– Je ne suis plus une gamine, protestai-je. J'ai parlé avec Justin hier, ajoutai-je après une pause.

– Ah oui ? répondit Gaspard en s'asseyant sur la table.

– Il m'a demandé… de faire un rapport sur toi, avouai-je, hésitante.

– Et tu viens me le répéter ? Tu veux savoir si j'ai capturé Justin pour le faire taire ? dit-il, ayant l'air de ne plaisanter qu'à moitié.

– Bien sûr que non, protestai-je. Je lui ai dit que c'était ridicule, et c'est pour ça que je te préviens. Je ne sais pas pourquoi, mais j'ai l'impression qu'ils n'ont pas confiance en toi. Je pense qu'il n'est pas impossible qu'ils te fassent surveiller, alors il faudra être prudents demain.

– Tu es trop naïve, Saralyn. C'est ça qui fait ton charme, mais tu devrais quand même être plus méfiante.

– Quoi ? Qu'est-ce que tu racontes ?

– Et si j'étais vraiment un traître ? J'aurais pu faire disparaître Justin et là il ne me resterait plus qu'à t'éliminer…

– Oh, arrête ça ! Ce n'est pas le moment de faire l'idiot : je suis très sérieuse !

– Moi aussi. Si tu continues à croire tout ce que te raconte le premier type venu et à considérer les gens comme naturellement bons, tu finiras par te faire tuer. Je t'ai déjà dit que chaque personne que nous croisons, humaine ou pas, représente une menace : tu ne dois pas relâcher ta vigilance. Être confiant est un luxe que nous ne pouvons pas nous offrir.

– Mais, Gaspard… tu n'es pas le premier type venu !

Une expression interloquée se peignit sur son visage l'espace d'un instant, puis il éclata de rire.

– Je suis très flatté, mais il n'empêche que tu as agi comme une idiote. Évidemment que je ne vais pas te faire de mal, tu le sais bien. Ce n'est pas ça le problème : l'Organisation t'a confié une mission, que tu le veuilles ou non. Tu te rends compte qu'en me mettant en garde, tu te mets en travers de son chemin ? Souviens-toi de ce qui arrive à ceux qui nous gênent, bon sang ! Si nos supérieurs pensent que je suis un traître, que je le sois ou non, et que tu me préviens, tu en deviens un, toi aussi. Et ce qu'ils font aux traîtres...

Les traîtres doivent mourir.

Ils sont une menace pour la population et seront exécutés comme tels.

Je refermai ma main autour de l'un des barreaux de ma chaise ; j'avais le vertige. Je pensais que Gaspard serait content que je lui prouve que j'avais confiance en lui, et puis c'était tellement impossible qu'il nous ait trahis. Pour une raison que je ne comprenais pas, Gaspard haïssait les corbusards plus que tout au monde : jamais il ne se serait retourné contre nous, tout simplement parce que faire partie de l'Organisation lui permettait d'assouvir ce qui me semblait parfois ressembler étrangement à une vengeance personnelle. Pour lui, rien ne comptait davantage. Je ne me faisais pas trop de souci, parce qu'à un moment ou à un autre, nos supérieurs s'en rendraient compte et ils abandonneraient cette enquête interne insensée.

Alors pourquoi est-ce que Gaspard avait de nouveau l'air en colère ?

– Ça ira, tout rentrera dans l'ordre, dis-je de mon ton le plus convaincu. Surtout quand on aura ramené Justin.

Gaspard se détendit visiblement et étira ses lèvres en un demi-sourire.

– Oui, ça ira. Mais ne te mets plus jamais en danger, ni pour moi ni pour personne d'autre. Promets-le-moi.

– Tu es sérieux ? Je ne peux pas, tu le sais : c'est notre travail de risquer notre vie pour protéger les humains.

Gaspard eut l'air momentanément contrarié, puis se frotta pensivement la joue.

– Je suis crevé. Ça doit être pour ça que je ne raconte que des conneries. Bon, je vais me coucher. On se voit demain soir : je viendrai te chercher vers 23 h 30. On va à l'est, dans les Marais.

– Le Marais des Noyés ? demandai-je.

Je me sentis devenir livide. Visiblement très content de son effet, Gaspard me salua d'un signe de main et s'en alla.

***

Je roulai sur le dos et fermai les yeux, mais je ne m'endormirais plus, maintenant que je savais. Je caressai distraitement Jamara. Les Marais, nous devions aller dans les Marais des Noyés. Il me semblait déjà sentir les vapeurs putrides qui s'exhalaient de la terre moite. Combien de corps pourrissaient dans la vase ? Les ombres chargées de quadriller le secteur est après la disparition de plusieurs personnes avaient entendu des rumeurs concernant les Marais, deux mois auparavant. Des équipes de techniciens avaient été dépêchées sur place pour nettoyer les lieux. Gaspard et moi y étions allés aussi, au cas où des créatures s'y seraient encore trouvées. Il n'y avait rien, enfin, rien de vivant. Nous avions découvert un véritable charnier – cela devait faire des années que les corbusards y dissimulaient les restes de leurs victimes.

Finalement, les techniciens avaient préféré laisser les corps là où ils étaient; il y en avait trop et la plupart étaient intransportables. Il aurait fallu des mois avant de réussir à faire disparaître toutes les traces. Nous avions alors fait courir le bruit parmi les humains que les Marais étaient dangereux, que de nombreuses personnes s'y étaient noyées et qu'ils étaient infestés d'animaux sauvages transportant de graves maladies. Cette rumeur était non seulement dissuasive, mais elle nous permettait également de trouver une explication plausible au cas où un promeneur égaré serait tombé sur un cadavre. De toute façon, l'endroit n'était déjà pas très passant, et personne n'avait dû y remettre les pieds depuis notre macabre découverte.

Du moins, avant ce soir.

***

J'eus à peine le temps de monter dans la voiture de Gaspard qu'il avait déjà le pied vissé sur l'accélérateur.

– Cette voiture vaut très cher, n'est-ce pas ? dis-je.

– Oui, plutôt. Pourquoi tu me demandes ça ?

– Je ne sais pas. Je suis fauchée comme les blés avec seulement un chat et une voiture en ruine à charge et tu trouves le moyen d'acheter sans arrêt des armes, des gadgets hors de prix… Tu as combien de voitures, trois ?

– Oui, et alors ? répondit-il en regardant droit devant lui.

– Ou tu es meilleur gestionnaire que moi, ou l'Organisation te paye beaucoup plus, auquel cas il ne me reste plus qu'à déposer une plainte pour discrimination, ou bien… tu as dévalisé une banque.

Il serra les dents et un tic nerveux agita sa bouche.

– Ne raconte pas n'importe quoi !

– Je plaisantais, Gaspard. Quelque chose ne va pas ?

Il eut un signe de tête qui pouvait vouloir dire tout et n'importe quoi, puis passa la main dans ses cheveux.

– Tu es sûre que ça va aller pour ce soir ? demanda-t-il, arrêtant la voiture sur le bas-côté de la route.

– Oui, affirmai-je après une imperceptible hésitation.

– Je peux y aller seul, reprit-il. Ce sera sûrement dangereux.

– Ça ira si tu ne fais rien d'inconsidéré, répondis-je.

– Comme quoi ?

– Comme de te mettre en tête d'éliminer tous les non-humains que tu verras passer. Ça risquerait de nous faire repérer. Alors, réfrène tes instincts et essaye de ne tuer personne, pour une fois.

– OK.

– J'insiste. Ce sera probablement un groupe important, alors s'ils nous attaquent, on n'aura pas le dessus.

– J'ai dit OK. Et pourquoi est-ce que tu les appelles « non-humains », tout à coup ?

– Je ne sais pas, répondis-je, honnêtement. Parfois, je me rends compte à quel point c'est insultant pour eux d'être traités de « corbusards ».

– Tu crois qu'ils ne le sont pas, quand ils disent « humains » ?

Je songeai avec malaise à la façon dont ils prononçaient ce mot, comme s'il désignait une sous-race répugnante. Jamais je n'aurais cru que ce terme pouvait être entouré d'une connotation aussi insultante avant de l'avoir entendu dans la bouche d'un non-humain.

– Si. Je pense… aucun d'entre eux n'est humain, mais ce ne sont pas tous des corbusards.

– Ils sont tous pareils, s'entêta-t-il une fois encore avant de laisser tomber le sujet. Bon, le problème, c'est qu'on a pas l'endroit précis : les Marais sont plutôt grands, dit-il en sortant une carte.

– Je pense que le plus sûr est d'attendre à côté de la route : certains d'entre eux arriveront certainement par là.

Gaspard acquiesça, puis réfléchit quelques instants avant de repartir. Je regardai le paysage défiler derrière la vitre et ne tardai pas à voir les rues vides se transformer en routes de campagne. Durant la nuit, tout était si désert dans cette ville que ça en devenait presque effrayant.

Notre direction n'était pas celle des Marais.

Les yeux de Gaspard faisaient des allers-retours incessants entre la carte dépliée sur mes genoux et la route. Je cherchai à comprendre la logique de notre cheminement, puis décidai qu'il était inutile de me fatiguer puisqu'il n'y en avait apparemment aucune. Je me gardai de tout commentaire : tôt ou tard, nous arriverions à bon port.

Gaspard continua à prendre des petites routes, faisant de nombreux détours et évitant les villages trop peuplés. Nous mîmes deux fois plus de temps que nous n'aurions dû pour parvenir à destination, mais veiller à ne pas se faire repérer faisait partie des consignes élémentaires de sécurité. Gaspard chercha un coin sombre pour se garer. Il finit par trouver un endroit où la voiture serait à la fois suffisamment à l'abri des regards et assez près pour que nous puissions battre en retraite en cas de problème.

Mais il n'y aurait *pas* de problème : il ne devait pas y en avoir.

Gaspard sortit de la voiture et laissa échapper un cri de douleur contenu que je perçus plus que je ne l'entendis.

– Est-ce que ça va ? demandai-je.

– Oui, c'est rien. Je me suis… (Il eut un geste évasif qui lui arracha un tressaillement.) C'est rien.

– Tu es sûr ?

– Oui ! cria-t-il presque, l'air irrité.

Je remarquai alors le léger renflement de son tee-shirt : il avait la poitrine bandée. Une fois de plus. Il me vint à l'idée qu'il devrait cesser de faire des heures supplémentaires.

– Qu'est-ce qu'on fait, maintenant ? demandai-je à mi-voix, observant avec angoisse les alentours : pas une seule maison n'était en vue ; il n'y avait rien, pas même une cabine téléphonique avant des kilomètres.

– Suis-moi.

Il mit ses lunettes à infrarouge. Elles ne le quittaient pour ainsi dire jamais : nous travaillions souvent de nuit. Ma vision nocturne s'enclencha sans même que j'aie à y penser. Qu'est-ce que cette chose avait fait de moi ? Une lycaride… Je n'étais personne : j'étais condamnée à errer entre le monde des hommes et celui des loups sans réellement appartenir à l'un ou à l'autre. Les deux m'attiraient autant qu'ils me rejetaient. Je souris en repensant à ma panique lors des premiers symptômes – j'avais cru être un loup-garou et attendais chaque pleine lune avec terreur, certaine que j'étais de me réveiller couverte d'une épaisse fourrure. Mais les loups-garous n'existaient pas, et si la meute faisait partie de moi, le contraire n'était pas vrai. Je regardai un instant les fines cicatrices qui marquaient mes poignets – je ne gardais que de vagues souvenirs de mes transes. Il n'y avait que l'appel, l'appel qui résonnait si fort quand les loups sentaient ma présence – mon sang leur donnait l'intelligence, l'esprit, la parole ; durant quelques heures, parfois seulement quelques minutes, ils devenaient nos égaux. Et ils le savaient, ils le voulaient.

Maître des loups – j'en venais souvent à penser que les loups étaient mes maîtres, et non l'inverse.

Gaspard pénétra dans la zone marécageuse et s'enfonça dans les buissons qui, disséminés un peu partout, projetaient des ombres cauchemardesques sous la lueur sinistre de la lune. Il s'éloigna progressivement, puis s'arrêta et me fit signe de le rejoindre. Je me frayai à mon tour un passage au milieu de la végétation inhospitalière et m'aplatis à ses côtés derrière un monceau de ronces. Les hautes herbes nous dissimulaient totalement, et nous étions probablement invisibles de la route. *Probablement.* Je fermai les yeux pour mieux entendre les bruits de la nuit : le vrombissement des insectes, le bruissement des feuilles et le clapotement de l'eau stagnante.

Nous étions encore relativement éloignés des marécages, pourtant les paumes de mes mains s'enfonçaient déjà dans la terre boueuse. Nous attendîmes plusieurs minutes, immobiles. La tension raidissait tous mes muscles et mes épaules commençaient à me faire mal. Je respirai à fond et observai Gaspard. Il gardait les yeux fixés sur la route, l'air concentré. Lui n'était pas inquiet – il émanait de sa personne une sorte de fébrilité impatiente.

Tout se passerait bien.

Il n'y avait aucune raison pour que ce soit différent d'une simple mission de routine.

Sentant mon regard posé sur lui, Gaspard tourna la tête vers moi. Il me scruta un instant, sourit, et ses lèvres articulèrent silencieusement quelque chose. Il ne m'en fallut pas davantage pour comprendre :

Tu as peur ?

Tout à coup, un autre son vint supplanter les autres. Un bruit de pas : ils arrivaient. Gaspard referma doucement ses doigts sur mon bras.

Oui, j'avais peur.

Chapitre 11

Trois silhouettes noires apparurent dans notre champ de vision. Mes pupilles se dilatèrent davantage, mais les cibles étaient entourées d'un épais brouillard si bien que je les distinguais à peine. Un grognement étouffé sortit de ma gorge lorsque leur odeur me parvint, une odeur de mort.

Sans un mot, les trois ombres pénétrèrent dans les marais. Je retins mon souffle lorsqu'elles passèrent devant nous. Gaspard resserra son étreinte, m'intimant silencieusement de rester immobile. Nous les laissâmes s'éloigner encore de quelques mètres.

– Qu'est-ce que c'est ? murmura Gaspard à mon oreille.

– Des nécromanciens.

Il hocha la tête.

– Tu en entends d'autres ? demanda-t-il.

Je tendis l'oreille, me concentrant sur la route, mais ne perçus rien venant de là. Je fis un signe négatif. Gaspard désigna du menton les nécromanciens, qui s'enfonçaient déjà dans les Marais, et se mit à ramper à leur suite. Je l'imitai tout en prenant garde de rester dans les buissons et les zones d'ombre.

La terre était de plus en plus détrempée au fur et à mesure que nous nous approchions de la zone des « noyés ». Le charnier était encore loin, cependant des effluves de pourriture me parvenaient déjà par vagues, me donnant des haut-le-cœur. Mes vêtements, alourdis par la boue, commençaient à coller contre ma peau et l'omniprésence de l'eau croupie et de petits animaux en décomposition devenait insupportable – je sentis mon estomac se contracter violemment lorsqu'il me vint à l'esprit que j'étais peut-être en train de ramper dessus.

Mettre une main devant l'autre.

S'assurer de la solidité du sol avant de s'y appuyer.

Ne pas penser à ce qui t'entoure. Surtout, ne penser à rien, à rien d'autre qu'à suivre Gaspard.

Nous avions laissé assez d'avance aux nécromanciens pour éviter de nous faire repérer. De toute façon, Gaspard savait ma vision suffisamment bonne pour que nous ne les perdions pas. Nous avançâmes ainsi sur près de cent mètres. Le terrain devenait vraiment difficile et je manquai de m'embourber à plusieurs reprises. Je réussis néanmoins à me dégager à chaque fois sans signaler ma présence. Un léger brouhaha se faisait maintenant entendre, couvrant par moments les bruits nocturnes.

Sale, j'étais tellement sale.

Je crispai les muscles de ma mâchoire et me mordis la lèvre pour reprendre le contrôle sur le besoin convulsif de me gratter jusqu'au sang qui envahissait mes pensées. Je devais supprimer cette sensation – l'eau boueuse qui coulait sur ma peau était insupportable. Je ravalai un cri de frustration exaspéré.

Gaspard. Gaspard est la seule chose qui existe.

Ne pas le quitter des yeux. Il faut suivre Gaspard et ne penser à rien.

Les trois silhouettes continuaient de marcher dans le noir et le silence. Leur progression était irrégulière, ponctuée de brusques arrêts et de virages inutiles. Malgré le brouillard qui les enveloppait, je pouvais les voir se retourner fréquemment pour scruter les alentours. L'angoissante idée qu'elles se *savaient* suivies me traversa l'esprit.

Nous fîmes une nouvelle pause, autant pour détendre nos membres endoloris que pour garder un peu de marge au cas où nous serions contraints de fuir : il était risqué de les talonner de trop près alors que nous ignorions où notre filature allait déboucher. Gaspard me fit signe de repartir lorsqu'il estima que les nécromanciens étaient assez loin. Je le suivis sans chercher à discuter ; je lui abandonnais volontiers le privilège de commander : je ne me sentais pas capable de prendre des décisions qui pouvaient nous tuer à chaque instant – il suffisait de si peu de choses, d'une si petite erreur pour ne pas finir la journée. Gaspard m'avait un jour avoué que c'était cela qu'il aimait le plus dans ce métier, cette seconde d'indécision durant laquelle on doit faire un choix tout en sachant qu'un faux pas serait fatal. C'est une sorte de roulette russe, en un sens : jusqu'au moment où on presse la détente, on ignore si c'est un inoffensif cliquetis ou une détonation qui va retentir.

Après quelques minutes – qui, à mon sens, auraient tout aussi bien pu être des heures –, j'aperçus de la lumière dans laquelle baignaient des silhouettes indistinctes. J'accélérai pour rattraper Gaspard et les lui indiquai. Il se tourna dans la direction que je désignais, puis fronça les sourcils : il ne pouvait encore rien voir, nous étions trop loin. Il se conforma néanmoins à mon avis et suivit le chemin que je lui avais montré. Je m'enfonçai vers le centre du marécage à sa suite, de plus en plus nerveuse au fur et à mesure que nous approchions du charnier.

J'avisai soudain que les nécromanciens avaient disparu. Du moins, ils *semblaient* avoir disparu. Inquiète, je scrutai l'obscurité pour essayer de les apercevoir, mais mon champ de vision était limité et je ne pouvais me relever sous peine de devenir repérable. J'avais beau me contorsionner, ils s'étaient bel et bien évaporés sans laisser de trace. Un goût de terreur me monta à la bouche. S'ils nous trouvaient là...

Les corbusards n'ont aucune pitié.

La peur et la douleur les excitent autant que le sang.

Ma main glissa sur la terre détrempée. Je tournai la tête, retenant un cri: une cage thoracique jaunie me faisait face. J'enfonçai mes ongles dans le sol – beaucoup d'os manquaient, et les côtes étaient si sèches qu'elles paraissaient devoir s'effriter au moindre souffle: ce corps était vieux de plusieurs dizaines d'années.

Ce n'est rien, il est mort.

Ce n'est qu'un vieux morceau de squelette.

Paniquer était parfaitement inutile: maintenant que nous étions au cœur des marais, il nous était impossible de reculer. L'idée que ce pourrait être ainsi qu'on me retrouverait dans quelques années fit courir un frisson le long de mon échine. Je fermai les yeux et m'immobilisai afin d'essayer de localiser les nécromanciens et de retrouver mon sang-froid. Mais ni odeur ni bruit ne me parvinrent: Gaspard était la seule présence que je percevais. Je me noyai quelques instants dans l'odeur de son after-shave à laquelle se mêlaient celles de la cigarette froide et de la cordite. Troublée, je jetai un coup d'œil dans sa direction. Il n'avait pas remarqué que je m'étais arrêtée et rampait toujours, consciencieusement concentré sur ce qu'il faisait. Quand il était fixé sur un objectif, plus rien ne pouvait l'en détourner. J'enviais son professionnalisme – j'aurais aimé être capable de me maîtriser aussi parfaitement : la peur n'avait aucune prise sur lui, il savait ce qu'il risquait et l'acceptait.

Nous atteignîmes enfin les lumières. Gaspard s'allongea complètement derrière un tas de ronces et dégagea un espace au milieu du buisson. Le visage fermé, il agrandit la percée jusqu'à ce qu'elle fût assez large pour nous permettre de voir de l'autre côté. Je retins une exclamation quand il retira sa main sanglante du roncier et la plongea dans une flaque d'eau saumâtre.

Les trois nécromanciens étaient là, devant nous – le brouillard s'était dissipé, dévoilant leurs costumes noirs marqués du symbole de leur caste. Une onde de soulagement me parcourut la colonne vertébrale. Ils n'étaient pas seuls. Je dénombrai trois djinns, dont les tenues bariolées contrastaient étrangement avec celles des nécromanciens et des sorciers. C'étaient sans nul doute les opposants : sorciers, nécromanciens et djinns – cette réunion ne pouvait être que contre Démétrius. L'un d'entre eux vint à la rencontre des nouveaux arrivants, traversant le marais d'un pas assuré, et les salua avec cordialité. Le sol semblait parfaitement solide sous ses pas, et les amples capes des nécromanciens ne présentaient pas la moindre tache alors qu'elles auraient dû traîner dans la boue. Ça n'avait rien de naturel – nous étions en plein marécage. Une lumière jaune se déversait sur les silhouettes assemblées. Elle ne provenait pas, comme je l'avais d'abord cru, de torches, mais de quatre boules lumineuses qui flottaient inexplicablement au-dessus de leurs têtes. Je remarquai alors que tous les participants étaient englobés dans un large cercle. Je le désignai silencieusement à Gaspard, qui haussa les épaules d'un air absent. Solidifier le sol, éclairer... ce n'étaient que des sorts élémentaires et aucun sorcier digne de ce nom n'avait besoin d'un catalyseur pour les réaliser.

Je parcourus du regard les costumes gris perle des sorciers – ils étaient six. Enfin, j'aperçus ce que j'espérais ne pas trouver : des gargouilles. Trois de ces monstres se tenaient là, observant les autres participants de leurs yeux froids. Gaspard pinça les lèvres – lui aussi les avait vues. Si nous étions découverts...

Je détestais les gargouilles. Leurs visages parfaits, les toges immaculées d'où sortaient leurs ailes duveteuses qui paraissaient si douces qu'on avait envie de les toucher... le sang encore chaud qui dégoulinait, souillant leurs vêtements, les hurlements sauvages lorsqu'elles arrachaient le cœur palpitant des poitrines de leurs victimes. La première fois qu'on m'en avait montré, j'avais eu du mal à imaginer ces délicates créatures en tortionnaires pervers. À présent, je voyais ce qu'elles étaient vraiment et leur beauté me révulsait. Je haïssais les gargouilles plus que n'importe quels autres corbusards parce que leurs crimes me donnaient des cauchemars pendant des semaines. Ces créatures *étaient* mon pire cauchemar.

J'étirai mes muscles raidis et tâchai de faire abstraction des insectes qui me tournaient autour. J'avais du mal à contrôler mes réflexes, et le vrombissement des moustiques me rendait folle. En perçant l'obscurité, il me semblait voir les cadavres disloqués des « noyés » du marais. Je réprimai le tremblement nerveux qui sourdait dans mes membres et serrai les mâchoires pour empêcher mes dents de s'entrechoquer. Il suffisait de si peu de choses pour nous envoyer les rejoindre. Incapable de me contenir plus longtemps, j'écrasai le moustique qui s'était posé sur mon avant-bras, faisant gicler le sang dont il était gorgé. Le mien. Je rentrai dans ma gorge le grondement furieux qui essayait d'en sortir et me concentrai sur notre objectif. Il faisait si froid, tout à coup.

Ne pas perdre de vue la mission.

Faire abstraction de ce qui vous entoure.

Ne pas paniquer, surtout, ne pas paniquer ou c'est la mort.

Trois sorciers se rassemblèrent au milieu du cercle et restèrent immobiles, semblant attendre quelque chose, ou quelqu'un. Je n'aurais pas été étonnée qu'ils fussent les maîtres de cérémonie ; ils avaient toujours joui d'un formidable ascendant sur les autres clans. Avant l'arrivée de Démétrius, ils étaient considérés comme les corbusards les plus puissants, mais la disparition de Virgile les avait beaucoup affaiblis. Une communauté sans chef n'est qu'un corps sans tête, ainsi que le disait souvent Justin.

Gaspard semblait hypnotisé par la scène. Je savais à quoi il pensait : il faisait partie des leurs, autrefois. Il avait été membre du clan des sorciers et, même si ses capacités en matière de magie étaient lamentablement limitées, il gardait une fascination pour tout ce qui s'y rapportait.

Jusqu'ici tout s'était bien passé, mais j'avais néanmoins un mauvais pressentiment. Il y avait un détail qui ne cadrait pas avec l'ensemble cependant je n'arrivais pas à mettre le doigt dessus, c'était une sorte d'impression à la limite de la perception, pourtant elle était là et elle s'intensifiait de plus en plus.

– Quelque chose n'est pas normal, soufflai-je à l'oreille de Gaspard.

Il fronça les sourcils, l'air interrogateur.

– Je pense qu'il y a quelqu'un d'autre avec nous, dis-je, comprenant soudain.

Le regard de Gaspard s'éclaira et un sourire mauvais passa sur son visage. Je n'aimais pas du tout quand il souriait de cette façon.

– Ce sont les agents « spéciaux », ceux qui nous ont doublés pour Justin, murmura-t-il, si bas que je devinais les mots sur ses lèvres plus que je ne les entendais. C'est quand Emerson leur a donné leur ordre de mission que j'ai su pour ce petit conseil de guerre. Ils sont où ?

Je tournai la tête, essayant de préciser ce qui n'était pour l'instant qu'une sensation diffuse.

Un appel passa à travers tout mon être.

C'était impossible, le seul appel que je pouvais ressentir était celui des loups. Il n'y en avait pas dans cet endroit. Je pris conscience du fait que les corbusards ne bougeaient plus depuis que les trois sorciers avaient pris place au centre du cercle. Je me raidis, songeant qu'ils nous avaient peut-être sentis eux aussi et qu'ils pouvaient très bien être en train de nous repérer.

Soudain, il y eut un grand bruit à quelques mètres de nous. La frayeur me fit agripper le bras de Gaspard. Il leva un sourcil, et je le lâchai, morte de honte.

Ensuite, un cri retentit, puis il y eut un bruit de fuite, de branches brisées et de feuilles piétinées. L'odeur de la peur se répandit dans l'air, mettant mes nerfs à fleur de peau. À peine une minute plus tard, deux hommes apparurent dans la lumière, poussés en avant par un gros loup noir. Derrière lui arrivèrent des mages et leurs familiers. Je comptai quatre loups. Ma nervosité s'accrut. Ils commencèrent à s'agiter et à grogner tout en grattant la terre de leurs pattes puissantes. Les mages, surpris par leur attitude, essayaient sans succès de les calmer. Il fallait que je fasse le vide en moi ou ils allaient très vite déceler ma présence. J'étais liée aux loups, c'étaient mes animaux et, par moments, nous ne faisions plus qu'un – un seul esprit : celui de la meute. Si je ne parvenais pas à faire disparaître mon angoisse, cela les rendrait fous. J'enfonçai mes ongles dans la paume de ma main jusqu'à ce que quatre petits croissants rouges apparaissent. Je léchai le sang – la douleur m'avait rassérénée. Tout se passerait bien tant que je resterais maîtresse de moi-même. Gaspard me jeta un coup d'œil inquiet, mais les loups cessèrent progressivement de montrer des signes d'agressivité et se tinrent immobiles. Soulagée, je respirai plus librement et observai les deux hommes. Ils étaient des nôtres sans aucun doute : s'ils avaient l'air angoissés par leur position, ils ne semblaient pas surpris le moins du monde par ce qu'ils voyaient.

Je m'aperçus alors qu'une autre personne était arrivée en même temps que les mages, mais qu'elle n'en faisait pas partie. Cette silhouette encapuchonnée m'était étrangement familière, et j'avais la sensation de reconnaître le pouvoir puissant qui émanait d'elle sans parvenir à mettre un visage dessus. L'inconnu se livra avec les mages à un curieux cérémonial gestuel.

J'étais déconcertée par la présence des mages, les seuls corbusards qui avaient décidé de rester neutres vis-à-vis des deux camps. Du moins était-ce ce qu'ils prétendaient jusqu'alors. Pourquoi auraient-ils changé d'avis ? Que ce soit Démétrius ou les anciens dirigeants qui l'emportent, les mages auraient à se battre pour rester indépendants, et Darius ne plierait jamais devant quiconque. Sa position n'avait étonné personne : le dirigeant des mages laissait toujours les siens en dehors des conflits. Pour un peu, il aurait même pu être qualifié de relativement pacifique pour un corbusard. La participation des mages à une traîtresse et sanglante tentative de destitution était à la fois inattendue et incompréhensible. C'était effrayant de penser que cette ville était à présent engagée dans ce qui pourrait bien être la guerre la plus meurtrière de l'histoire de ce continent, et qu'elle l'ignorait.

Gaspard gardait les yeux fixés sur les deux agents, le corps tendu au point qu'il me semblait sentir ses nerfs vibrer. Est-ce qu'il pensait que... Non, ils n'oseraient pas tuer des agents de l'Organisation, surtout des agents importants comme ceux-ci.

À moins évidemment que la coalition ne soit réellement responsable de l'enlèvement de Justin.

Je tentai de chasser cette pensée de mon esprit et me concentrai sur l'étrange scène qui se déroulait devant moi. J'entendis l'un des sorciers appeler « Zokhran » le mage qui paraissait être le chef. Celui-ci leva ses yeux sombres et tourna la tête dans ma direction. L'impression qu'il me voyait me prit à la gorge. Les battements de mon cœur s'accélérèrent, mon souffle devint irrégulier. Le loup de Zokhran s'agita, couchant les oreilles et montrant les dents. Son maître le scruta attentivement puis leva encore une fois les yeux vers ma cachette. Je me mordis les lèvres jusqu'au sang.

Zokhran... Des Shivars, voilà qui expliquait tout. C'était la première fois que j'avais l'occasion d'approcher ce clan: les Shivars se montraient rarement et, à ce qu'on disait, jamais là où on les attendait. C'était le clan des bannis, un clan errant formé des mages renégats, exclus par leur communauté. Ils devaient espérer pouvoir prendre le contrôle des mages après avoir vaincu Démétrius. On avait probablement promis de les appuyer. Personne ne faisait confiance aux Shivars, et, à mon avis, ils avaient bien raison de s'en méfier : il fallait avoir commis une faute grave pour être banni.

Zokhran se mit à discuter avec la silhouette encapuchonnée dont je ne parvenais pas à distinguer le visage malgré tous mes efforts. Ils débattaient visiblement du sort de nos espions. Je dis une prière silencieuse, me sentant moins rassurée à chaque minute qui passait.

La silhouette se tourna vers les prisonniers et je devinai un sourire cruel caché derrière cette ombre glaçante. Les autres corbusards se turent tous, attendant son verdict.

– Nous allons procéder au rituel de Lhô. Voilà qui leur apprendra à violer nos accords.

Les murmures recommencèrent. Ce rituel n'était pratiqué que de façon exceptionnelle : même les sorciers expérimentés répugnent à manier des forces trop puissantes – on ne sait jamais vraiment ce qu'on peut déclencher. Au bord de la panique, je sentis ma respiration devenir oppressée. Les deux hommes pris au piège ouvraient des yeux effarés et l'un d'eux, qui ne semblait pas avoir plus de trente ans, laissa échapper un son inarticulé.

– Mais ce rituel réclame une grande préparation et... protesta une gargouille.

– Tiendrais-tu à savoir ce que la Mort te réserve dès aujourd'hui ? demanda l'un des sorciers d'un ton horrifiant de jovialité.

La gargouille téméraire recula dans la foule sans rien ajouter, sachant qu'elle ne pourrait échapper à la colère du sorcier si elle avait le malheur de la déchaîner. Un poids s'était installé dans ma cage thoracique et je ne parvenais plus à respirer normalement.

L'homme en noir se tourna vers Zokhran comme pour s'assurer de son approbation, puis il sortit un long poignard effilé d'un des replis de sa soutane. Je n'arrivais pas à croire ce que je voyais, c'était insensé. Comment osaient-ils faire ça à des membres de l'Organisation ? Comment osaient-ils nous défier sans même se cacher, comme s'ils espéraient que nous les regardions ?

Les deux hommes étaient cernés, dans l'impossibilité de s'enfuir, d'autant plus qu'ils avaient été délestés de leurs armes à leur arrivée. Je sentis Gaspard se raidir au point que ses muscles semblaient tétanisés. Je savais qu'il luttait de toutes ses forces contre la colère qui montait en lui et l'impulsion qui le poussait à se précipiter pour les sauver. Parce que s'il le faisait, nous n'en sortirions pas vivants et surtout parce que c'était notre seule chance de trouver Justin. S'ils le détenaient, intervenir reviendrait sûrement à signer son arrêt de mort, et, d'après ce que je voyais, j'étais de plus en plus persuadée que c'était bien le cas. À entendre le ton qu'avait pris l'homme en noir pour parler de l'Organisation, j'aurais même parié qu'il s'agissait d'un conflit personnel.

Mes yeux devinrent fixes alors que les sorciers préparaient le rituel. J'aurais voulu les détourner, mais je ne pouvais pas : l'éclat de la lame froide m'hypnotisait. Je savais ce qu'ils allaient faire. Je n'avais pas le droit de les laisser faire ça, c'était monstrueux ; je ne pouvais pas les laisser les massacrer sous mes yeux. Je devais les sauver. D'habitude, c'était ce que je faisais. D'habitude…

C'est alors que je pris conscience de leurs voix qui suppliaient – de leurs menaces et de leurs promesses. Ils nous auraient trahis, ils auraient fait n'importe quoi pour qu'on les relâche. À ce moment, je sus qu'il était inutile de tenter quoi que ce soit, parce que même si nous parvenions à nous en sortir vivants, quelqu'un d'autre se chargerait de les éliminer. Pourtant, en d'autres circonstances, j'étais certaine que Gaspard n'aurait pas hésité une seule seconde et qu'il les aurait sauvés sans penser aux conséquences, peut-être même pour les tuer quelques instants plus tard. D'ailleurs, c'était ce que j'aurais dû faire aussi – les sauver d'abord et obéir aux ordres ensuite.

Je me mis à osciller légèrement, complètement absorbée par l'entêtant mouvement qui balançait ma tête d'avant en arrière dans un va-et-vient quasi imperceptible. Un sorcier apporta un récipient en métal qui devrait faire office de coupe. La coupe pour recueillir le sang ! Je retins mon souffle et les incantations commencèrent. Elles ne servaient à rien d'autre qu'à aider la concentration du maître de cérémonie, mais ce bruit répétitif me plongea à la longue dans une hébétude terrifiée.

Les victimes hurlaient à présent et tout semblait se dérouler au ralenti. Je sentis mes yeux s'agrandir jusqu'à me faire mal, sans que je réussisse à les détourner pour autant. Leurs visages étaient si désespérés et si pâles. J'enfonçai mes mains dans la boue, la bouche entrouverte sur un cri d'angoisse muet.

L'homme en noir assura sa prise sur le poignard et le leva dans un geste ample. Une main s'abattit alors sur mon épaule et quand je réalisai qu'il s'agissait de Gaspard, j'avais déjà le visage plaqué contre sa poitrine. Si je n'avais pas été aussi assommée par l'épouvante, la surprise m'aurait sans doute fait crier, mais je ne parvins pas à émettre un son.

Je repris mes esprits, percevant le tissu de son tee-shirt contre ma joue. Les battements de son cœur étaient forts et rapides. Tordue dans une position inconfortable et ne saisissant pas ce qu'il cherchait à faire, j'essayai de me redresser, mais sa main me maintenait la tête contre lui. Je sentis son visage s'approcher de mon oreille.

– Ne regarde pas. N'écoute pas. Ne pense à rien, murmura-t-il. Raccroche-toi à moi.

Il avait compris que j'étais en train de sombrer, et ce fut à cet instant que je le compris aussi.

Un hurlement se fit entendre. Des larmes me montèrent aux yeux. Il y eut un afflux de puissance, une quantité énorme. Je mordis mon poing serré – ce n'était que le début. L'odeur du sang me donnait la nausée.

J'agrippai le tee-shirt de Gaspard de toutes mes forces et je me serrai contre lui au point de suffoquer. Rien n'existait. Rien ne comptait plus que l'odeur des cigarettes froides et de son after-shave, rien que le bruit régulier de son cœur qui battait, et cette chaleur qui se dégageait de son corps.

– Voilà, c'est bien, souffla-t-il. C'est bien.

Nous avions une chance. Pour l'instant, les corbusards devaient être trop obnubilés par le sang et le pouvoir pour nous remarquer. Tant que nous ne paniquions pas, nous pouvions sortir de là vivants.

Tant que nous ne paniquions pas.

Chapitre 12

La cérémonie fut longue. Je devinai plus que je n'entendis le bruit du sang qui coulait et des os qui craquaient. Les cris s'étaient tus depuis longtemps, noyés dans un horrible gargouillis qui me laissa l'image d'une gorge entaillée devant les yeux. Les loups salivaient, et je sentis le goût du sang sur ma langue quand ils mangèrent à leur tour.

Je fermai les paupières, si fort que ça en devenait douloureux. Je songeai que Gaspard devait avoir les membres ankylosés à force de maintenir cette inconfortable position, mais il restait absolument immobile. Le sentir ainsi contre moi, comme s'il essayait de me protéger du monde entier et peut-être aussi de moi-même, fit remonter un souvenir ancien à ma conscience. Ce n'était rien, pas plus qu'une fugitive impression de chaleur et de confiance qui éclata telle une bulle de savon dès que je l'entraperçus.

Je tentai de le retrouver, ayant la sensation qu'il était important que je m'en souvienne, mais je fus incapable de l'exhumer de nouveau de ma mémoire.

De toute façon, ça n'avait pas grand-chose à voir avec maintenant : Gaspard n'avait pas eu le choix, s'il m'avait laissée paniquer, je nous aurais fait repérer à coup sûr.

Enfin, les incantations cessèrent et le pouvoir retomba progressivement : il avait été assimilé par les parties en présence. Gaspard desserra doucement son étreinte et je m'écartai lentement de lui, faisant mon possible pour rester silencieuse.

Sur le sol, il y avait les restes – presque rien en comparaison de la place qu'occupaient les corps lorsqu'ils étaient entiers. L'une des gargouilles, qui dégageait beaucoup plus de puissance que les autres, s'essuya les lèvres d'un revers de main, laissant une traînée d'un rouge brunâtre sur son visage. Mon regard se porta sur l'un des loups qui mâchonnait encore un os, produisant de petits craquements. La nausée revint et je compris le point de vue de Gaspard : ces êtres abominables n'avaient rien d'humain.

– Bien, nous pouvons commencer, dit Zokhran.

L'homme en noir acquiesça et je me mis à contempler mes mains pleines de boue, me demandant quelles nouvelles horreurs pouvaient bien nous attendre. Je me sentais malade, sale et sans espoir. J'avais envie de me blottir contre Gaspard comme un petit enfant, de ne plus penser à rien et de me laisser mourir. Ce fut alors que le silence se fit. Il était si profond que j'avais l'impression de l'entendre.

– Merde, lâcha Gaspard à mi-voix.

Je relevai vivement la tête vers les corbusards. Une immense sphère brumeuse les englobait – il n'y avait plus moyen de voir ou d'entendre quoi que ce soit. On aurait dit un de ces globes en plastique qu'on rapporte de vacances, un de ceux qui contiennent un monument historique qui se retrouve pris dans un tourbillon de neige artificielle ou de paillettes chaque fois qu'on l'agite. La boule de verre s'était érigée à partir du cercle tracé sur le sol et, à l'intérieur, la tempête faisait rage.

***

– Je n'entends rien, dit Gaspard, visiblement en colère.

C'était un sort assez classique, mais il fallait que le sorcier qui l'avait lancé soit extrêmement puissant pour réussir à le maintenir plus d'une poignée de secondes sur une aussi grande étendue. Le brouillage était d'une telle densité que j'avais l'impression de pouvoir toucher l'immense sphère en tendant la main, alors qu'elle n'était qu'une projection mentale.

Oui, décidément ce sorcier était impressionnant, il ne pouvait être qu'un haut gradé. Je pensai immédiatement à l'homme en noir. Nous avions été bien naïfs de croire que nous pourrions les espionner aussi facilement : quels qu'ils soient, ils n'avaient pu échapper à la surveillance de Démétrius et à celle de ses espions (il était de notoriété publique qu'il en avait placé partout, même si ça tenait plus de la rumeur que du fait avéré) qu'en prenant d'énormes précautions. Je grattai nerveusement la terre de mes ongles. Il *fallait* que je sache ce qu'ils allaient faire et il n'y avait à ma connaissance aucun moyen de désactiver le sort. Même ma vue, habituellement très bonne, ne parvenait pas à percer le brouillage – c'était comme regarder une cassette vierge.

– On doit se rapprocher, murmurai-je.

– Non, le brouillage ne fonctionne que dans un seul sens, on se ferait repérer tout de suite. De toute façon, ils…

Je posai brusquement ma main sur sa bouche pour le faire taire – il m'avait semblé entendre quelque chose. Le bruit se répéta, un peu plus fort cette fois. Je relâchai Gaspard, lui faisant signe de rester muet, et me concentrai sur le son : des bribes de phrases filtraient très faiblement du globe.

– Qu'est-ce qu'il y a ? articula silencieusement Gaspard.

– Il y a une brèche, soufflai-je.

– Non, c'est impossible, dit-il. Même si c'était le cas, seul un corbusard très puissant pourrait réussir à entrer.

Je refusais de le croire. Après ce qu'ils venaient de faire, je ressentais un besoin désespéré de me venger, alors je devais savoir ce qu'ils préparaient. Il était impensable que j'aie assisté à ces horreurs pour rien. Je pinçai les lèvres. Peut-être que si je parvenais à me rapprocher…

– N'y pense même pas, chuchota Gaspard. Il est hors de question que tu bouges d'ici. Je te laisse deux minutes et après, on s'en va.

J'acquiesçai et je me mis en quête de la faille. Je fermai tous mes autres sens un à un malgré mon instinct qui me hurlait de ne pas faire quelque chose d'aussi stupide. Je n'aurais pas réussi à adopter cette attitude suicidaire si Gaspard n'avait pas été là, mais j'avais confiance en lui et je n'entretenais aucun doute quant au fait qu'il me protégerait si nécessaire. J'entrepris de ne me concentrer sur rien d'autre que ce bruit vague et confus. Le son me parvenait distordu, plein de parasites, comme venant d'une radio mal réglée. Je vis le dôme. Je résistai à l'envie d'ouvrir les yeux et parcourus mentalement la surface. Elle était aussi lisse que du verre poli – elle semblait si froide, si solide. Cette étendue blême paraissait ne jamais devoir finir. C'est alors qu'elle apparut : la faille, la lézarde noire qui en craquelait la perfection et en dénonçait la facticité. L'intérieur de la sphère était sombre et aucune image ne m'atteignait plus, mais le bourdonnement des voix devenait plus fort.

Je ne comprenais pas. Pourquoi se dissimuler maintenant alors qu'ils venaient de faire en plein jour ce qui pousserait l'Organisation à les éliminer ? S'il s'agissait de se cacher de Démétrius, l'afflux de pouvoir provoqué par le rituel avait dû l'alerter. J'ignorais s'il pouvait percer ce type de brouillage, mais ce n'était pas impossible.

Démétrius.

Je sursautai. Je l'avais bien *entendu*. Je dus faire un énorme effort pour ne pas me déconcentrer : le dialogue intérieur compromettrait mes chances de percevoir quoi que ce soit. Il me fallait faire le vide dans mon esprit.

M'entendez-vous ?

Je tiquai, à la fois perplexe et terrifiée par cette question qui semblait m'être adressée.

S'ils nous avaient repérés… Alors nous finirions comme l'autre équipe. Penser aux os broyés sur le sol fit couler un filet de sueur glacée le long de mon échine.

Mademoiselle Fara. Écoutez-moi. Surtout ne dites rien, ne faites pas un geste, il en va de la vie de votre protecteur.

Mon protecteur ? Gaspard ? Je me retins à grand-peine de parler ou d'ouvrir les yeux pour voir qui m'avait interpellée. Est-ce que ça pouvait être une simple hallucination ? Après ce à quoi je venais d'assister, apprendre que j'avais basculé dans la folie ne m'aurait pas tant étonnée que ça. Quelque chose retint néanmoins mon attention : cette voix éveillait en moi une curieuse impression de familiarité.

Écoutez-moi très attentivement, Mademoiselle Fara, reprit la voix, couvrant presque le bourdonnement produit par la conversation qu'avaient les corbusards entre eux. *Je détiens Justin et si vous voulez le revoir en vie, il va falloir suivre scrupuleusement mes instructions.*

J'avalai ma salive, luttant pour rester immobile et silencieuse malgré les suppliques qui se bousculaient derrière mes lèvres et l'angoisse qui sourdait dans mon estomac.

Pour commencer, tenez-vous tranquille ou sinon ils vont vous repérer et vous mettre en pièces. Justin va bien... pour le moment. Aucun mal ne lui a été fait, et il ne lui arrivera rien si vous faites ce que je vous dis. Je vais introduire un itinéraire dans votre esprit. Ne résistez pas.

Je serrai les dents. Quelque chose... Quelque chose essayait d'entrer dans ma tête. C'était répugnant, comme une substance visqueuse qui aurait dégouliné dans mes pensées pour les contaminer. Je ressentis presque physiquement cette intrusion et elle me souleva le cœur.

Je vis mon immeuble. Puis des rues qui défilaient, la route du sud-ouest qui sortait de la ville. La campagne et un panneau bleu piqueté de taches de rouille qui indiquait le nom d'un village que je ne connaissais pas. L'image s'arrêta, fixée sur une petite maison blanche, anodine et isolée.

Enfin, la chose s'extirpa hors de mon esprit. Je me sentais sale. Si je l'avais pu, j'aurais récuré mon esprit au détergent.

Rendez-vous là-bas à 13 h. Venez seule et ne soyez pas en retard. Si vous parlez de ceci à qui que ce soit, ou si vous venez accompagnée, Justin mourra. Je crois avoir été suffisamment clair. Maintenant, je vous conseille de partir avec votre coéquipier si vous voulez avoir une chance de sauver Justin.

La voix se tut. J'entendais toujours le bourdonnement incompréhensible de la conversation des corbusards. J'étais épuisée, comme si on m'avait vidée du cœur même de mon être. Quelque part, c'était le cas : la voix avait probablement pris connaissance de toutes mes pensées pendant qu'elle y gravait le plan.

La sphère expulsa mon esprit d'un coup. Je vacillai – si je n'avais pas été déjà allongée, je serais probablement tombée. J'ouvris les yeux et tout tangua autour de moi.

– Alors ? demanda Gaspard.

Je secouai négativement la tête, peinant à me débarrasser de l'engourdissement qui avait pris possession de mon corps.

– Est-ce que ça va ?

Mon équipier avait l'air anxieux. Je lui souris d'une façon que j'espérais rassurante.

– Oui, je crois. Je dois essayer encore, peut-être…

– Non.

– Mais, si jamais…

– Non, répéta-t-il d'un ton ferme. Si les corbusards nous trouvent là, on est foutus : je ne veux pas courir de risques inutiles. Tu penses être capable d'aller jusqu'à la voiture ?

Je passai ma langue sur mes lèvres sèches et hochai la tête. Ça ne ressemblait pas à mon coéquipier d'être aussi prudent : il fallait croire que le rituel de Lhô l'avait vraiment troublé. Ce n'était guère étonnant parce que jamais nous n'aurions pensé que des corbusards auraient eu l'audace de faire une telle chose. Nous tuer lors d'un combat régulier, ça oui, cela arrivait tous les jours, mais se servir de soldats de l'Organisation comme bêtes de sacrifice… Cet acte ébranlait l'équilibre que nous avions trouvé, cet univers quotidien dans lequel nous pensions avoir chacun notre place.

– Oui, je crois que ça ira, répondis-je avec un temps de retard.

Gaspard me considéra, visiblement indécis, puis recula à quatre pattes. Nous reprîmes notre progression dissimulés dans les fourrés. Entrer dans le sort m'avait beaucoup affaiblie et mes oreilles bourdonnaient. Évidemment, je voyais parfaitement dans le noir, mais le sol du marais était souvent trompeur et on pouvait s'enfoncer dans un véritable bourbier en pensant mettre le pied sur un terrain solide. Je levai la tête pour essayer de retrouver le chemin de la voiture : je refusais de passer la nuit à errer en rampant dans un marais puant.

Je tentai de remettre de l'ordre dans ce qui venait de se passer tout en scrutant les alentours. Si je faisais ce que l'inconnu voulait, alors je retrouverais Justin. Mais à quel prix ? Sans parler du fait que j'ignorais même si celui-ci était encore en vie. Peut-être que tout cela n'était qu'un piège pour éliminer les membres de l'Organisation un par un.

Les corbusards mentent. Les corbusards mentent. Les corbusards...

Mon pied glissa sur le côté. Il y eut un gargouillement et le bruit de bulles d'air éclatant à la surface de l'eau. Mon pied s'enfonça. Je luttai vainement pour le sortir de la boue, mais je ne pouvais me relever complètement sans risquer d'être vue. J'eus beau tirer et me tordre la cheville dans tous les sens, le bourbier m'attirait inexorablement. Gaspard s'était déjà bien éloigné et je n'osais pas l'appeler.

Il m'était interdit de paniquer maintenant : je n'avais pas le droit de compromettre la seule chance qu'avait Justin de rester en vie. J'appuyai mes paumes sur le sol, ne réussissant qu'à m'enfoncer davantage dans la boue froide.

– T'aurais pas pu faire gaffe, dit Gaspard.

Je relevai la tête et ouvris de grands yeux.

– Comment tu as su ?

– Je ne te voyais pas arriver, alors je me suis dit que tu avais encore dû faire une connerie, expliqua-t-il en haussant les épaules.

J'avais honte – même après trois mois de terrain, je ne faisais toujours que le gêner. Il s'affaira autour de ma botte, tirant de toutes ses forces. Après quelques essais infructueux, il jeta un rapide coup d'œil sur les alentours et se redressa à demi. Il tira une nouvelle fois et réussit à me dégager. La pression, brusquement libérée, le projeta en arrière. Il atterrit au beau milieu d'un fourré de ronces dans un vacarme épouvantable. Ça avait dû être très douloureux, mais il était trop inquiet de notre proche avenir pour songer à se plaindre. Je me précipitai près de lui, malgré ma jambe alourdie par la boue, et l'aidai à se dépêtrer. Derrière nous, il y eut un bruit confus : nous étions repérés.

Chapitre 13

Dans mon dos, résonnèrent des battements d'ailes et des cris. Des cris qui n'avaient rien d'humain. Mon sang se glaça: les gargouilles avaient une ouïe particulièrement développée, et leur goût pour la chasse l'était tout autant. Gaspard avait fait une mauvaise chute, et, malgré mes efforts, je n'arrivais pas à le sortir du tas de ronces.

– Va-t'en, dit-il d'un ton sans réplique.

Je m'arrêtai, surprise. Puis je saisis une ronce à pleines mains, m'écorchant généreusement au passage.

– Tu es sourde ou quoi ? Laisse tomber: fous le camp.

Je secouai la tête sans prendre la peine de répondre et m'acharnai sur le buisson jusqu'à ce que Gaspard puisse se relever. Je jetai un coup d'œil dans *leur* direction. À peine quelques mètres nous séparaient de l'ennemi. Ce n'était plus la peine de se cacher, surtout que la plupart de nos poursuivants se déplaçaient vite. Très vite.

– Cours, criai-je en m'élançant vers la voiture.

Si Gaspard avait eu l'imprudence de fermer les portières à clef, je ne donnais pas cher de notre peau. En fait, même dans l'autre cas de figure, je n'étais pas très optimiste. Je gardais les yeux fixés sur le sol, d'une part pour repérer les zones marécageuses et d'autre part pour éviter de perdre ce qui me restait de sang-froid en songeant à ce qu'il y avait derrière nous. Du coin de l'œil, je vis Gaspard sortir ses clefs de voiture de sa poche et sa main se crisper dessus. Je pouvais entendre le souffle de nos poursuivants : ils gagnaient davantage de terrain à chaque seconde qui s'égrenait.

Juste penser à mettre un pied devant l'autre, regarder le sol, inspirer par le nez et souffler par la bouche, surtout, ne pas imaginer mon futur proche. Plus vite. Mon pied dérapa sur le sol glissant. Je rétablis mon équilibre de justesse. Ma cheville me faisait mal et j'avais les poumons en feu. Mon cœur battait à tout rompre au point que je pensais le sentir exploser d'un instant à l'autre. J'eus un instant l'idée d'abandonner : à quoi bon ? De toute façon, ils allaient nous rattraper. Mais l'instinct de survie était le plus fort et il me donnait une énergie insoupçonnée. La voiture apparut enfin : tout se jouait ici. Si nous n'étions pas assez rapides...

La portière s'ouvrit sous ma main fébrile et je m'engouffrai à l'intérieur. Malgré mon avance initiale, Gaspard me talonnait : j'étais loin d'être un sprinter olympique et il faisait trois fois mon poids en muscles. Il mit le contact avant même d'avoir fermé la portière, alors qu'il était encore à moitié hors du véhicule. Les créatures étaient sur nous lorsque le moteur démarra. Les gargouilles étaient de loin les plus véloces. Deux d'entre elles sautèrent sur le capot. Je pensai avec terreur que la situation ressemblait à s'y méprendre à la scène d'ouverture d'un mauvais film d'horreur. Un nœud se forma dans mon estomac – je tentai de faire disparaître le masque de terreur que je sentais contracter mon visage. Je fixai mon regard droit devant moi et me tins immobile pour que Gaspard ne me voit pas trembler. Il ferma la portière d'une main, tenant le volant de l'autre.

– Tu as confiance en moi ? demanda-t-il.

J'eus une seconde d'hésitation et réalisai que, s'il me l'avait demandé, je serais descendue de la voiture.

– Oui, soufflai-je.

– Alors accroche-toi.

Il donna un grand coup d'accélérateur et tourna brutalement. Je faillis me cogner la tête. Il y eut un soubresaut puis nous partîmes en trombe, rasant de près le fossé. Nous zigzaguâmes en tous sens à plus de 150 km/h tandis que je luttais contre les à-coups pour attacher ma ceinture de sécurité. Tâchant de garder les yeux fixés sur la route, je me répétais sans discontinuer « tout va très bien, ça va aller » pour endormir la voix qui criait quelque part dans mon crâne. Nous frôlâmes une borne, et une gerbe d'étincelles métalliques jaillit de l'aile droite du véhicule. Des bruits peu rassurants résonnaient au-dessus de nos têtes. Je vis avec horreur le toit de la voiture s'incliner vers nous et enfonçai mes doigts dans le rembourrage du siège.

– Gaspard, murmurai-je d'une voix étranglée.

– Oui ?

– Je crois que tu vas être obligé de faire refaire la carrosserie, essayai-je de plaisanter.

Malheureusement, ma voix étranglée réduisait de beaucoup mon potentiel comique. Mon rire nerveux s'étouffa dans ma gorge lorsque le visage grimaçant d'une des gargouilles se colla contre le pare-brise.

– Je sais, dit doucement Gaspard. Ça va aller.

Il reporta son attention sur la route et accéléra encore.

Vous œuvrez pour le Bien.

Votre tâche est noble. Vous mourrez pour le Bien.

Vous mourrez, mourrez, mourrez...

Je pressai mes mains contre mes tempes, ravalant un hurlement. L'une des gargouilles lâcha prise et fut jetée sur le bas-côté de la route. Je m'obligeai à prendre une grande inspiration. L'autre était toujours sur le capot.

– Ça va secouer, dit laconiquement Gaspard.

La voiture fit un tour complet sur elle-même, s'ébrouant comme un animal furieux. Je serrai mes genoux l'un contre l'autre jusqu'à les faire blanchir pour arrêter les soubresauts convulsifs qui me secouaient. Le monstre fit un vol plané. Il y eut une embardée et le véhicule repartit à toute allure en direction d'Edencity. Je me retournai pour vérifier que personne n'avait été témoin de la scène, mais les environs étaient déserts. La gargouille me regarda et découvrit ses dents pointues en un rictus plein de promesses. Nous nous reverrions, et la prochaine fois, nous aurions moins de chance – c'était ce que disaient les yeux limpides du monstre. L'angoisse m'étreignit : et si elles trouvaient mon appartement ? Si nous étions suivis ? Lorenzo arrivait si facilement à s'introduire chez moi que je ne voyais pas pourquoi il en aurait été autrement avec les gargouilles. Mon cœur battait la chamade, et, maintenant, la nausée qui m'écrasait l'estomac m'obnubilait totalement. Gaspard n'ouvrit pas la bouche. Nous roulâmes pendant près d'une heure, prenant une direction et son contraire pour être moins repérables. Il n'y avait plus trace de nos poursuivants depuis longtemps, cependant, j'avais à chaque instant l'impression que j'allais les voir surgir devant nous.

Gaspard fit encore quelques détours avant de me reconduire chez moi. La voiture s'immobilisa enfin. Je n'imaginais pas que le simple arrêt de cette mécanique pût me procurer un tel soulagement : jamais la terre ferme ne m'avait semblé aussi accueillante. Mes mains continuaient de trembler de façon incontrôlable – je les posai à plat sur mes cuisses, étirant chaque phalange au maximum.

– Tu crois qu'ils nous retrouveront ? demandai-je d'un ton que j'espérais indifférent.

– Probablement.

Je ne pus m'empêcher de scruter la plage d'ombre, à quelques mètres derrière la voiture. Je baissai les yeux sur ma personne, maculée de terre et de vase. Gaspard n'était pas moins sale, mais je me sentais trempée, misérable et rongée de culpabilité à la pensée de ce qui aurait pu arriver à cause de moi.

– Désolée pour la boue, dis-je.

– T'en fais pas, de toute façon, je devais faire nettoyer la bagnole.

– Et aussi pour...

– Ça va, arrête, coupa-t-il. Ça aurait pu arriver à n'importe qui ; ce n'était pas de ta faute.

Je ne pouvais pas lui dire. J'allais essayer de sauver Justin sans lui et si je ne réussissais pas, j'aurais son sang sur les mains. Parce qu'une fois encore, j'aurais cru un corbusard.

– Non, si je t'en veux... reprit-il.

Je fixai sur lui des yeux horrifiés. Il m'en voulait ? Mais pourquoi ? S'il savait pour Justin, alors nous étions tous perdus, parce que rien ne pourrait l'empêcher de m'accompagner. Cette idée me faisait peur, cependant ce qui m'effrayait encore davantage était la pensée qu'il soit fâché contre moi.

Il avait sans doute des raisons de l'être, puisque j'accumulais les erreurs depuis qu'on l'avait forcé à travailler avec moi, et moi, j'avais besoin de lui. S'il m'abandonnait, je ne survivrais pas une semaine dans ce monde rempli d'ennemis.

– Si je t'en veux, c'est parce que tu n'as pas fait ce que je t'ai demandé. Quand apprendras-tu à obéir ? Je t'ai dit de partir, tout à l'heure, continua-t-il d'un ton à la fois doux et sérieux que je ne lui connaissais pas.

– Hein ? De quoi… tu parles de…

Je me tus pour arrêter les balbutiements qui sortaient de ma bouche et frottai les paumes de mes mains sur mon pantalon en mouvements saccadés. *Je déteste être sale, j'ai horreur de tout ce qui est froid et visqueux*, pensai-je. Je déglutis et parvins à reposer mes mains sur mes genoux.

– Pour la réunion… tu n'as rien pu entendre, pas vrai ? demanda-t-il.

Je voulus répondre que non. Que j'étais désolée, mais que je n'avais aucune idée de ce que les opposants à Démétrius mijotaient. Du moins, c'est ce que j'aurais dit si j'avais réussi à émettre un son.

Soudain, des larmes se mirent à couler le long de mes joues sans crier gare. Je tâchai de les ravaler et d'arrêter le tremblement qui agitait tout mon corps, puis abandonnai la partie, laissant les sanglots me secouer avec violence.

– Je suis désolée, dis-je d'une voix entrecoupée. Je suis désolée.

Je pleurais pour la patrouille 24 et pour ces hommes que je n'avais pas pu sauver, mais aussi pour Justin qui avait besoin d'une aide que je me sentais incapable de lui apporter. Je pleurais pour moi et pour Gaspard qui dormirions avec cette angoisse nichée au creux de l'estomac à la pensée que nos poursuivants pouvaient bien être là, quelque part dans l'ombre. Et je pleurais pour ces corbusards si cruels et si monstrueux, que je comprenais trop bien. Pour nous tous, qui habitions Edencity, je versais des larmes, parce que j'avais le sentiment d'assister à la fin du monde.

Je pris soudain conscience que Gaspard me regardait, l'air tendu. Il ne bougeait pas, et la seule émotion qui se dégageait de lui était une sorte de colère diffuse que je ne m'expliquais pas.

– Pardon, soufflai-je en pressant les paumes de mes mains sur mes yeux comme pour en extraire tout le désespoir que je ressentais. Excuse-moi.

– Ce n'était pas ta faute, dit-il enfin. Ni ce qui est arrivé à la patrouille 24, ni ce qu'ils viennent de faire à ces hommes. Tu n'y pouvais rien parce que si tu avais essayé de les sauver, on serait morts aussi. Et ce qui arrivera après ce soir et que tu ne pourras pas empêcher, ce ne sera pas de ta faute non plus.

C'était sans doute censé me réconforter mais je me sentis encore plus mal : je n'avais pas entendu ce que les corbusards avaient dit, et peut-être que me concentrer sur eux au lieu d'écouter le ravisseur de Justin m'aurait permis de sauver des vies. Mais il ne m'aurait pas laissé faire – s'il m'avait permis d'entrer dans la brèche, c'était uniquement pour pouvoir me parler depuis le seul endroit où il était certain que nul autre que moi ne l'entendrait. Du moins, c'était ce que je voulais croire, parce que la vraie raison de mon ignorance était que j'avais égoïstement fait passer la personne que je connaissais avant d'hypothétiques inconnus.

– Et dire qu'on m'avait vanté tes talents de consolateur, grommelai-je.

– En fait, je suis très doué, répondit Gaspard, ne semblant plaisanter qu'à moitié, mais je ne voudrais pas profiter de la situation.

Je m'étranglai et me mis à tousser. Gaspard sembla se détendre.

– Tu vois, dit-il. Tu ne pleures plus.

Je souris. C'était vrai : tant que Gaspard serait là pour m'aider, ça irait. Je le savais, maintenant.

Chapitre 14

Les yeux fixés sur l'horloge de mon salon, je regardais les secondes s'écouler. Depuis des heures. Si je n'avais pas craint de tuer Justin par mon impatience, je me serais précipitée à l'adresse indiquée par le ravisseur tout de suite après la réunion. Depuis, mon esprit passait sans cesse de l'espoir au découragement avec une rapidité terrifiante. Je songeai même à aller voir Lorenzo pour qu'il m'aide, pensant bien malgré moi qu'il saurait quoi faire. Mais non, je ne devais rien tenter d'inconsidéré. Quoi que veuille le ravisseur, garder la tête froide était vital. Cette pensée modérait beaucoup ma mauvaise conscience vis-à-vis de Gaspard – il était trop imprévisible pour que je puisse prendre le risque de le mettre au courant.

À 11h35, n'y tenant plus, je descendis m'asseoir dans ma voiture. J'aurais aimé pouvoir mettre de la musique, mais c'était à peine si elle roulait, alors l'autoradio relevait de l'utopie. Je ne parvenais pas à lire non plus : j'étais incapable de me concentrer et les mots se mélangeaient devant mes yeux jusqu'à perdre toute signification. J'attendis donc midi trente, regardant à travers le pare-brise en ruminant un sourd mal de ventre.

Il me suffit de suivre les indications implantées dans mon esprit pour parvenir au lieu du rendez-vous. C'était d'une clarté effrayante, comme si j'avais eu un plan à la place du cerveau. Et c'était bien la première fois que j'avais cette impression. Je repensai avec malaise à la façon dont l'esprit de l'inconnu avait fouillé dans le mien. Je me demandais ce qu'il y avait vu.

Je ressentis un étrange soulagement mêlé d'une terreur de plus en plus précise en repérant la pancarte annonçant l'entrée du village.

Ne jamais leur faire confiance.

Ne jamais....

Si Justin était déjà mort ? Et s'il était tué à cause de moi ?

Je secouai la tête pour chasser les idées de mauvais augure qui y tournoyaient et me garai devant une maison blanche. *La* maison.

Je coupai le moteur, me retrouvant dans le lourd silence. Je descendis et me dirigeai vers le portail, les jambes flageolantes.

Peut-être que c'était pour plaisanter, que rien de toute cette histoire n'était vrai. Peut-être était-ce un test inventé par l'Organisation pour s'assurer de ma loyauté, ou pour me punir d'être une si mauvaise employée...

J'avalai ma salive et poussai le portail, qui s'ouvrit dans un atroce grincement. Pas de doute : cet endroit était réel. La porte de la maison s'entrebâilla à mon approche. Je fixai avec méfiance la poignée qui avait tourné toute seule, puis entrai d'un pas mal assuré.

– Il y a quelqu'un ? Je suis venue, ajoutai-je plus fort en direction du petit vestibule.

Ma voix mourut et je me sentis stupide. De toute façon, *il* devait savoir que j'étais là, non ? Une nouvelle porte s'ouvrit sur ma droite. J'hésitai à pénétrer dans ce qui ressemblait à un salon. La porte se referma à moitié et se rouvrit dans une invite qui me sembla teintée d'impatience.

– Non, protestai-je d'une voix qui flanchait déjà. Je veux d'abord voir Justin. Je veux être certaine qu'il… qu'il va bien.

Nous allons seulement discuter.

Celui qui me parlait semblait si proche. Je sursautai et regardai tout autour de moi par réflexe. Mais évidemment, il n'y avait personne.

Je ne vous veux aucun mal.

– Montrez-vous. Je ne négocie pas avec une ombre.

Je m'obligeai à me redresser, me demandant ce que Gaspard aurait fait s'il avait été là.

Un soupir se fit entendre. Il me parut presque tangible. Et quand je me retournai, il y avait bien quelqu'un.

– Ah…

Je refermai la bouche, craignant de devenir hystérique si je commençais à parler. Je pouvais sentir mes yeux s'écarquiller démesurément pendant que mon cerveau essayait d'analyser l'information. La personne que j'avais devant moi… Non, c'était tout à fait impossible.

Ma main se posa sur la crosse de mon arme et je dus faire un très gros effort pour l'en éloigner. Lorsque j'avais peur, mon conditionnement m'échappait.

– Virgile, murmurai-je.

– Ravi de vous revoir, Mademoiselle Fara.

***

Le moins qu'on puisse dire était que le plaisir n'était pas partagé. Ma dernière rencontre avec l'ancien dirigeant sorcier m'avait laissé des souvenirs plutôt cuisants, et le simple fait de le voir réveillait une douleur fantôme dans tout mon corps.

– Je croyais... balbutiai-je. Je croyais que vous étiez mort.

– Pendant un moment, moi aussi, dit Virgile avec un curieux sourire. Nous n'avons pas beaucoup de temps, Mademoiselle Fara. Je veux seulement vous parler, mais Démétrius ne mettra pas longtemps à retrouver ma trace et je ne pense pas avoir autant de chance deux fois de suite.

– Je ne vous écouterai pas avant d'avoir vu Justin, m'entêtai-je, convaincue que j'étais en train de faire quelque chose de stupide.

– Très bien, soupira-t-il. Allons-y.

Il avança dans le corridor d'où il avait surgi, m'invitant à le suivre. Je m'exécutai, saisie comme toujours par l'impression de calme et de puissance qui se dégageait de lui. Il était fou, ce n'était un secret pour personne, mais hors de ses moments de crise, il était telle une masse de pouvoir sans faille. Et cette fois, je savais que personne ne viendrait à mon secours : si Démétrius nous trouvait, je serais probablement encore plus dans le pétrin que je ne l'étais maintenant.

Nous descendîmes à la cave. Le chemin était truffé de pièges et Virgile s'arrêtait tous les trois pas pour en désactiver un ou me signaler une marche à éviter. La porte qui apparut au bout de l'escalier était un simple battant en bois qu'on aurait aisément pu défoncer avec une hache. Cependant, mon instinct me disait qu'il était aussi dangereux qu'un champ de mines et je n'y aurais touché pour rien au monde.

– Vous avez raison, m'annonça Virgile. Posez le petit doigt sur cette porte et vous pouvez dire adieu à votre main.

Je le regardai, surprise et inquiète. Est-ce que l'accès à mon esprit que je lui avais laissé la veille lui accordait un droit d'entrée illimité ?

– Nous avons plus en commun que vous ne l'imaginez, dit-il en s'affairant autour de la porte.

Ça, je ne le pensais pas : je reconnaissais à présent en lui l'homme en noir de la réunion. Voilà pourquoi cette silhouette m'avait paru familière ; seulement, le croyant mort, je n'avais pas fait le lien. Et c'était lui qui avait massacré mes collègues sous mes yeux. Je serrai les dents, sachant que si je voulais revoir Justin, je ne devais rien faire d'inconsidéré.

– Donnez-moi votre bras, ordonna Virgile.

– Quoi ? demandai-je, reculant d'un pas.

– Vous voulez voir Justin oui ou non ?

J'hésitai, puis tendis mon bras droit vers lui à contrecœur. Il leva la lame si rapidement que j'eus à peine le temps de l'apercevoir avant que le sang ne se mette à couler. L'entaille se trouvait au-dessus de mon poignet. Je restai pétrifiée et contemplai stupidement mon sang qui gouttait de mes doigts pour s'écraser par terre. Je tressaillis, ressentant soudain la douleur. Tenant toujours mon bras, Virgile me fit avancer.

Mon sang sur la porte.

J'avais la tête qui tournait. Quand je rouvris les yeux, la porte était ouverte et Justin me regardait.

***

– Vous voyez ? Il va bien, dit Virgile en me l'indiquant d'un geste excédé.

Apparemment, Justin n'avait pas été maltraité, cependant je ne serais pas allée jusqu'à affirmer qu'il allait bien. Il était assis sur une simple chaise en métal, sans être retenu par la moindre entrave. Je ne mis pas longtemps à comprendre que son immobilité n'avait rien de volontaire : il était prisonnier, mais de quelque chose de plus subtil que des chaînes. Virgile lui avait concocté une invisible prison de pouvoir, ce qui était pire : en réalité, Justin était quasi pétrifié. Je me demandai s'il était assis ainsi, sans pouvoir battre des cils, depuis près de quarante-huit heures. Mon cœur se serra à cette pensée.

– Je veux… lui parler, dis-je.

– Non, refusa Virgile, catégorique. Vous voulez l'avoir sous les yeux : parfait, restons ici pour discuter. Mais vous n'obtiendrez plus rien de moi avant de m'avoir écouté. Tentez quoi que ce soit et ce cher Justin mourra. Après ce que vous avez vu hier, j'imagine que vous comprenez que je ne plaisante pas.

– Oui, murmurai-je en baissant la tête.

Je me tournai vers Justin. Pendant un court instant, il me sembla pouvoir distinguer ses entraves. Mais je rêvais peut-être. Virgile n'avait même pas pris la peine de le désarmer : je voyais la crosse d'un petit calibre se dessiner sous la jambe droite de son pantalon. Il me regardait et malgré sa parfaite impassibilité, je sentis qu'il me demandait quelque chose.

– Bien, dit Virgile. Il y a des choses qu'il faut que vous compreniez, maintenant. Je sais ce que vous pensez de moi, mais je ne peux pas les laisser continuer à vous manipuler : c'est trop dangereux pour tout le monde.

Je ne l'écoutais pas. Je n'entendais que la voix de Justin qui s'exprimait dans ce regard qu'il posait sur moi. Et d'un coup, sans savoir comment, je compris ce qu'il voulait.

Je lui tournai le dos, m'interposant entre lui et Virgile. Celui-ci continuait de parler, mais je n'en avais cure: il était fou, et je me doutais qu'il essayerait de me retourner contre l'Organisation. Je n'avais pas envie d'entendre ce qu'il disait. D'un coup, je sortis mon colt et le braquai sur lui pour faire diversion. Dans le même temps, je passai ma main gauche dans mon dos, sous ma chemise. Je fis glisser mon poignard hors de l'étui qui y était dissimulé et le lançai sur Justin. Je m'étais entraînée de nombreuses heures à ce type d'exercice, et j'espérais avoir atteint mon objectif, parce que je ne pouvais pas me retourner pour vérifier que la lame s'était bien plantée dans sa jambe et non dans son crâne. J'ignorais pourquoi, mais j'étais certaine que c'était ce qu'il fallait que je fasse pour le libérer.

– Vous jouez un jeu dangereux, Mademoiselle Fara, dit Virgile d'un ton glacial mais dénué de surprise. Ne pouviez-vous pas simplement m'écouter ? Je vous trouve peu curieuse: vous n'avez pas envie de savoir pourquoi je me suis donné tout ce mal pour vous rencontrer ?

– Non, répondis-je, soulagée de constater qu'il n'avait pas remarqué le poignard. Je ne veux rien avoir à faire avec vous, pas après les crimes que vous avez commis.

– Vous ne voulez pas connaître la raison pour laquelle vous nous intéressez tant ? Pensez que j'ai perdu la tête si ça vous chante, mais cela explique-t-il comment j'ai désactivé les sorts de protection pour entrer dans cette pièce ?

J'ouvris la bouche et la refermai. Il avait raison: il avait suffi de verser mon sang sur le battant pour réduire ses puissants pièges à néant. Virgile s'était livré à cette petite démonstration pour attirer mon attention, mais j'étais si obnubilée par Justin que je ne l'avais même pas remarqué. Cette rencontre prenait un nouveau sens.

– Je vois que vous saisissez enfin, dit Virgile. Je ne vais pas vous faire de mal, mais il est temps que vous preniez conscience que le sang des Fara ouvre bien des portes. Il vous faudra choisir avec précaution celles que vous ouvrirez parce qu'on ne peut pas toutes les refermer.

Je ne pouvais pas y croire. Et pourtant… À présent que j'étais là, il m'était possible de poser la question si je le voulais.

Je le voulais.

– Est-ce que vous savez quelque chose sur ma famille ? demandai-je.

– Oui, dit-il. Cette famille est puissante, elle contrôle tout. Mais au fond, elle est sombre et maudite.

Mes yeux se brouillèrent sans que je sache pourquoi. Je me raccrochais au moindre de ses mots comme un naufragé à une bouée de sauvetage. J'avais peur. Peur de ce qu'il allait m'apprendre et de ce qu'il avait le pouvoir de me faire. Néanmoins j'avais bien davantage peur de ne pas savoir.

– Vous avez l'air si perdue. Ne me dites pas que mon cher…

La balle lui traversa la poitrine. La douille vide rebondit sur le sol en béton. Il tomba à genoux et regarda sa main pleine de sang avec une expression d'incrédulité.

J'inspirai profondément et laissai tomber mon arme avant de me retourner. Justin tenait toujours son revolver pointé devant lui.

– Justin, haleta Virgile. Oh… Jamais je n'aurais cru…

Justin s'approcha et tira de nouveau jusqu'à ce que le sorcier fût définitivement mort. Il rengaina et s'accroupit à côté du corps pour tâter le pouls. Je le regardai faire, les yeux exorbités. Il se releva et posa sur moi un regard inexpressif.

– Justin, balbutiai-je. Pourquoi ?

Pourquoi ? J'allais enfin savoir. Je me sentais tellement frustrée que je résistais avec peine à l'envie de casser quelque chose qui me démangeait les poings. Je comprenais soudain Gaspard, cette colère incontrôlable ressemblant à du désespoir et qui ne demandait qu'à m'emporter dans son flot.

– Il essayait de gagner du temps et de te déconcentrer pour pouvoir t'attaquer, dit-il. La prochaine fois, n'hésite pas tant avant de tirer. Une seconde peut causer ta perte, aurais-tu oublié tout ce que je t'ai appris ? Rien de ce que peut dire un homme condamné n'a de valeur.

– Oui, murmurai-je, furieuse au point que je ne parvenais même pas à être heureuse de voir Justin libre et en bonne santé.

Dans un état second, j'allai ramasser mon arme et essuyai le canon d'une main distraite. Ce qui venait de se passer était tellement impensable. Il y avait sûrement une erreur quelque part, ça n'avait pas pu arriver.

– Est-ce que tu te sens bien ? finit par demander Justin. Tu es très pâle.

Je levai les yeux vers lui et souris. Il y avait certainement une explication rationnelle. Peut-être que Virgile s'apprêtait à me tuer et que je ne m'en étais pas aperçue. Oui, c'était sûrement ça. Pourtant, il avait l'air sincère.

– Ça va. Je suis juste un peu fatiguée, c'est tout. Ces derniers jours ont été plutôt agités. Comment t'es-tu libéré ?

– C'est toi qui m'as libéré en me lançant le couteau, tu as brisé le sort en faisant pénétrer quelque chose à l'intérieur.

J'observai le trou bordé de rouge dans la jambe de son pantalon : j'avais visé juste, finalement. Mais je ne m'expliquais pas comment j'avais pu si clairement savoir ce qu'il voulait que je fasse.

– Il faut qu'on s'en aille. Une équipe de techniciens doit venir nettoyer le secteur, reprit-il.

J'acquiesçai et nous sortîmes de la maison, laissant le cadavre de celui qui avait été l'un des plus puissants êtres de cette ville refroidir dans le sang et la poussière.

Chapitre 15

Je ramenai Justin au siège de l'Organisation. Il semblait étonnamment serein, comme si nous rentrions d'une simple promenade. Moi, mes mains tremblaient tellement sur le volant que je manquai de nous faire emboutir une voiture en me garant.

Sûrement que Virgile mentait. Sûrement qu'il ne savait rien et cherchait seulement à me retourner contre mon camp. Mais Justin avait abattu ma lueur d'espoir sous mes yeux et j'en aurais pleuré de rage.

– Alors, tu as des choses à m'apprendre ? interrogea Justin pendant que je retirais la clef de contact.

– Des choses... à t'apprendre ? répétai-je, cherchant un sens à cette question.

– Sur Gaspard. Je t'ai bien demandé de me faire un rapport sur lui, n'est-ce pas ?

– Quoi ?

Comment pouvait-il penser à ça dans un moment pareil ?

– Nous t'avons cherché pendant les deux derniers jours, me justifiai-je. Et je crois que tu te trompes : Gaspard ne ferait jamais ça.

– Qu'est-ce qu'il ne ferait jamais ?

– Nous trahir. Il adore son travail et il déteste les corbusards : il est probablement ton agent le plus fidèle et le plus efficace, plaidai-je.

– Je vois, soupira Justin. Tu devrais apprendre à être objective. On ne mélange pas travail et sentiments, c'est compris ?

J'eus un signe de tête qui pouvait passer pour un acquiescement, mais gardai un silence buté. Nous avions beau être de bons petits soldats, nous restions des êtres humains.

Un spécialiste n'exprime pas ses émotions. Il doit faire abstraction du monde qui l'entoure pour ne se concentrer que sur la cible à atteindre.

J'étais incapable de faire ça. C'était au-dessus de mes forces. Je laissai Justin dans le bâtiment et partis. En réalité, je me garai à quelques rues de là et retournai me poster dans un café situé en face du siège de l'Organisation.

Justin sortit peu de temps après et s'assit sur un banc. Je me dissimulai derrière une plante qui se desséchait dans un pot, curieuse de voir qui viendrait le chercher. Visiblement, je n'étais pas la seule à avoir du mal à séparer travail et vie personnelle, parce que vingt minutes plus tard, le docteur Laura Smith se précipita dans ses bras.

Justin jeta un coup d'œil circulaire, puis la repoussa doucement mais avec froideur.

***

– Gaspard ?

Il tourna brièvement la tête vers moi puis se remit à contempler les bouteilles vides dans lesquelles il shootait nerveusement depuis dix minutes. Ça faisait près de deux semaines que j'avais retrouvé Justin, mais mon coéquipier ne m'avait toujours pas pardonné d'être allée le chercher sans lui.

Ce n'était tout de même pas de ma faute si, pour une raison que je n'étais pas sûre de comprendre, Virgile avait choisi de me contacter. Justin disait que c'était parce que j'étais le membre le plus faible du groupe. Il avait peut-être raison, et cette interprétation m'arrangeait : elle prouvait que Gaspard nous était fidèle, car il était certain que c'est à lui que Virgile se serait adressé s'il avait pensé avoir la moindre chance de pouvoir le retourner contre nous. Malheureusement, ce n'était pas ainsi que Justin voyait les choses.

– Gaspard, répétai-je, prenant mon courage à deux mains. Il faut qu'on parle de quelque chose. Je…

Je remplis mes poumons d'air et comptai silencieusement jusqu'à cinq. Il me regardait enfin. De toute façon, il n'avait rien de mieux à faire : il avait reçu un coup de téléphone du Central nous demandant d'aller dans cette décharge, mais jusqu'ici nous n'avions rien vu d'anormal.

Cet endroit était idéal pour dissimuler les restes de *leurs* victimes. Je frissonnai à la pensée des corps écrasés par les bulldozers, puis recouverts par les déchets. Personne ne méritait de finir comme ça. Personne.

– Quoi ? demanda-t-il en gravissant un nouveau monceau de déchets.

Je le suivis, avançant sur le terrain irrégulier tout en évitant les détritus qui jonchaient le sol. Arrivée en haut d'un monticule, je me mis précautionneusement sur la pointe des pieds pour observer les environs : la décharge était déserte. Je butai contre les vestiges d'un canapé crevé et me retournai pour regarder derrière moi, envahie par un malaise croissant. Un gros oiseau s'envola avec un cri perçant et je dégainai mon arme. Je déglutis et m'obligeai à considérer calmement les choses : il n'y avait rien ici, seulement ces sinistres tas d'ordures baignés par la lueur blafarde de l'aube. Je gardai quand même mon pistolet à la main, le doigt crispé sur la détente.

Même la présence de Gaspard ne parvenait pas à me rassurer. Pour d'obscures raisons, j'avais parfois l'impression qu'il me détestait au point d'avoir envie de m'abattre.

– Tu te souviens… avant d'être enlevé, Justin m'a… Il m'a demandé de te surveiller.

– Hein ?

Il s'arrêta net et me fit vraiment face pour la première fois depuis des jours. J'avalai ma salive. Je savais que j'étais en train de faire une grosse bêtise, mais il fallait que je sache.

– Quand on était au QG, tout le monde avait l'air de se méfier de toi. J'ai dit que c'était ridicule, mais ils continuent tous de penser que tu nous trahis, et Justin aussi.

– Ils t'ont réclamé le rapport sur moi ?

– Oui.

– Et tu viens me raconter ça ? demanda-t-il, l'air mécontent. Je t'ai déjà dit de ne plus me parler de cette histoire. Je me demande parfois ce que tu as dans le crâne : est-ce que tu as la moindre idée de ce que tu risques ?

– Nous sommes en démocratie, hasardai-je avec un pâle sourire, mais je savais ce qu'il insinuait.

Il me donna une tape du plat de la main sur la côte.

– Aïe ! protestai-je.

– Imbécile ! répliqua-t-il.

Dans son regard, je vis qu'il ne m'en voulait plus. Alors, je sus que lui poser la question était stupide. C'était incompréhensible, la façon dont mes doutes naissaient loin de lui et s'évaporaient dès qu'il était près de moi.

Soudain, une odeur de sang frais vint se mêler aux émanations de métal rouillé et de moisissure. D'où venait-elle ? Un gémissement déchira l'épais silence, me glaçant d'effroi. Peut-être n'était-ce que le vent dans les ressorts rouillés d'un vieux fauteuil. Oui, c'était très certainement ça. Mais, tout d'un coup, des silhouettes apparurent au milieu des objets hétéroclites, étrangement silencieuses et immobiles, telles des statues de cire échappées d'un musée. Elles étaient quatre. Elles tournèrent la tête vers moi, sans bouger cependant.

Ce n'étaient pas des techniciens.

Une balle siffla près de moi et le sang apparut sur la joue de l'un des hommes. Il avait été effleuré par le projectile cependant il n'avait même pas fait mine de se déplacer. Ne comprenant rien à ce qui se passait, je me tournai vers Gaspard. Il était plié en deux et un liquide sombre coulait en un mince filet hors de sa bouche.

– Oh, Gaspard ! dis-je, paniquée.

Il avança, pointant son pistolet en avant. Mais il était évident qu'il ne voyait rien.

Un sort ? Les sorciers pouvaient vous tuer rien qu'en le désirant et ça, ça ressemblait terriblement à…

Non, je ne devais pas y penser. Des débris dégringolèrent sous mes pas, me faisant trébucher. Ma cheville se tordit et m'arracha une grimace de douleur.

Gaspard tira à l'aveugle et rata sa cible. Puis il s'effondra, vomissant un flot sombre. Les quatre hommes assistaient sans rien faire à son agonie, sans même essayer d'abréger ses souffrances. Ils m'observèrent arriver, mais n'esquissèrent pas un geste.

Ils avaient tué Gaspard, ils avaient… Non, il n'était pas mort.

Pourquoi ne bougeaient-ils pas ?

Affolée, je mis l'un des hommes en joue et tirai. Visiblement surpris, il porta la main à sa poitrine et regarda ses doigts maculés de sang avec une expression de profond scepticisme. Il s'effondra en silence et les autres me considérèrent, impassibles.

– Ne vous mêlez pas de ça, dit l'un d'entre eux d'un ton parfaitement dépourvu d'animosité. C'est entre le Fossoyeur et nous.

– Vous ne devriez même pas être ici, ajouta un autre, l'air contrarié.

Gaspard avait tourné la tête dans ma direction et il esquissa un geste en direction de la sortie. J'ouvris la bouche, sans pourtant parvenir à prononcer les suppliques qui me montaient aux lèvres. Ses vêtements étaient couverts de sang et il frissonnait spasmodiquement, cependant, je ne pouvais évaluer la gravité de son état. Et je ne le voulais pas. Je me rapprochai d'un pas et la magie qui saturait l'air me coupa le souffle. Des sorciers, des sorciers puissants.

– Démétrius, grognai-je avec haine.

Le sorcier à la joue balafrée secoua la tête.

– Non, c'est entre lui et nous, un problème personnel, vous comprenez ? Vous n'étiez pas censée être là, alors partez.

Je le considérai avec incrédulité et le visai. Il anticipa mon geste et je le manquai.

– Si vous y tenez, chuchota-t-il à mon oreille.

Je sursautai et reculai, mais il n'était déjà plus derrière moi. Je vidai un chargeur sans toucher un seul des sorciers ; ils surgissaient de nulle part, défiant les lois les plus élémentaires de la physique. Je me sentais devenir folle, essayant de suivre les déplacements imprévisibles des silhouettes floues, les doigts crispés sur la détente. Je cessai finalement de tirer, convaincue de l'inutilité de mes efforts : les sorciers usaient de sorts de protection, et ils étaient trop rapides pour que j'aie la moindre chance de les atteindre. Pourquoi ne m'avaient-ils même pas blessée alors qu'ils avaient eu cent fois l'occasion de me tuer ? Une odeur de mort se répandait tout autour de nous – Gaspard vivait encore. J'abaissai mon arme, prise de tremblements nerveux. J'avais envie de fermer les yeux jusqu'à ce que tout s'arrête.

Pourquoi ? Pourquoi ?

Le Fossoyeur. Ils l'appellent le Fossoyeur.

Je sentais leur froide colère : c'était une exécution en règle. Mais qu'est-ce que Gaspard avait bien pu faire de pire que nous pour qu'ils le haïssent tous autant ?

– Abandonnez, dit le sorcier. Nous ne vous voulons aucun mal, mais l'heure est venue de creuser pour le Fossoyeur.

– Non. Non, répétai-je avec détresse.

Je repoussai les sentiments qui parasitaient mes sensations dans un coin de mon esprit et laissai le conditionnement s'emparer de mes pensées.

Ce n'est pas la vérité.

Rien de ce que vous voyez n'est réel – ce sont des illusions, de simples illusions. Plus rien n'a d'importance. Seule existe la cible. Visez la cible ; les sons, les images et les odeurs se recoupent – il n'y a que la cible. Sentir, voir et tirer (simulation 15).

Je pointai à nouveau mon colt devant moi ; de la sueur perla sur mon front et coula le long de mon échine. Je raidis mes muscles pour faire cesser le tremblement sans quitter des yeux les déplacements flous de mes adversaires. Brusquement, chaque pièce reprit sa place, ma vue perça l'écran nébuleux et je pressai la détente. Ma cible tomba à terre, du sang giclait de sa blessure. J'avais dû toucher une artère. Alors, ils s'arrêtèrent – le sorcier qui m'avait parlé me transperça d'un regard haineux.

– Fini de jouer, dit-il.

Une douleur fulgurante me déchira la cage thoracique. Je laissai échapper un cri étranglé tandis que mes yeux se noyaient de larmes que je n'arrivais pas à ravaler. Je lâchai mon pistolet.

– Nous n'avons plus le temps. Je regrette de ne pouvoir assister à ton grand final, Fossoyeur, reprit-il en poussant le corps de mon coéquipier du bout de sa chaussure. Vous avez choisi, ajouta-t-il dans ma direction.

Il me regarda une dernière fois et disparut, suivi de près par son acolyte. La douleur à l'intérieur de ma poitrine se fit plus violente. Un spasme me retourna l'estomac et je crachai un long filet sanguinolent. Je me retrouvai à genoux sans savoir comment. Je repensai à tous ceux que j'avais exécutés. À présent, je savais ce qu'ils avaient ressenti : le sang qui bat une dernière fois, la solitude, et la froide et cruelle certitude de ne plus jamais voir les couleurs.

Ramper, je devais ramper le plus loin possible pour m'en aller. M'en aller où ? Mes mains dérapaient sur le sol trempé et mes dernières forces me trahissaient. Je m'aplatis par terre – un abat-jour déchiré me faisait face.

Un cri voulut sortir de ma gorge et s'étouffa dans un gargouillis sanglant. Je laissai couler hors de ma bouche le chaud liquide que je ne pouvais pas avaler. Je serrai les dents, essayant de résister aux convulsions qui m'enfonçaient peu à peu vers la mort. Mais la souffrance me brisait les os – j'avais si mal. À quoi bon se battre ? Je mourais en silence dans la lumière grise de cette pluvieuse matinée d'automne et toute résistance était inutile. Tout au fond de moi, le loup hurla.

Le noir enfin, la douleur se tut.

Chapitre 16

Quelque chose grondait sourdement dans ma cage thoracique. Une palpitation lancinante – mon cœur ? Je me sentais nauséeuse et anesthésiée. Tout était blanc, d'un blanc lumineux et hypnotisant, comme le tunnel de la mort dans les mauvaises séries télévisées.

Un rêve. C'était certainement un stupide rêve. Gaspard recroquevillé sur le sol au milieu de monceaux d'ordures, du sang ruisselant au coin de ses lèvres, son tee-shirt trempé qui collait à sa peau par plaques rougies... Les sorciers et les veines se rompant dans ma poitrine. Non, tout ça était trop net pour être un rêve. Et il y avait cette certitude, ce goût de vie qui imprégnait encore ma salive.

Je n'étais pas morte, je ne *pouvais* pas être morte.

L'élancement s'intensifia jusqu'à devenir brûlure. Je guettai malgré moi l'odeur de la chair carbonisée, mais l'air ne me parvenait plus – j'étouffais. Quelque chose de dur rencontra ma pommette et une douleur fulgurante me traversa le visage. Je m'étranglai et me mis à tousser violemment. Non, décidément, j'étais bien vivante. Soudain, mes yeux s'ouvrirent et je me retrouvai allongée sur le sol, crachant des caillots de sang. La respiration haletante, je restai encore quelques instants immobile, jouissant de la merveilleuse sensation de cet air entrant dans mes poumons. J'essayai de me relever, mais ma tête tournait et les choses semblaient floues et mouvantes. Lorsque ma vision se fut à peu près stabilisée, je découvris la mare d'hémoglobine dans laquelle je baignais. À moins d'un mètre de moi, trois ombres étaient penchées au-dessus du corps de l'un des sorciers – je ne voyais pas l'autre.

– Mais, qu'est-ce que…

Elles se tournèrent vers moi, le visage maculé de sang. J'eus un sursaut de dégoût et reculai devant leurs yeux affamés – des vampires.

– Il était déjà mort, se justifia l'un d'entre eux.

– Je sais. Faites ça plus loin, d'accord ?

Il approuva d'un hochement de tête et, sur son injonction, les autres portèrent le cadavre hors de ma vue. Écœurée, je les regardai disparaître derrière les monticules de déchets. Étant donné les circonstances, je ne pouvais pas les empêcher de se restaurer aux dépens d'un mort.

Gaspard ! Oh mon Dieu, où pouvait-il être ? Je me relevai lentement, mal assurée dans la position verticale – chacun de mes membres flageolait comme s'il découvrait ses fonctions. Je sentais mes forces me revenir peu à peu, mais terminai le chemin à quatre pattes, la poitrine oppressée et les jambes tremblantes. Gaspard, couvert de sang, respirait encore, quoique faiblement. Il avait dû subir le même sort que moi. Le liquide était encore frais et chaud, me surpris-je à penser, pourpre et miroitant comme de la gelée de fruits rouges. Les rangées de bocaux brillants sur les étagères… la vie qui coulait.

– Gaspard, est-ce que tu m'entends ? demandai-je en me penchant vers lui.

L'odeur perturbait mes sens au point de laisser la terreur s'emparer de moi. Personne n'échappait à la Faucheuse ; il n'y avait rien, aucune cachette pour se dérober à son regard. La meute le savait, et moi aussi.

– Gaspard ! répétai-je un peu plus fort.

Je le pris par les épaules et le secouai convulsivement. Il entrouvrit légèrement les yeux avec une expression hébétée. Ses muscles frémirent, il essaya de se lever mais n'y parvint pas. Il était en train de mourir et je ne pouvais rien faire. Personne ne pouvait rien contre ce genre de blessures.

– Gaspard, je t'en prie, murmurai-je. Je me moque de ce que tu as pu faire : j'ai besoin de toi. Je t'en prie.

Ses yeux se ternissaient déjà – ils étaient si vides... Il laissa ses paupières retomber. Je m'aperçus que mes mains trempaient dans son sang et me relevai précipitamment. Soudain, je sus. Un instinct aussi vieux que l'humanité ressurgit ; il me fallait de l'aide, à n'importe quel prix.

– Démétrius !

Le son de ma voix résonna et fut englouti par le néant. Seule la respiration de plus en plus irrégulière de Gaspard y fit écho.

– Par pitié ! Vous êtes le seul...

Ma voix mourut. Ma terreur m'aveuglait trop pour que le bon sens puisse reprendre ses droits : j'étais certaine qu'il m'entendait. Mon désespoir se mua en colère. Je ne pouvais pas... Je ne supporterais pas de voir Gaspard mourir.

– Démétrius ! S'il meurt, je vous tuerai. Vous entendez ? Je vous tuerai, criai-je.

Le sang coulait en flot ininterrompu des lèvres de mon équipier et j'étais incapable de l'empêcher. Je détournai la tête. Je me détestais de réagir comme ça, mais ce spectacle était insoutenable. Je m'éloignai de quelques pas. Mon estomac se contracta, laissant une flaque d'un marron boueux sur le sol et la saveur du fer dans ma gorge brûlante. Brusquement, je m'assis et me recroquevillai sur moi-même, essayant de faire le vide autour de moi. Je ne pouvais pas le laisser mourir tout seul, je n'en avais pas le droit. Je levai mes mains jusqu'à mon visage et essayai de calmer les spasmes nerveux qui les agitaient. Je n'arrivais pas à me résoudre à retourner près de lui et à le regarder mourir, c'était au-dessus de mes forces. Un goût de panique vint se mêler à celui du sang dans ma bouche. J'appuyai mon visage contre mes genoux.

C'est alors qu'une main se posa sur mon épaule. Je bondis sur mes pieds et envoyai valser l'inconnu d'un coup de poing, lui faisant heurter un réfrigérateur sans porte. Stupéfaite par la violence de mon réflexe, je laissai retomber mon bras, me demandant si je devais aider l'homme à se relever.

– Quel accueil, dit-il en se relevant. Pourtant, c'est bien toi qui m'as appelé, Saralyn ?

– Quoi ?

Je cherchai mon pistolet des yeux. Imperturbable, l'homme épousseta tranquillement ses vêtements.

– Qui êtes-vous ? demandai-je d'une voix chevrotante.

En réalité, je l'avais déjà reconnu – il dégageait tellement de puissance que j'aurais su qui il était même si j'avais eu les yeux bandés – mais mon cerveau refusait d'enregistrer l'information.

Ses yeux étaient immenses, immenses et verts comme une mer houleuse dans laquelle on avait envie de se noyer. Je ne parvenais plus à penser, subjuguée par le pouvoir.

Nous n'avions aucune chance – personne n'avait aucune chance face à lui. Alors, je compris la peur qu'ils ressentaient tous, la mort qui flottait dans l'air : nous n'étions rien devant Démétrius.

– Saralyn Fara, enfin, dit-il d'un ton posé.

Un frisson me parcourut l'échine. Cet être, quoi qu'il fût, était si puissant qu'il semblait formé d'une boule d'énergie pure. Son pouvoir rampait jusqu'à l'intérieur de mes os. J'humectai mes lèvres sèches et dus faire appel à toute ma volonté pour arrêter de trembler. Je ne devais pas céder à la panique.

La peur tue l'esprit et réveille l'instinct. Calme-toi.

Tu ne dois pas le laisser prendre le contrôle, tout n'est qu'illusion.

Mais cette fois-ci, c'était un mensonge : Démétrius était tout sauf une illusion. Il me considéra, ses yeux miroitant comme de l'eau. L'eau d'une rivière trop paisible que je savais recouvrir quelque chose d'horrible. Je me forçai à rester parfaitement immobile. Un demi-sourire passa sur ses lèvres.

– Un bon petit soldat courageux... Je vois que l'Organisation est toujours une excellente école.

– Que voulez-vous de moi ?

– Sais-tu qui je suis ?

Un monstre, une menace, un corbusard.

Un cauchemar, mon Dieu, quel horrible cauchemar !

Ne pas céder à la panique.

– Démétrius, dis-je, incapable de trouver mieux.

Il éclata de rire, de ce rire cascadant et rempli de vibrations qui me donnait envie de vomir.

– Tu ne te souviens pas de moi, n'est-ce pas ?

– Me… souvenir ? De vous ?

Je scrutai son visage, y cherchant une quelconque familiarité. En réalité, c'était le cas, ses traits me rappelaient quelqu'un. Mais qui ?

– J'aurais dû m'en douter, soupira-t-il. J'aurais dû savoir qu'ils ne te laisseraient pas t'en souvenir.

– Ils ? Mais de qui parlez-vous ?

Ses yeux prirent une teinte interrogative. Je dus faire un violent effort pour m'arracher à leur contemplation et me détournai. Il y avait quelque chose de fascinant et de reptilien dans la façon qu'il avait de me regarder. Je n'aimais pas ça.

– Tu l'ignores donc encore ? Je pensais que ça avait déjà commencé… Bien, il n'est pas trop tard.

– Je ne comprends rien.

– Ton passé, dit-il doucement. Ton esprit est vide, ils t'ont pris ton enfance, puis l'Organisation t'a volé deux ans de ta vie. Tu as presque tout oublié.

Ce n'était pas une question. Je baissai la tête.

– Je peux t'aider, je possède les réponses.

– Je n'ai pas le droit ! criai-je presque. Je ne peux pas, vous êtes notre ennemi.

– Tu n'es tenue à rien : je te propose simplement un marché.

– Un marché, ricanai-je.

Je connaissais leurs marchés – on se retrouvait enseveli dans la décharge avant même d'avoir eu le temps de se retourner.

– Je peux soigner ton ami, ajouta-t-il.

Mon Dieu Gaspard, je l'avais presque oublié ! Je le regardai : il avait encore pâli bien que la chose m'eût paru impossible quelques instants auparavant. Son visage virait à présent au gris caractéristique de la mort et son pouls était irrégulier, à peine perceptible. L'angoisse crispa tous mes muscles – j'avais froid, tout à coup.

– Vous pouvez vraiment ? demandai-je.

Je levai vers Démétrius un regard implorant. *Dites-moi que oui,* songeai-je avec ferveur. *Par pitié, dites-moi que oui.*

– Oui. Mais en contrepartie...

– Faites-le, le coupai-je. Sauvez-le.

– Tu te rends compte qu'en acceptant mon aide, tu t'engages auprès de moi, dit-il, détachant chaque mot.

– Je passe de l'autre côté, murmurai-je. Je sais, allez-y.

– Es-tu certaine qu'il en vaille la peine ?

– Je pensais que vous souhaitiez m'avoir à vos ordres. C'est une bonne opportunité pour vous... tellement bonne qu'on pourrait se demander si...

– Je n'y suis pour rien, m'interrompit-il. J'avoue que ramener le Fossoyeur à la vie ne m'enchante pas, mais ceux qui l'ont attaqué l'ont fait pour des motifs purement personnels – crois-moi, il ne manque pas d'ennemis. Seulement, je veux être certain que tu sais ce que tu fais : quand je l'aurai sauvé, on ne pourra plus revenir en arrière et tu seras forcée de m'écouter même si ce que tu entends ne te plaît pas.

– J'accepte, dis-je, au désespoir. Je ferai ce que vous voudrez, mais par pitié, faites quelque chose !

– Très bien, alors éloigne-toi : il ne reste plus beaucoup de temps.

J'obtempérai sans discuter. Il me fit signe de me retourner et je m'abîmai dans la contemplation d'une radio rouillée, imbriquée dans un tas de débris. Je me moquais bien de travailler pour Démétrius ou pour qui que ce soit d'autre. Si Gaspard mourait…

Il ne pouvait pas mourir ! Je refoulai un sanglot nerveux et enfonçai mes doigts dans le sol. Pas un bruit ne venait troubler le silence et une voix me criait de regarder derrière moi – comment savoir ce que Démétrius était en train de faire ? S'il mentait, s'il…

Je m'obligeai à garder mon calme : la curiosité était toujours une erreur dans ce genre de situation. Si je causais la mort de Gaspard par mon impatience, jamais je ne pourrais me le pardonner. Je fis tout pour être la plus invisible possible, c'était à peine si je m'autorisais à respirer. Soudain, le pouvoir commença à affluer et alla s'accumuler dans mon dos. Je le sentais si distinctement qu'il me semblait pouvoir plonger mes mains dedans.

Je fermai les yeux et tentai de me détendre. J'enserrai encore un peu plus fort mes genoux entre mes bras ; les battements précipités de mon cœur résonnaient à mes oreilles avec une force lancinante.

– C'est fait, annonça la voix de Démétrius d'un ton parfaitement inexpressif.

Je n'osais pas bouger – me sentant devenir folle d'angoisse, mais terrifiée à l'idée de commettre une faute irréparable.

– Tu peux te retourner, à présent, dit-il, radouci.

Je me mis debout et me tournai vers Gaspard, retenant mon souffle – sa poitrine se soulevait au rythme d'une respiration régulière. Son visage reprenait peu à peu des couleurs et ses traits perdaient de leur rigidité. Ses paupières frémirent.

– Il est vivant, murmurai-je. Mon Dieu, il est vivant.

Le soulagement me traversa comme une vague de chaleur et mes jambes se dérobèrent sous moi.

– Il est vraiment… Est-ce qu'il va bien ? balbutiai-je.

– Il ne se réveillera pas avant plusieurs heures, mais il est en parfaite santé. Cela nous laisse le temps de discuter.

– Oh… oui, dis-je, les yeux rivés sur mon coéquipier.

– Viens, nous allons parler ailleurs.

– Vous allez nous téléporter ou quelque chose comme ça ? demandai-je avec méfiance.

Je n'aimais pas tellement participer à ce genre de tours de magie, ça me donnait l'impression d'être le type dans la boîte au moment du numéro avec la scie.

– Non, dit Démétrius. Sauf si tu y tiens. Nous allons repartir en voiture : je pense que nous nous sommes suffisamment fait remarquer pour aujourd'hui.

– Et pour Gaspard ?

– Ne t'inquiète pas : nous allons le ramener chez lui. Il se réveillera dans quelques heures et se sentira certainement assez bien pour venir te reprocher de ne pas avoir fui lorsqu'il te l'a demandé.

– Vous étiez là ? questionnai-je, incrédule, en me dirigeant à sa suite vers la sortie.

– Non, répondit-il sans autre explication.

Le chauffeur de la voiture noire qui attendait à l'entrée de la décharge était des plus inattendus.

– Lorenzo ? demandai-je en m'asseyant à l'arrière.

– Bonjour, me salua-t-il, très naturel.

– Je ne sais pas conduire, s'excusa Démétrius.

Je considérai Lorenzo, inquiète : j'avais énormément de mal à imaginer ce qui pourrait pousser un maître vampire, dont la vitesse de déplacement réelle avoisinait la téléportation, à prendre des leçons de conduite.

– Et vous, vous avez bien appris, n'est-ce pas ? l'interrogeai-je.

– Ne vous en faites pas. J'ai toujours pensé qu'il fallait vivre avec son temps, me rassura-t-il avec un étrange sourire.

Le chemin me parut court, mais je ne faisais pas du tout attention au paysage qui défilait derrière la vitre. Pour moi, Démétrius était présentement la seule chose qui existait, et son énergie prenait tellement de place que j'étais étonnée que la voiture réussisse à la contenir.

Chapitre 17

Je redressai la tête quand le véhicule s'arrêta. Je me sentais faible et fatiguée : tout ce que je voulais, c'était voir Gaspard debout sur ses deux jambes et puis aller me coucher pour ne plus jamais me relever.

– Les « Délices de Bacchus », évidemment… soupirai-je.

– C'est un endroit sûr. Nous avons des lieux plus reluisants, il est vrai, mais dangereux, trop repérables. Ici, nous sommes en sécurité : les « Délices de Bacchus » sont beaucoup mieux protégés qu'on ne pourrait le croire. Et puis, j'ai pensé qu'un cadre familier te rassurerait.

– C'est pour ça que vous l'avez fait venir ? demandai-je en désignant Lorenzo.

– Oui. Il était certain qu'en sa présence tu serais plus disposée à coopérer.

Je tiquai : je n'aimais pas ce genre de sous-entendus.

Le bar paraissait fermé, mais Démétrius ouvrit la porte et entra, suivi de Lorenzo. Je passai en dernier, et le battant se referma sans bruit derrière moi – je détestais quand ils faisaient ça. Contrairement à ce qu'on pouvait voir de l'extérieur, la salle principale était éclairée par les plafonniers, comme d'habitude.

– Ce n'est qu'un sort élémentaire, expliqua Démétrius. De la lumière dans un établissement fermé attirerait l'attention, mieux vaut ne pas courir de risques inutiles.

– Je comprends, dis-je.

Cal était là. En voyant arriver Démétrius, il se recroquevilla sur sa chaise au point qu'il sembla rétrécir. Face à Lorenzo, il n'en menait déjà pas large, mais c'était sans commune mesure avec la terreur que je ressentais en lui à ce moment-là. Et j'allais désormais travailler pour ce monstre… Je pressai mon front contre mon poing serré et fermai les yeux.

– Est-ce que tu te sens bien ? interrogea Démétrius.

– Finissons-en, dis-je d'une voix que j'aurais aimée plus forte.

Il esquissa un signe de tête en direction de Cal. Celui-ci ne se fit pas prier : il m'adressa un vague salut et partit précipitamment vers la cour.

– Qu'est-ce que vous lui avez fait pour qu'il ait aussi peur de vous ? demandai-je.

Même si je n'étais pas sûre de vouloir le savoir, je n'avais pas pu m'empêcher de lui poser la question.

– Tout le monde a peur de moi, pas à cause de ce que je leur fais mais parce qu'ils savent ce que je pourrais leur faire. Toi, tu n'as pas peur, tu es en colère. Qu'est-ce qui te contrarie ?

– Quoi ? demandai-je, effarée qu'il ose prétendre l'ignorer après tout ce qui venait de se passer.

– Tu as changé par rapport à la dernière fois que je t'ai vue.

– Vous avez dit que vous saviez des choses, énonçai-je, bien déterminée à reprendre le contrôle de la situation. Est-ce que vous savez si ma famille… s'ils sont en vie ?

– Certains, oui.

– Où ? Où sont-ils ? questionnai-je, oubliant ma peur.

– Je connais les secrets, dit-il lentement. Je peux t'apprendre tout ce que tu as toujours voulu savoir, mais pour cela, tu dois m'aider. Je ne suis pas encore assez fort pour leur tenir tête, tu devras me rendre certains services.

– Moi ? Mais pourquoi ? Pourquoi moi ?

– Tu es celle dont j'ai besoin, je suis certain que tu sauras… m'être utile.

Je déglutis et m'obligeai à prendre une grande inspiration. Lorenzo s'était adossé au bar et nous observait d'un œil impassible sans chercher à intervenir. Qu'aurait-il pu faire de toute façon ? J'avais conclu un marché et Démétrius était autant mon maître que le sien, à présent.

– Non, dit celui-ci en esquissant ce qui ressemblait à un sourire, je ne suis pas ton maître. Je ne peux pas te forcer à faire quoi que ce soit.

Oh que si, j'étais certaine qu'il le pouvait. Il me suffisait de voir la peur dans les yeux de tous les corbusards à la seule mention de son nom. J'essayai de lire ce que renfermaient ces deux immenses lacs d'eau dormante. Ils reflétaient l'impassibilité de celui qui agit sans état d'âme. Il savait à qui je tenais, et il lui était facile de reprendre ce qu'il m'avait donné – j'étais vulnérable et il ne me cachait pas qu'il en avait pleinement conscience. Son pouvoir affluait et se retirait en vagues patientes. Il ne me voulait pas de mal, il attendrait le temps qu'il faudrait, mais il ferait le nécessaire pour que je cède. Je comptai lentement jusqu'à dix.

– Que voulez-vous, Démétrius ?

– La situation est simple : tu as promis de t'allier à moi à la condition que ce garçon… Gaspard Flynn, c'est cela ?… survive. J'ai rempli ma part du contrat.

J'acquiesçai silencieusement – quoi que payer ma dette me coûtât, je ne regrettais pas mon choix.

– Je sais que tu as assisté à la petite réunion de la nouvelle coalition et je sais aussi que l'Organisation la soutient.

J'ouvris la bouche pour protester – il ne devait pas me demander ça. C'était quelque chose que je ne pouvais pas faire.

– Je ne te demande pas de m'informer des projets de l'Organisation. De toute façon, la guerre est inévitable : son odeur flotte déjà dans l'air. Est-ce que tu la sens, toi aussi ?

Je fermai les yeux un bref instant, toute absorbée par le parfum de la ville. Alors, il me sembla respirer les effluves électriques qui précèdent l'orage, le sang et la mort. Mais la suggestion mentale était si facile pour lui, si simple et tellement persuasive. Je le regardai de nouveau, sans répondre.

– Que faut-il que je fasse ? interrogeai-je.

Au fond, je m'en moquais. Je savais que ce serait horrible, douloureux, et qu'il m'était impossible d'y échapper, alors tout ce qui importait était que cela s'achève vite. Je cherchai instinctivement Lorenzo du regard et le voir me rassura. Cependant, l'expression de son visage ne trompait pas : lui-même n'avait aucune idée de ce que Démétrius comptait faire, et cela l'effrayait.

– Pour le moment, tu vas m'écouter.

– Quoi ? C'est tout ? laissai-je échapper.

– Oui, mais ce que je vais te raconter risque de ne pas te plaire. Sans compter qu'avoir vu mon visage fait de toi une cible de choix pour mes opposants.

– Je sais, ça, dis-je, troublée. Mais je ne suis qu'un être humain : je n'ai pas de valeur à leurs yeux.

– Est-ce que tu aurais peur de mourir ? demanda-t-il.

– Oui. Non. Enfin, je ne sais pas, avouai-je, confuse.

Comment faisait-il pour lire dans mon esprit si aisément ?

– Pourtant, ça t'est déjà arrivé. Ce n'était pas si terrible.

– Que voulez-vous dire ?

– Aurais-tu déjà oublié ce qui s'est passé dans cette décharge?

– Vous êtes en train de… vous insinuez que j'ai *ressuscité* ? balbutiai-je, incrédule.

– Il est possible de voir les choses de cette façon. Je préfère dire que tu as évolué : tu es arrivée au deuxième stade.

– Stade ? Un stade de quoi ?

– De ce que tu es, affirma-t-il, l'air de nouveau étonné. Tu ne sais rien, souffla-t-il, secouant la tête. Non, tu ne sais rien. Que crois-tu être ?

– D'après la classification établie par l'Organisation, je suis une lycaride. Mais les lycarides peuvent être des humains comme les autres. Ça arrive, insistai-je. Je sais que la plupart sont des mages, mais certains humains ont des dons sur les animaux, continuai-je, soucieuse de mettre les choses au clair avant qu'il ne m'interrompe. Avec cette morsure, il est possible que…

– Le pouvoir n'est pas transmissible. Pas par une morsure, et pas ce type de pouvoir. On peut devenir vampire, ou nécromancien, mais pas mage et encore moins lycaride. Et les humains ne se relèvent pas de blessures mortelles, pas même les maîtres des loups, Saralyn.

– Non, non, protestai-je avec véhémence.

– Tu es depuis ta naissance ce que tu es aujourd'hui. La morsure a simplement déclenché le processus, tout comme les blessures d'aujourd'hui ont provoqué une autre mutation.

– Comment ? Ce n'est pas possible.

Comment pouvait-on se coucher le soir et se réveiller un matin en étant autre chose ? Non, ça ne se pouvait pas.

– Tu le sais, tu l'as toujours su. Seulement, tu refuses de le voir, tu es l'une des nôtres ; ce sont les tiens que tu assassines tous les jours pour les besoins de l'Organisation.

– Je ne suis pas un corbusard ! criai-je, oubliant toute prudence.

Démétrius frémit sous l'insulte mais ne répondit rien. Malgré moi, il m'apparaissait de plus en plus clairement qu'il avait sans doute raison – toutes ces rencontres étranges et ces paroles dépourvues de signification qu'on m'avait adressées prenaient un sens nouveau. Au fond, je soupçonnais quelque chose dans ce genre depuis le début, mais me l'entendre dire sans équivoque rendait cette éventualité affreusement plausible.

Gaspard. S'il l'apprenait.

Je serais un monstre, moi aussi, plus rien d'autre qu'un monstre.

– Je te conseille de ne pas lui en parler, ni à lui ni aux autres.

L'Organisation, les autres, est-ce qu'ils me traqueraient pour me mettre dans une petite cage s'ils savaient ? Non, bien sûr que non.

– Tu n'es pas plus humaine que moi, martela-t-il. Tu n'as même plus d'odeur depuis ta transformation.

Cette idée me choqua plus qu'elle n'aurait dû. Plus d'odeur ? Non, impossible : il mentait, c'était certain.

Il ment ! Il ment !

– C'est la vérité, intervint Lorenzo d'une voix calme.

– Qu'est-ce que… quel genre de créature est-ce que je suis?

– Il faut toujours que les spécialistes parlent de nous comme d'animaux, dit Démétrius. (Je sentis la rancœur au fond de sa voix.) Je peux t'aider à découvrir tout ce que tu veux savoir, mais pour cela, il va falloir que tu acceptes la réalité.

– Je ne sais pas, je ne comprends pas, paniquai-je. Est-ce que je vais encore muter ?

– Je l'ignore mais c'est probable, dit-il en haussant les épaules. Si c'est le cas, nous serons les seuls vers qui tu pourras te tourner – tu connais Justin et tes collègues : ils haïssent les aweryths.

Aweryths, le nom que les corbusards aiment à se donner. Il était certainement plus flatteur que « corbusards ». Comment devais-je les appeler à présent que j'étais… de leur côté des barreaux ? C'était ridicule, j'avais toujours été ce que j'étais maintenant – rien n'avait changé.

Tant que Gaspard ne saurait rien, tout irait bien.

– Qu'êtes-vous venu chercher à Edencity ? demandai-je, brusquement.

Pourquoi avait-il fallu qu'il vienne me dire ces choses que je ne voulais pas entendre ? S'il était resté là où il était avant, rien de tout ça ne serait arrivé. C'était de sa faute !

– Il n'est pas prudent d'être trop curieux, crois-moi. Pour ta propre sécurité, ne cherche pas à apprendre ce que tout le monde ne connaît pas déjà : tu n'es encore qu'une enfant et tu n'as aucune idée de ce qu'ils pourraient te faire.

– Toujours les fameux « ils »… ricanai-je.

C'était si facile de reporter la faute sur de mystérieux inconnus.

– Eux et tous les autres, reprit Démétrius, imperturbable. Fais pour moi ce que tu crois pouvoir faire et je t'aiderai à survivre dans cette ville.

– Je n'ai pas besoin de vous.

– Oui, c'est ce que les membres de l'Organisation pensent. Méfie-toi d'eux, Saralyn Fara. Ils ne sont pas ce qu'ils prétendent être.

– C'est aussi ce qu'on dit de vous. Vous avez tué l'un des dirigeants les plus puissants d'Edencity, vous contrôlez trois communautés de corbusards, et il n'y a jamais eu autant de morts que depuis que vous êtes arrivé en ville. Comment voulez-vous que je vous crois après tout ce que vous avez fait ?

– Je n'ai fait que ce qui était nécessaire. On ne peut prétendre accaparer le pouvoir sans faire couler le sang, l'Organisation le sait bien.

– Tuer Dagon n'était pas nécessaire et la panique que vous avez provoquée a fait beaucoup de victimes.

– Dagon n'était plus capable de contrôler son clan. Il était trop vieux, la dégradation avait déjà commencé.

– La dégradation ?

– Tu ignores ce que sont les nécromanciens, n'est-ce pas ?

– Ce sont des êtres humains qui possèdent un pouvoir de réanimation, répondis-je sans hésiter.

Il secoua la tête d'un air amusé.

– Ces humains… vous êtes si naïfs. Les nécromanciens ne sont pas des vôtres : ce sont des non-morts.

– Qu'est-ce que ça signifie ?

– Oh, tu le sais fort bien. Ce sont des réanimés, des zombies, appelle-les comme tu voudras.

– Vous êtes en train de me dire que les nécromanciens sont leurs propres créatures ? demandai-je avec incrédulité.

– Oui, c'est ça : certains non-morts se relèvent avec le don. Il leur permet de rester en vie tant qu'ils sont assez puissants.

Mon arrivée à Edencity a déséquilibré le pouvoir : Dagon n'aurait pas survécu longtemps par ses propres moyens, et il ne servait pas mes projets.

– Est-ce que tous les nécromanciens d'Edencity vont se dégrader ?

– Non, le pouvoir a été rétabli. Ils ne craignent plus rien.

J'avalai ma salive et hochai la tête – c'était peut-être la vérité, cependant ça ne justifiait pas son geste. Pas plus que les accusations qu'il avait proférées à l'encontre des miens.

– Je payerai ma dette autant qu'il faudra, Démétrius, mais ne comptez pas sur ma confiance. Je sais ce que vous êtes et ce que vous essayez de faire.

Diviser pour mieux régner. Et j'avais été assez bête pour l'écouter sans protester – je l'avais presque cru. Quoi que je fusse, Justin avait toujours été là pour moi et il le serait encore. L'Organisation était ma famille : elle protégeait les siens.

– Est-ce que je peux m'en aller, maintenant ?

– Ça ne m'étonne pas, la Maison mère vous remplit si bien le crâne, dit Démétrius, l'air amusé. En cherchant, je pourrais te faire te souvenir et tu saurais… Alors, tu me croirais.

Je reculai précipitamment, soudain effrayée. J'étais folle de l'avoir appelé – il était si puissant qu'il était presque invulnérable.

Ils veulent notre mort. Les corbusards sont nos ennemis.

J'essayai de courir, mais mes jambes refusèrent de m'obéir, immobilisées par une force invisible.

– Je ne te veux pas de mal, dit-il doucement.

– Arrêtez ça ! Pitié, arrêtez ça ! suppliai-je, paniquée.

Mon souffle se précipita. Je n'arrivais plus à respirer. Il n'y avait plus d'air ici, et mes jambes ne voulaient pas bouger. Pourquoi cet endroit paraissait soudain si petit ?

– Il faut que tu m'écoutes encore, énonça-t-il d'un ton sans réplique. C'est tout ce que j'exige de toi.

Je suffoquais, essayant vainement de me calmer. Je sentais Lorenzo s'agiter près de moi, mais je ne le voyais pas.

– Quoi ? balbutiai-je. Qu'est-ce que je dois savoir ?

– Il n'y a vraiment rien qui t'étonne ? Es-tu dénuée de curiosité au point de ne te poser aucune question sur ce qui s'est passé durant ces derniers jours ?

Si, bien sûr, il y avait Virgile. Mais c'était un sujet auquel j'avais soigneusement évité de réfléchir.

– Oui, Virgile, dit Démétrius.

– Je pensais qu'il était mort, dis-je.

– Virgile ? Oh, non. Je n'ai pas voulu éliminer cet imbécile. Pourtant, il a toujours été une grande déception pour moi.

– Une déception, marmonnai-je, fronçant les sourcils en signe de confusion. Vous avez laissé Virgile en vie et vous n'avez pas épargné Dagon ?

– Je te l'ai expliqué : il me posait trop de problèmes.

Je n'étais pas d'accord avec ses critères de sélection : Dagon était assez désagréable, mais Virgile était, à mon sens, un dangereux psychopathe.

– Pourquoi moi ? Pourquoi m'avoir envoyé toutes ces roses et ces rêves ?

– Es-tu en train de me dire qu'aujourd'hui les femmes n'aiment plus qu'on leur envoie des fleurs ? Les temps auraient-ils tant changé ? Ou est-ce qu'elles ne t'ont pas plu ?

– Leur beauté... (Je cherchai à remettre de l'ordre dans mes pensées.) Leur beauté cachait quelque chose de monstrueux.

– Nous cachons tous quelque chose de monstrueux, Saralyn, dit-il sans sourciller. Seulement, tu refuses encore de le voir. Il faudra nous montrer patients, mais cela viendra. Tu as toi-même été témoin de ce dont Justin était capable.

– Oui, mais Virgile était dangereux, affirmai-je avec toute ma conviction. Justin n'a pas eu le choix : il l'avait enlevé !

– Il ne lui aurait jamais fait de mal. Le pouvoir lui était sans doute monté à la tête mais il avait le sens de la famille. Il est d'ailleurs assez amusant de constater que la seule chose qui le rattachait encore à un être humain ait causé sa perte.

– De quoi est-ce que vous parlez ? demandai-je, prise d'une subite quinte de toux.

– Oh, lâcha Démétrius d'un air négligent, je vois que Justin ne t'a pas parlé de son petit secret.

Un sourire cruel lui déforma les traits et une lueur de malveillance passa dans ses yeux de jade. J'aurais juré qu'il avait attendu ce moment toute sa vie.

– Virgile était son frère.

– Quoi ? Mais, protestai-je, je croyais qu'il était bien plus vieux que ça. Et Justin n'a aucun don pour la magie.

– Le pouvoir des sorciers ne se transmet pas de façon héréditaire ; de nombreuses familles ne comprennent qu'un ou deux membres possédant des dons surnaturels. Virgile était extrêmement puissant mais pas vieux. Je crois qu'il avait recouru à d'anciens rituels pour renforcer ses pouvoirs.

Je fermai les yeux un instant.

– Ils ne se ressemblaient pas, dis-je finalement, sentant ma conviction faiblir.

– Le pouvoir permet aux sorciers de modifier les traits de leur visage et certaines autres caractéristiques physiques. Ce que tu pouvais voir de Virgile n'avait rien de commun avec ce qu'il était en réalité.

Je me tus, perdue. Justin aurait tué son propre frère? L'expression de Virgile au moment où il avait reçu la balle me revint désagréablement en mémoire: il avait semblé tellement surpris. Si ce que prétendait Démétrius était vrai, alors ça n'avait rien d'étonnant – comment penser qu'on pouvait être froidement abattu par l'un des membres de sa famille? Finalement, cette explication jetait une lumière nouvelle sur bien des choses, notamment sur la facilité avec laquelle Virgile s'était accaparé le secteur sorcier et avait étendu sa domination. Justin avait dû essayer de le protéger, mais son frère avait perdu l'esprit et il n'avait plus rien pu pour lui.

– C'est pour ça que vous n'avez pas tué Virgile quand vous en avez eu l'occasion? Parce que c'était le frère d'un chef de section de l'Organisation?

– Oui, on peut voir les choses de cette façon. Mais est-ce que cela n'ébranle pas ta confiance en Justin?

– Non, me défendis-je. Il n'est pas responsable de sa famille.

– Mais il n'a pas hésité à abattre son propre frère.

– Il avait de bonnes raisons. Pourquoi tenez-vous tant à me faire douter de lui?

– J'essaye seulement de te montrer que tu ne devrais pas te fier aussi aveuglément à eux. Tu dois faire bien attention, surtout maintenant que tu as changé. À ta place, je ne parlerais pas des événements d'aujourd'hui à tes collègues. Après tout, tu es morte.

Je tentai de nouveau de bouger sans succès. J'avais momentanément réussi à écarter de mes pensées cette horrible sensation d'être prise au piège, et tellement sans défense, mais elle envahissait de nouveau mon esprit.

– Je ne te ferai pas de mal, reprit Démétrius. Tu ne dois pas rentrer seule, le quartier n'est pas sûr en ce moment et tu es encore affaiblie.

– Je vous en prie, suffoquai-je.

Laissez-moi ! Laissez-moi, par pitié !

Quelque chose enflait à l'intérieur de moi. Quelque chose comme un hurlement qui ne pouvait pas sortir. J'aurais voulu pouvoir presser mes mains contre mon crâne pour l'empêcher d'éclater, mais j'étais paralysée.

– Non, dit Démétrius, l'air soudain inquiet. C'est trop tôt. Arrête ! Saralyn, calme-toi ! Arrête !

C'était comme si un barrage était en train de céder au fond de mon esprit. Je tremblais sans pouvoir m'arrêter et je ne voyais plus rien tant mes pupilles étaient dilatées.

Je ne veux pas ! Laissez-moi !

– Saralyn, non ! dit Démétrius.

Je l'entendis, le cri qui retentit dans l'air sans qu'aucun son ne soit sorti de ma gorge. Au-dessus du comptoir, une bouteille explosa, répandant des dizaines de morceaux de verre.

La sensation de paralysie disparut d'un coup. Démétrius me regardait, l'air hébété. La brusque libération de mes jambes me fit tomber, mais Lorenzo me rattrapa et m'aida à reprendre mon équilibre.

Le reconnaissant, je laissai échapper un soupir de soulagement et ne cherchai même pas à m'écarter de lui. Je passai la main dans mes cheveux, les résonnances du pouvoir me parcourant encore en tremblements fébriles.

– Je voulais... Je voulais te donner du temps, dit Démétrius. Je suis désolé, je ne pensais pas qu'ils t'avaient fait autant de mal.

– Quoi ? De quoi est-ce que vous parlez ? demandai-je, au désespoir.

Je fus prise d'une quinte de toux. Me sentant malade, je me précipitai vers le comptoir et attrapai le premier récipient venu pour y vider mon estomac.

C'était rouge.

Oh, mon Dieu. C'était du sang.

Lorenzo tiqua et jeta un coup d'œil inquiet du côté de Démétrius. Celui-ci m'observait avec une expression désolée qui ne me disait rien qui vaille.

– Qu'est-ce qui m'arrive ? demandai-je, essayant de reprendre mon souffle et de chasser le goût du sang de ma gorge brûlante.

– Ta petite crise d'angoisse a accéléré le processus. Nous n'avons plus le temps, maintenant. Tu dois accepter de comprendre, Saralyn.

– Comprendre quoi ?

– Ton passé. Il faut que tu te souviennes.

– Dites-moi : si vous savez ce qui m'est arrivé, dites-le-moi, implorai-je.

– Ce n'est pas si simple. Il est inutile que je te raconte le passé, de toute façon, tu ne me croirais probablement pas. Il faut que tu t'en souviennes par toi-même. Mais tant que tu ne le voudras pas, tu n'y arriveras pas.

Je voulus protester : c'était ce que j'avais désiré toute ma vie. Cependant, je compris au même moment qu'il avait vu juste – j'avais bien trop peur. En réalité, malgré tous mes efforts et toutes les recherches que j'avais entreprises pour retrouver ma famille, j'étais terrifiée à l'idée de découvrir la vérité. À chacun de mes échecs, je m'étais sentie triste, mais aussi incroyablement soulagée. Quelle bonne raison pouvait avoir poussé mes parents à se débarrasser de moi ? Avaient-ils vu le monstre que j'allais devenir ? Ou peut-être simplement ne m'aimaient-ils pas ?

– Ramenez-la : le secteur est encore instable, et elle est trop faible pour rester seule, ordonna Démétrius à Lorenzo. Veillez bien sur elle.

J'entendis celui-ci acquiescer, puis il vint me prendre par le bras, voyant sûrement que j'étais incapable de me mouvoir par mes propres moyens.

– Venez, dit-il. Sortons d'ici.

Je continuai de fixer le vide et le laissai m'entraîner dehors. Je tournai une dernière fois la tête vers Démétrius, mais il n'était déjà plus là.

– Je vous raccompagne chez vous, dit doucement Lorenzo.

J'aurais voulu protester, mais je me contentai de pincer les lèvres. J'avais envie qu'il reste avec moi – j'avais peur d'être seule encore une fois. Seule face à mes questions et à cette faiblesse que je sentais m'envahir.

Chapitre 18

– Lorenzo ?

– Oui ?

– Est-ce que Démétrius a demandé à ses sujets d'attaquer Gaspard pour que j'accepte de le rencontrer ?

– Nous ne sommes pas responsables de ce qui est arrivé dans cette décharge, répondit calmement Lorenzo.

– Qui d'autre ? Les renégats n'ont aucun intérêt à attaquer l'Organisation, pas plus que les membres de la coalition. Vos sujets et les sorciers sont sous sa domination...

– Démétrius n'y est pour rien. Il s'agissait d'un litige *personnel*, dit-il avec un rictus. Gaspard Flynn est loin de n'avoir que des amis par ici.

– Est-ce qu'il a des ennuis ?

– Qui n'en a pas ? Ce n'est pas à moi de vous entretenir des affaires de votre équipier.

Je mordillai nerveusement la jointure de mon index, attendant que la place que Lorenzo convoitait se libère. La voiture noire qui nous bloquait le passage manœuvrait avec une exaspérante lenteur. Comment pouvait-on être aussi mauvais conducteur ? Je réfrénai une envie de descendre du véhicule pour aller insulter le propriétaire de l'antiquité quand celui-ci réussit enfin à s'extirper de sa place, non sans avoir au préalable éraflé une aile de l'engin contre l'imposante boîte aux lettres grise qui trônait au bord du trottoir. J'expirai ma tension, vidant mes poumons sans hâte, pendant que Lorenzo se garait sagement dans le créneau.

Lorenzo ne fit aucune remarque, mais je sentais ce qu'il pensait et son incompréhension amusée me rendait folle de rage. Je claquai la portière de toutes mes forces et traversai la rue au pas de course, allongeant la foulée au fur et à mesure que je me rapprochais de l'entrée de mon immeuble comme si cela eût pu me décharger de la confuse angoisse qui me montait à la tête. Lorenzo ne courut pas, bien sûr. Et pourtant, il m'attendait déjà devant la porte lorsque j'arrivai, essoufflée et honteuse. Je m'arrêtai à côté de lui, prise d'une quinte de toux qui laissa un résidu sanglant sur la paume de ma main, et tâchai d'éviter son regard.

– Je ne suis pas… Ce n'est pas ce que vous croyez, dis-je.

– Nous sommes tous perdus, Saralyn. Le jour où la peur cesse de nous étreindre, nous n'avons plus rien d'humain. Mais elle est là, chaque matin au réveil et chaque soir au moment de s'endormir, n'est-ce pas ?

– Oui. Vous avez peur ?

C'était idiot : de quoi aurait pu avoir peur un être immortel, un être suffisamment puissant pour obtenir tout ce qu'il désirait et asservir des populations entières ?

C'était moi qui devais avoir peur.

– Je croyais que non, mais parfois, je sens encore la peur s'immiscer dans mes veines pour glacer mon sang. Peut-être n'est-ce là qu'un tour de passe-passe de plus… Il arrive que je veuille oublier que je ne suis plus rien de vivant.

– Non, dis-je, levant mon visage vers lui. Vous êtes réel.

– Faites attention. Vous vous approchez de la frontière.

Oui, la frontière entre les humains et les non-humains, l'Organisation et les corbusards. Elle était souvent si mince.

– Que craignez-vous ? demandai-je.

– Rien en particulier : de disparaître, d'être un jour confronté à tout ce que j'ai fait. Maintenant que les Anciens Dieux ont péri, qui sait ce qui nous attend *après* ? Allons-nous être jugés pour nos actes comme le disent certains ? Si c'est le cas, je souffrirai encore bien plus que dans cette vie, et cette possibilité m'effraye sans doute.

– Mais vous n'allez pas mourir, dis-je, surprise. Vous êtes éternel : vous êtes un vampire !

– Vampire oui, mais pas immortel. Je suis difficile à tuer, cependant quelqu'un y parviendra nécessairement un jour. Vous, peut-être.

– Je… Est-ce que ça ne vous manque pas de ne pas mourir ? Enfin, je sais que vous êtes potentiellement mortel, mais vous vivrez certainement encore des centaines, voire des milliers d'années. Sans compter que plus votre vie s'allonge, plus votre pouvoir s'accroît et réduit votre… espérance de mort.

J'avais lamentablement marmonné les trois derniers mots de ma navrante explication. Je jetai un rapide coup d'œil du côté de Lorenzo, mais il ne paraissait pas offensé. Je n'aurais sans doute pas dû m'aventurer sur ce terrain avec lui, cependant, ce qu'un vampire aussi ancien que Lorenzo pouvait ressentir m'intriguait : il était probable que si les humains avaient eu le pouvoir de vivre pour toujours, leur façon de percevoir l'existence aurait radicalement changé. Et la vie aurait perdu beaucoup de sa saveur.

– Nous vivons aux côtés de la Mort, chaque jour. L'immortalité est un leurre : on ne rend pas la vie à celui à qui elle a échappé. Nous sommes morts pour l'éternité.

– Votre sort ne vous conviendrait-il pas ? Pourtant, vous vous donnez tous beaucoup de mal pour conserver votre immortalité.

– Il est juste de penser que ce qui est privé de fin n'a pas de sens, notre existence n'a *aucun* sens, mais si vous acceptiez de voir, vous sauriez.

– L'idée de voir me fait peur, lâchai-je avant de pouvoir mentir.

– Ce n'est pas parce que nous nous dérobons dans l'ombre que nous disparaissons pour autant. Nous sommes là et nous serons toujours là. Si vous voulez survivre, il faudra nous comprendre.

– Je sais.

– En réalité, ajouta-t-il après un silence, je crois que ce que je redoute le plus, c'est de me voir ainsi que vous me voyez tous. Quand je regarde vos yeux posés sur moi, je contemple le reflet d'un monstre, et ceux de mes sujets ne reflètent que la peur et la haine. Oui, dit-il en me tournant presque le dos, vos regards me hantent et ce que j'y vois me terrifie. Il n'est pas facile d'être un monstre, Saralyn.

Je ne savais que répondre, tant j'étais embarrassée de me sentir soudain si proche de ce parfait étranger, de l'ennemi des miens. Je m'écartai d'un pas de la porte de mon immeuble, vaine tentative pour renvoyer à plus tard le moment où je serais enfermée dans mon appartement vide. La solitude – ma peur. Il fallait que je lui dise : j'étais si seule de toujours me cacher.

– Je... parfois... commençai-je. Parfois, je ressens la même chose.

– Vous ? demanda-t-il, surpris. Non, vous, vous êtes la spécialiste préférée de Justin, vous avez la noble tâche de protéger les humains innocents des aberrations de la nature assoiffées de sang que nous sommes. Vous vous couchez tous les soirs avec en tête les personnes qui vous doivent la vie. Est-ce que lorsque vous tuez un monstre, vous en gardez un morceau pour vous souvenir de votre victoire ? interrogea-t-il soudain, une étrange lueur dansant au fond de ses prunelles sombres. J'ai entendu dire que certains de vos collègues avaient des collections de trophées impressionnantes.

– Bien sûr que non ! m'écriai-je, horrifiée. Tous les soirs, je me couche avec la peur que ce ne soit le dernier. Il ne se passe pas une nuit sans que je me réveille en pensant à tous ceux que je n'ai pas pu sauver. J'imagine que vous n'avez jamais examiné un cadavre refroidi, réduit en charpie par des gargouilles... Vous ne pouvez pas vous imaginer à quel point c'est insupportable. Oui, c'est insupportable de se dire que si on avait su, si on avait repéré la créature plus rapidement, ce tas de chair sanglante serait encore en vie.

Lorenzo s'enfonça dans l'ombre, contre la porte, alors qu'un groupe d'adolescents vaguement éméchés passait près de nous en riant. Ils nous jetèrent un regard curieux sans s'attarder et je songeai qu'il était bien tôt pour être déjà dans cet état – en fait, il était probable qu'il s'agissait pour eux de la fin de leur soirée et qu'ils rentraient se coucher. Je m'appuyai aux côtés de Lorenzo contre le battant, repensant à toutes les affaires qui s'étaient mal terminées, aux morts que j'avais dû contempler, et aux familles éplorées auxquelles on avait menti pour protéger notre secret.

– Quand une personne meurt, c'est autant ma faute que celle du monstre, repris-je, submergée par cette écrasante impression d'isolement. Je sais que j'aurais dû être là pour la défendre. À chaque fois, je me demande ce que j'étais en train de faire au moment où la victime a compris qu'elle allait mourir. Est-ce que je dormais ? Je mangeais ? Peut-être même que nous avons été prévenus et que Justin a essayé de me contacter pour que j'aille l'aider, mais que je n'ai pas entendu le téléphone. Les spécialistes ne sont pas des héros, Lorenzo, et nous tuons autant de gens que nous en sauvons. Nous aussi, nous devons vivre avec tout ce sang sur la conscience. Et j'ai peur : j'ai peur du noir, et j'ai peur de ne pas être là pour celui qui est en train de se faire dévorer derrière les poubelles d'un magasin de pompes funèbres.

Lorenzo baissa la tête, l'air troublé. Je fus prise d'une nouvelle quinte de toux et je ne pus m'empêcher de jeter sur lui un regard terrifié.

Qu'est-ce qui m'arrive ? Si ça continue, je vais finir par…

– Je vais monter avec vous.

– Quoi ? Non, ce n'est pas la peine, protestai-je.

– Je ne peux pas prendre le risque de vous laisser rentrer seule dans cet état : je ne crois pas que vous allez réussir à monter l'escalier.

Il avait raison : mes jambes flageolaient. Il entra dans mon immeuble à ma suite et m'observa patiemment tandis que j'hésitais entre m'enfermer dans l'ascenseur et grimper trois étages à quatre pattes. Chacune de ces deux idées me soulevait le cœur – ou peut-être était-ce seulement mon sang que j'entendais battre à mes oreilles qui me donnait la nausée.

– Je vous prie de m'excuser, dit Lorenzo, impassible.

– Hein ? Pourquoi ?

Il me souleva sans aucun effort et je poussai un glapissement de terreur.

– Vous êtes livide, remarqua-t-il.

– Mais… Reposez-moi ! paniquai-je.

Il se contenta de sourire et commença à gravir les marches avec aisance. Son corps n'émettait aucune chaleur, mais il n'était pas froid non plus. Aucun souffle, aucun cœur, ne venait animer sa chair : il était comme une statue mue par un sort mystérieux. Je renonçai finalement à le dissuader de me porter jusque chez moi, parce que j'avais la tête qui tournait au point de me faire oublier mon nom.

***

J'appuyai mon front ruisselant contre le mur, fermant les yeux pour mieux sentir l'eau brûlante le long de ma colonne vertébrale. Nous étions en plein milieu de la matinée, mais l'épisode de la décharge m'avait transformée en un être d'une saleté repoussante et j'espérais un peu vainement qu'une douche m'aiderait à m'éclaircir les idées. Je passai des vêtements propres et m'obligeai à me laver les dents malgré mes paupières trop lourdes et mes jambes qui se dérobaient sous moi pour effacer le goût de mort qui perdurait sur ma langue. Je restai quelques instants à contempler l'émail rougi du lavabo. *Je suis en train de me vider de mon sang*, songeai-je, essayant de ne pas céder à la panique. Combien en avais-je craché depuis tout à l'heure ? J'ouvris le robinet à fond et laissai le flot bouillonnant balayer mes doutes. Je jetai un coup d'œil dans la glace : en plus, je m'étais entaillé la pommette. Je me souvins de la douleur – probablement l'œuvre d'un morceau de verre.

Le 23 octobre, nous étions le 23 octobre et ma vie était un désastre.

– Vous vous sentez mieux ? demanda Lorenzo alors que j'entrais dans le salon.

Je sursautai, ayant vaguement oublié sa présence dans mon appartement. Il était assis par terre devant ma bibliothèque et feuilletait l'un de mes livres – de la poésie, autant que je pouvais en juger car je ne me rappelais pas avoir eu le temps de le lire.

– Oui, mentis-je.

– C'est un excellent ouvrage, dit-il en remettant le volume en place avant de se relever souplement.

– L'Organisation a très bon goût. Je n'ai pas acheté ces livres, pas plus que les vêtements qui composent ma garde-robe ou les disques qu'il y a là, expliquai-je en désignant la rangée bien ordonnée, calée sur une étagère. Enfin, pas pour la plupart.

– Comment cela se fait-il ?

– Je suis partie deux ans dans la Maison mère pour y recevoir mon instruction, et lorsque je suis revenue, l'Organisation avait déjà tout préparé : l'appartement, les meubles, mon identité… À part quelques affaires, ils ont tout changé. Ils ne m'ont laissé que la voiture mon nom et ma voiture.

– C'est étrange. Habituellement, le nom est ce qu'on efface en premier pour commencer une nouvelle vie.

– Ils savaient que personne ne me chercherait.

Non, personne ne m'avait jamais cherchée. Comment pouvait-on être si seul dans un monde si vaste ?

– Aimeriez-vous que quelqu'un vous trouve ?

– Oui. Je voudrais… je voudrais avoir une famille. Rien qu'une fois. Même pour les entendre dire que je ne suis rien pour eux, seulement pour être certaine qu'ils existent quelque part. C'est idiot.

– C'est humain.

– Vous savez ce que je suis ? Ici, tous les non-humains pensent que je suis l'une des vôtres...

– Mmm, c'est en effet ce que croit Démétrius.

– Je n'arrive pas à penser à moi de cette façon. Vous croyez qu'il dit la vérité ?

Lorenzo vint s'asseoir sur le canapé, mais je savais que c'était uniquement par réflexe : il aurait probablement pu rester des jours debout sans en éprouver d'autre gêne que l'ennui.

– Tout est une question de point de vue. Vous ne pouvez prétendre être parfaitement humaine, ainsi que vous vous obstinez à le faire depuis des années : vous êtes une lycaride et sans doute encore bien davantage. En revanche, il est certain que vous êtes plus humaine qu'aucun d'entre nous ne le sera jamais.

– Vous semblez l'être tellement, parfois. Un jour, une de mes amies vous a aperçu, et elle a parlé de vous comme si vous étiez... (Je m'interrompis, cherchant le terme exact pour décrire ce que j'avais ressenti.) N'importe qui.

– Les humains ne nous voient pas, ils refusent d'admettre l'existence du pouvoir. Pour eux, je *suis* n'importe qui.

C'est ce qui vous permet de chasser, pensai-je. Se mêler aux humains, choisir sa victime et l'entraîner à l'écart. Ce devait être si facile pour lui, avec sa beauté étrange et la fascination qu'il exerçait sur nos esprits. Comme elle devait être surprise, l'innocente proie, de découvrir le loup qui se cachait dans la bergerie. Oui, la surprise, l'angoisse, la panique et la mort. Je me demandai si elle était douloureuse, cette mort qui pouvait venir m'étreindre à tout moment. Comment savoir ce que pensait le vampire ?

Lorenzo se leva et se dirigea vers le couloir qui menait à ma porte d'entrée, le visage fermé.

– C'était une erreur, dit-il, je n'aurais pas dû rester ici. Il est préférable que je m'en aille.

Je voulus protester, mais il n'était que trop évident qu'il avait lu mes pensées.

– Oui, si vous croyez que c'est mieux, m'entendis-je répondre d'une voix quasi inaudible. Vous ne pouvez pas vous en empêcher, n'est-ce pas ? repris-je, presque en colère, peut-être plus encore contre moi que contre lui.

– De quoi parlez-vous ?

– De disséquer mon esprit. J'aimerais pouvoir vous faire confiance…

– Moi de même, Saralyn. Certaines de vos *réflexions* me parviennent, je n'y peux rien. Je préférerais en ignorer le contenu, croyez-moi, ajouta-t-il avec froideur.

La sonnette de ma porte d'entrée fit entendre son tintement clair. Lorenzo se figea, retirant sa main de la poignée comme si elle l'avait brûlé.

Chapitre 19

Immobile, je me mordis nerveusement la lèvre, les yeux fixés sur le battant, m'attendant presque à le voir exploser d'une seconde à l'autre.

Si c'était Gaspard…

Mon Dieu, il nous tuerait tous les deux.

– Quel jour de la semaine sommes-nous ? demandai-je.

– Je ne sais pas. Mercredi, je crois.

– Oh, gémis-je. J'avais complètement oublié. Vous pouvez rester là, vous ne craignez rien. Écartez-vous de la porte.

Il obéit, se reculant pour me laisser ouvrir.

– Mary, dis-je en découvrant ma voisine de palier. Comment allez-vous ?

– Bien, très bien. Je vous amène Sean. Vous vous souvenez ? demanda-t-elle, l'air soudain inquiet. Nous avions dit… J'espère que je ne vous dérange pas.

– Non, aucun problème, la coupai-je. Je dois le garder jusqu'en début d'après-midi, c'est ça ?

– Oui, tout à fait. Oh, Peter, vous êtes là, pépia-t-elle joyeusement en apercevant Lorenzo.

Celui-ci m'avait assez souvent rendu visite au cours de ces derniers mois. Fatalement, il avait fini par croiser mes voisins et j'avais été obligée de trouver une explication. J'avais donc prétendu qu'il s'agissait de mon cousin Peter, fraîchement débarqué à Edencity. Il prenait son rôle très au sérieux – j'étais certaine que cela le divertissait beaucoup de me mettre dans l'embarras – et se montrait d'une grande courtoisie envers tous mes voisins : à force de s'enquérir de leur santé et de les aider à porter leurs courses, il avait fini par être mieux intégré dans cet immeuble que moi. La première fois que j'avais été témoin de son manège, j'en étais restée pétrifiée (juste avant d'aller jeter tous mes restes de la veille en pensant que c'étaient certainement des hallucinations provenant d'un genre d'intoxication alimentaire). Voir un dirigeant vampire de quelques centaines d'années, un cabas écossais plein de poireaux sous un bras, un caniche beige sous l'autre, avait été l'un des plus grands traumatismes de ma courte existence. Cela avait éveillé ma suspicion, et je l'avais prévenu qu'il aurait affaire à moi s'il s'avisait de saigner à blanc qui que ce soit de mon immeuble. Il avait eu l'air scandalisé et avait juré ses grands dieux que *jamais* il ne toucherait à quelqu'un de mon entourage.

Je me prenais souvent à espérer qu'il disait vrai.

Lorenzo ne répondit rien, se contentant de sourire.

– J'espère que vous pouvez rester : Sean vous adore, continua Mary avec enthousiasme.

Je jetai un coup d'œil anxieux à Lorenzo, priant pour qu'il trouve une excuse : enfermer un enfant de dix ans dans un appartement avec un vampire ne m'inspirait rien de bon. Bien sûr, je serais là, mais je ne serais pas de taille à lutter s'il décidait de se faire un petit casse-croûte matinal.

– Ce sera avec plaisir, dit-il.

– Alors, quand comptez-vous rentrer chez vous ? lui demanda-t-elle. Le plus tard possible, j'espère.

– Je ne retourne pas à Central Town. Finalement, je me plais beaucoup ici : je compte m'installer définitivement à Edencity.

– Oh, vraiment. Alors nous aurons l'occasion de vous voir souvent, dit Mary d'un ton plein de sous-entendus qui n'échappa à personne.

Je compris soudain qu'elle mettait ma confusion sur le compte de la présence de Lorenzo alors que j'avais encore les cheveux trempés – ce qui indiquait que je venais de prendre une douche. Damnation ! Elle croyait que c'était mon amant. Les réflexions de mes divers voisins me revinrent malgré moi en mémoire : ils s'attendaient à une annonce de mariage ou à quelque chose du même genre. Je pinçai les lèvres, tentant vainement de m'empêcher de devenir cramoisie. Lorenzo restait impassible, mais je sentais son rire contenu – la situation l'amusait follement. Ce n'était pas mon cas.

– Vous devriez venir dîner tous les deux un de ces jours, reprit-elle. Thomas, mon mari, serait ravi de vous rencontrer enfin. Il a des horaires tellement *impossibles* : il n'est jamais à la maison. La semaine prochaine, ça vous irait ?

Je m'étranglai avec ma salive. Je doutais sérieusement que Mary ait le genre de nourriture qui convenait dans son frigo. Je maudis intérieurement Lorenzo qui ne disait rien, me mettant dans une position très inconfortable.

– Oh, j'aurais été ravie, dis-je, prenant les devants avant que les choses ne s'aggravent. Mais, le travail… vous savez ce que c'est. En ce moment, je rentre à n'importe quelle heure et… ça va être difficile... en ce moment, bredouillai-je pauvrement. Enfin, merci, c'est très gentil à vous d'avoir proposé.

– Tant pis, dit-elle en haussant les épaules. Une autre fois...

– Oui, c'est ça, répondis-je. Maintenant, vous devriez appeler Sean : vous allez vous mettre en retard.

Elle acquiesça, et se confondit en remerciements. Je résistai à un désir pressant de la pousser vers les escaliers : Mary était adorable, mais c'était une incorrigible bavarde et la présence de mon « cousin Peter » avait tendance à ne rien arranger.

Je respirai plus librement une fois Sean dans mon appartement et ma porte d'entrée refermée. Je me plongeai alors dans de plus graves questions existentielles que la présence d'un maître vampire dans mon salon : comment occuper un enfant de dix ans durant plusieurs heures sans causer de catastrophes ?

– Ah cool ! Peter ! s'exclama-t-il. Tu me montres un tour de magie ?

Je soupirai. Comme profession, je n'avais rien trouvé d'autre que prestidigitateur pour justifier les longs manteaux noirs et les costumes souvent démodés de Lorenzo. Ce dernier s'exécuta de bonne grâce sous les yeux fascinés de l'enfant. Je devais avouer que je m'y laissais moi-même prendre : Lorenzo bougeait si rapidement qu'il était impossible de saisir ses mouvements. Sans compter que manipuler l'esprit de Sean était probablement extrêmement facile. J'allai nettoyer ma cuisine, sans trop m'éloigner de la porte pour pouvoir surveiller Lorenzo. Après une dizaine de tours mettant essentiellement en scène des pièces de monnaie et des mouchoirs, ils se mirent à parler à voix basse avec des airs de conspirateurs.

Je résistai à la tentation de tendre l'oreille et patientai aussi longtemps que mes nerfs me le permirent avant de retourner dans le salon. Sean s'interrompit immédiatement en m'entendant arriver et s'écarta de Lorenzo.

– Qu'est-ce que vous complotez tous les deux ?

– Nous discutons, répondit Lorenzo.

– Mmm, grognai-je, peu convaincue. Qu'est-ce que tu veux faire ? demandai-je en me tournant vers Sean.

– Où est la télé ?

– Je n'ai pas la télévision.

– Quoi ? Mais *tout le monde* a la télé ! Comment tu fais quand tu t'ennuies ?

– Crois-moi, je le regrette, mais je n'ai pas le temps de m'ennuyer.

– Bon, t'as un « Continent en danger » ?

Qu'est-ce que c'était encore que ce machin ?

– Un quoi ?

– Un « Continent en danger » ! dit-il comme si c'était la plus limpide des évidences.

– Oui, bien sûr, marmonnai-je. Et qu'est-ce que c'est, exactement ?

– Un jeu, répondit Sean en ouvrant de grands yeux. *Tout le monde* joue à ça ! C'est une carte du Vieux Continent, et, tu vois, tu as des soldats et des armes, même des bombes bactériologiques qui tuent toute une ville, et tu te bats pour devenir le maître des villes… Tu connais vraiment pas ?

Je me sentis vieille, comme une sorte de modèle dépassé, et très humiliée. Depuis combien de temps n'étais-je pas rentrée dans un magasin autre que l'épicerie du coin ?

– Euh… non. Non, jamais entendu parler.

– T'as rien alors ?

– Tu sais, je vis toute seule et Jamara n'est pas très bon pour les jeux de société.

Sean fit une grimace. S'il avait su ce que je dissimulais dans mes tiroirs, je suis certaine que ma cote de popularité serait remontée en flèche… et que son espérance de vie serait proportionnellement descendue. Je cherchai désespérément une idée géniale qui pourrait me tirer de cette impasse.

– Tu veux manger quelque chose ?

Installé devant assez de pancakes pour rendre malade tout un régiment, Sean arborait un air nettement plus satisfait. J'en avais fait suffisamment pour l'occuper jusqu'au lendemain si nécessaire. Et même le reste de la semaine en comptant la crise de foie. Le temps de préparation ayant déjà résolu une partie du problème, je commençais à voir le bout du tunnel. En plus, ça me permettait d'écouler cette ignoble mixture violacée pleine de pépins, que l'étiquette prétendait être de la confiture de myrtilles et qui moisissait doucement au fond de mon placard. C'était la confiture préférée de Gaspard : il en avait laissé un pot chez moi pour les fois où nous travaillions sur une affaire qui ne nous laissait plus le temps de manger séparément.

Lorenzo avait assisté à nos prouesses culinaires dans un silence méditatif et avait décliné les nombreuses invitations de Sean à goûter par lui-même.

– T'en veux pas, toi non plus ? demanda-t-il en repoussant le plat vers moi.

– Non, merci. Je suis… au régime.

Sean pencha la tête de côté d'un air perplexe et haussa les épaules avant d'enfourner un nouveau pancake dans sa bouche. Je jetai un coup d'œil circulaire : Lorenzo et moi attablés avec un petit garçon couvert de confiture – quelle étrange parodie de scène familiale. Je me demandais si cela dérangeait Lorenzo de regarder quelqu'un manger ce qu'il ne pourrait plus jamais ingurgiter.

– C'est qui l'autre type qui vient tout le temps chez toi ? s'enquérit soudain Sean.

– L'autre type ? répétai-je, me sentant moyennement avantagée par la connotation de la question.

Lorenzo fronça les sourcils. Je compris tout de suite de qui il s'agissait : vu la richesse de ma vie sociale, il n'y avait pas dix mille solutions.

– Il s'appelle Gaspard, dis-je.

– C'est un autre cousin ? interrogea innocemment Sean.

Je le regardai avec circonspection, m'attendant presque à ce qu'il m'annonce qu'il savait tout de mes véritables activités. Je calmai la vague de paranoïa qui venait de m'envahir et souris d'un air tendu.

– Non, c'est un collègue. Pourquoi ?

– Il a l'air cool.

– Il l'est. Je suppose.

Je respirai. Non, Sean n'avait pas percé à jour mes mensonges, il subissait seulement l'étrange attraction que Gaspard exerçait sur tous ceux qui le croisaient. Je supposais que c'était l'aura sombre qui entourait ce dernier qui le faisait autant remarquer – souvent, je songeais malgré moi que c'était ce qui le rendait par certains côtés tellement semblable aux corbusards qu'il éliminait.

– Vous sortez ensemble ?

Je me figeai, tandis que Lorenzo laissait échapper un rire grave. Je trouvai le son agréable, mais voir le dirigeant des vampires se comporter de façon si humaine me troublait et je dus faire un effort pour arrêter de le dévisager.

– Eh ! Depuis quand est-ce que les enfants de dix ans s'intéressent à ce genre de choses ? demandai-je.

– J'ai presque onze ans, se récria Sean, scandalisé.

– Non, je ne sors pas avec lui. Je te le présenterai un jour, si tu veux.

– Tu es vraiment toute seule alors ?

– Oui, pourquoi ? Tu cherches à te caser ?

Il me regarda comme si une deuxième tête venait de me pousser, puis haussa les épaules et replongea ses doigts collants dans la pile de pancakes imbibés de beurre. J'espérais que sa mère ne m'en voudrait pas trop s'il prenait dix kilos dans l'après-midi.

– Tu devrais lui demander, je pense qu'il serait d'accord. Toi, Peter, tu serais d'accord ? demanda-t-il en se tournant vers Lorenzo.

Surtout, ne répondez pas, pensai-je très fort, espérant pour une fois qu'il lirait mon esprit.

– Tu sais, les histoires de grandes personnes sont un peu plus compliquées que ça, tentai-je de me justifier.

Et pourquoi devais-je me justifier, d'abord ? Vivre seule avec un chat, une collection d'armes à feu et de la poussière était un choix comme un autre.

Sean fit une grimace dubitative et avala trois pancakes dégoulinants en un temps record.

– Ma mère dit que tu devrais trouver un gentil garçon pour s'occuper de toi. Elle dit aussi que tu travailles trop et que tu devrais sortir avec Peter parce que ce serait dommage que tu restes vieille fille. C'est quoi une vieille fille ?

Génial. Même mes voisins s'étaient aperçus que j'étais une vieille fille en puissance : surtout qu'une fois que j'aurais muté en monstre hideux, je ne risquais pas de réussir à fonder une famille. Je ravalai un soupir de désespoir – je ne voulais pas avoir cette conversation, surtout avec un enfant de dix ans et devant Lorenzo.

– Euh... Une vieille fille est une femme qui vit seule, souvent avec un chat, et qui fait de la broderie marmottai-je, atrocement gênée.

– Tu fais de la broderie ? demanda Sean, visiblement fasciné.

– Non, pas encore, répondis-je, mortifiée.

– Il ne nous reste donc plus qu'à nous assurer qu'elle ne commence pas, dit Lorenzo à Sean d'un ton très sérieux.

À mon grand soulagement, Sean termina les pancakes sans prononcer une parole. Rien d'étonnant à cela, il avait la bouche pleine en permanence.

– Tu te sens bien ? demandai-je.

– Oui, oui.

– Tu es sûr ? Tu as vraiment *beaucoup* mangé, m'inquiétai-je.

– Ça va. On fait quoi maintenant ?

Des crêpes ?

Je fus subitement prise de nouveaux spasmes et je dus courir dans la salle de bains pour cracher un long filet sanguinolent, faisant signe à Lorenzo de détourner l'attention de Sean. Ma vision se troubla et je passai ma tête sous le robinet d'eau froide pour retrouver mes esprits. J'espérais que Lorenzo était capable de se maîtriser, parce que avec tout ce sang, c'était certain qu'il allait finir par craquer.

J'étais déjà étonnée qu'il ait réussi à conserver un tel contrôle sur lui-même jusqu'ici.

Il fallait absolument que je trouve un moyen d'occuper Sean jusqu'au retour de sa mère sans m'évanouir ni laisser Lorenzo le vider de son sang.

– Est-ce que tu sais lire ? lui demandai-je en retournant dans la cuisine.

– Tu me prends pour un bébé ou quoi ?

– Parfait. Voilà un livre, voilà une chaise. Amuse-toi bien.

– Hé ! protesta-t-il. Vous n'allez pas me planter là !

– Les enfants ont une façon de parler, aujourd'hui, marmonnai-je.

– Je peux l'emmener faire un tour, proposa Lorenzo.

– Non, hors de question : sa mère revient le chercher dans quelques heures et je tiens à ce qu'il soit en un seul morceau.

– Vous... tu peux venir avec nous, dit-il, prononçant le « tu » comme s'il avait une drôle de saveur.

– Je crois qu'il est préférable de rester ici, répondis-je, ne pouvant me résoudre à m'adresser directement à lui.

Imaginez, si nous croisions quelqu'un...

Un vampire, ou Gaspard...

Si l'Organisation nous voyait... Elle a des yeux partout.

– Tu as raison. Alors, laisse-nous : Sean et moi avons à discuter entre nous, dit-il avec un sourire narquois.

Je levai un sourcil, manquant protester, mais cette solution m'arrangeait plutôt. Je traînai alors çà et là, vaquant à diverses occupations et surveillant d'une oreille distraite ce qui se passait dans mon salon. C'est tout juste si je ne m'excusai pas lorsque je dus m'y rendre pour récupérer mon portable qui sonnait. Lorenzo m'observa d'un œil aigu tandis que je répondais.

– Oui ? demandai-je, sans enthousiasme.

– Où en es-tu pour notre affaire ? dit la voix de Justin.

Notre affaire. Je réprimai un glapissement et un besoin pressant de jeter le téléphone loin de moi.

– Quelle affaire ? interrogeai-je, d'un ton à peu près naturel.

– Je n'ai pas le temps de jouer aux devinettes avec toi, Saralyn. Je t'ai demandé un rapport sur Gaspard, il me semble.

– En effet. Je n'ai rien. Je n'ai strictement *rien* trouvé.

Le regard insistant de Lorenzo me gênait. Je me rapprochai de la cuisine, m'éloignant de lui de quelques pas comme si cela eût pu l'empêcher d'entendre quoi que ce soit. Sean continuait de parler, ne faisant pas attention à moi.

– Comment ça tu n'as rien trouvé ? Qu'est-ce qu'il fabrique presque toutes les nuits ?

– Je ne sais pas. Comment veux-tu que je sache ce genre de choses : je n'ai même pas la moindre idée de l'endroit où il habite ! Non, repris-je, essayant de me calmer. J'ai parlé avec lui, il ne va pas très bien en ce moment, c'est tout. Ça fait longtemps qu'il n'a pas pris de vacances et il déprime un peu… Si ça se trouve, il a juste du mal à s'endormir. Tu m'as toi-même dit que ça arrivait sans arrêt.

– Gaspard est le seul d'entre nous que le sang *aide* à dormir.

– Ne dis pas ça, Justin. Il était sûrement parti se promener quand tu as essayé de le joindre, il n'y a pas de quoi s'inquiéter.

– Oui, sûrement, répéta Justin. Je trouve que tu as une drôle de voix : est-ce que tu vas bien ?

– Seulement fatiguée, mentis-je avec un rire peu convaincant.

– Rudolph m'a informé que tu avais manqué une séance d'entraînement, ce matin, ajouta-t-il, réprobateur. Aurais-tu déjà oublié John Sherman ?

Le corps en morceaux posé sur une table d'opération pour qu'on puisse lui rendre une forme humaine avec du fil et une aiguille ? Certainement pas. Jamais je ne pourrais l'oublier.

– Non. Je suis désolée, j'ai eu quelques problèmes.

– Oui, c'est ce que j'ai cru comprendre. Nos services de renseignements ont détecté pas mal d'agitation autour de ton équipe ces dernières vingt-quatre heures.

Sean semblait toujours aussi peu intéressé par ma conversation, mais je battis en retraite dans le fond de ma cuisine et baissai la voix. De toute façon, il fallait que je m'assois : mes jambes devenaient trop faibles pour me porter.

– Nous avons été attaqués, dis-je, optant pour une demi-vérité.

– Quoi ? Quand ? Et par qui ?

– Par un groupe indépendant, mentis-je. C'était dans la décharge, à l'ouest de la ville. Ils nous ont attirés dans un traquenard et Gaspard a été blessé.

– Pourquoi vous ne nous avez pas appelés ?

– Il saignait beaucoup et... j'ai paniqué. Mais ça va, tout est rentré dans l'ordre. Enfin, il faut qu'on récupère un peu, tu vois ? Rien qu'un jour ou deux.

– D'accord, d'accord. Un groupe indépendant, tu dis ?

– Oui, encore une bande de renégats affamés. Il y en a plein en ce moment.

La guerre ne doit pas être déclarée.

Laisse tomber, Justin, je t'en prie.

– Bon, remets-toi aussi vite que possible. Je te rappellerai. Et ne sèche plus les séances d'entraînement.

– Oui, *chef*, dis-je à la tonalité.

Je tournai la tête vers Lorenzo, mais il m'ignora, visiblement captivé par ce que racontait Sean. Malgré son manque de réaction, il était certain qu'il avait suivi l'intégralité de ma conversation. Sous prétexte d'aller chercher un verre d'eau, il me rejoignit dans la cuisine alors que je luttais pour ne pas m'endormir sur ma chaise.

– Est-ce que vous allez bien ? demanda-t-il à mi-voix, faisant semblant de chercher un verre dans mon placard à vaisselle.

– Oui, ça va.

Pour être honnête, j'avais l'impression d'être mourante. Je croyais sentir la vie m'échapper un peu plus à chaque seconde qui passait et mon seul souhait était que le processus s'accélère : cette écrasante sensation de faiblesse était insupportable.

– Allez vous coucher, dit Lorenzo.

– Je ne peux pas. Ne le prenez pas mal, mais je n'ai pas le droit de vous laisser sans surveillance avec un enfant, surtout que vous devez commencer à avoir faim, depuis une heure que je crache le contenu de mes artères devant vous, ajoutai-je en maudissant mes accès de franchise.

– Ça ira. Je suis capable me retenir, je vous assure. Et je ne ferais jamais de mal à Sean. Allez vous allonger : votre pâleur m'inquiète. De toute façon, même en restant éveillée, vous ne pouvez rien contre moi dans votre état.

Là, il marquait un point : s'il décidait de me saigner à blanc, je n'aurais même pas la force de protester.

– Très bien, capitulai-je. J'y vais.

Je gagnai mon lit, vacillant presque. J'avais la ferme intention de ne pas m'endormir, mais je ne contemplai ma porte fermée qu'un bref instant avant de sombrer dans un sommeil agité. J'eus seulement le temps de regretter de n'y avoir pas fait poser de verrou.

Chapitre 20

Lorenzo s'occupa de Sean jusqu'à l'arrivée de sa mère. Je n'aurais jamais cru qu'un vampire pût se montrer aussi attentionné. J'ignorais combien de temps il pouvait résister à l'appel du sang, mais il n'avait pas eu un seul geste déplacé en ma présence, pas le moindre frémissement qui eût pu indiquer une quelconque lutte intérieure. Je ressentis cependant un vif soulagement quand l'inconfortable situation dans laquelle je me trouvais arriva à son terme : Sean était resté dans mon appartement une partie de l'après-midi et il ne s'était rien passé. C'était délicieusement normal.

Je déclinai l'invitation de Mary à venir prendre un café chez elle et Lorenzo fit de même, sans donner de raison précise, avec un sourire qui pouvait vouloir dire tout et n'importe quoi. Le sous-entendu ne me plaisait guère, mais il me débarrassa de ma voisine et de son fils dans les plus brefs délais.

– Je n'arrive pas à croire que mes voisins pensent que vous et moi nous… maugrai-je, terminant ma phrase par un geste vague de la main. J'ai bien dit que vous étiez mon cousin, non ?

– Il existe de nombreux degrés de cousinage, dont certains écartent presque tout lien de sang, répondit-il, l'air amusé.

– Ouais, mâchonnai-je. Tant pis, ça n'a rien de très grave, n'est-ce pas ?

– En effet, dit-il, reprenant place sur le canapé. Vous avez caché à vos supérieurs ce qui vous est arrivé à cause de Gaspard Flynn.

– Ce n'était pas de sa faute si nous avons été attaqués, protestai-je.

– Dans ce cas, pourquoi ne pas en avoir parlé à votre chef de section ?

– Je ne sais pas exactement ce qui se passe, et je ne veux pas créer d'ennuis à Gaspard.

– Excusez-moi, mais il me semble qu'il les a créés tout seul.

– Vous ne l'aimez vraiment pas, constatai-je.

– Non. Je pense que ce n'est pas quelqu'un de bien, il vous fera du mal et, quelque part, vous en êtes consciente.

– Vous avez tort. Vous ne le connaissez pas, dis-je.

– Vous si ?

– Nous avons tous nos secrets, mais je suis certaine de pouvoir lui faire confiance.

– Les nôtres vous appellent la Louve, vous savez ?

– Oui, je suis au courant, dis-je, me demandant où il voulait en venir.

– Connaissez-vous le surnom de Gaspard Flynn ?

Je fis un signe négatif.

– Le Fossoyeur. Vous savez que j'ai raison.

– Non.

Il est temps de creuser pour le Fossoyeur...

Lorenzo resta muet, esquissant pourtant un geste d'impuissance qui me donna envie de lui sauter à la gorge.

– Ne projetez pas vos instincts sadiques sur lui. Nous ne sommes pas des monstres.

Nous ne sommes pas comme vous, pensai-je. Le visage de Lorenzo ne laissa filtrer aucune émotion particulière, mais ses yeux étaient noyés d'amertume. Je me demandai fugitivement si leurs instincts sadiques m'étaient aussi étrangers que j'aimais à le croire.

– Je vois, répondit-il calmement.

Je gardai le silence. Je me sentais mieux que tout à l'heure, mais encore épuisée.

– De quoi avez-vous discuté avec Sean durant tout ce temps ? demandai-je en essayant de ne pas laisser transparaître mon intérêt.

– Rien en particulier, dit-il, évasif.

– C'est un enfant, Lorenzo. De quoi avez-vous bien pu parler pour vous comporter d'une façon aussi bizarre ?

– J'ignorais que vous étiez curieuse.

– Intriguée, plutôt.

– Si vous désiriez le savoir, il vous suffisait d'écouter.

– Oui, mais je n'ai pas voulu... Il m'a semblé inconvenant de vous espionner.

– Alors vous préférez me soumettre à la question ?

– Je crois que vous exagérez un peu, protestai-je, aussi agacée que perplexe. Je m'assure seulement que vous n'ayez pas fait quelque chose qui puisse mettre la sécurité de Sean en danger.

– Rassurez-vous, il n'en est rien. Nous avons seulement discuté de choses et d'autres. Pour tout vous dire, j'apprécie assez de pouvoir avoir une banale conversation avec une personne qui ne tremble pas de peur devant moi et n'essaye pas de me tuer. Même si c'est seulement un mensonge.

Si Sean avait su qui Lorenzo était vraiment, l'aurait-il regardé avec cette candide admiration ? Probablement pas. Je sentis mon regard s'adoucir.

– Je comprends, dis-je.

– Vous devriez manger, maintenant : vous avez besoin de forces.

– Manger ? répétai-je. C'est très gentil de votre part de vous préoccuper de ma santé, mais ça va, je vous assure.

– Auriez-vous peur que cela ne me donne des idées ? demanda-t-il en souriant. Si c'est ce qui vous inquiète, je crois que je devrais être capable de me retenir de vous attaquer.

– Non, dis-je en secouant la tête. Ce n'est pas du tout ça. Je… je ne mange pas devant quelqu'un.

– Oh, c'est donc cela. Croyez-vous que votre mode d'alimentation puisse me choquer ?

Je devais admettre que non. Réticente, je pénétrai dans la cuisine.

– De toute façon, je n'ai pas vraiment faim, ajoutai-je.

– C'est parce que vous avez peur. Mais vous devez vous nourrir : vous avez perdu beaucoup de sang.

– Oui, capitulai-je en posant la viande crue sur une assiette.

– Vous ne cuisez pas vos aliments ? demanda-t-il, surpris.

– S'il vous plaît, ne dites rien. Je n'ai jamais aimé la viande cuite, mais depuis quelques jours, je ne supporte même plus cette idée, ajoutai-je.

Couper la viande avec un couteau et une fourchette se révéla plus problématique que dans mon souvenir, et je manquai plusieurs fois de la faire verser sur mes genoux. Il me vint à l'esprit que j'avais cessé d'utiliser des couverts depuis un certain temps. Le nœud dans mon estomac refusait de se détendre et j'avais du mal à avaler. Lorenzo semblait agité, comme si mon énervement déteignait sur lui – c'était peut-être le cas.

– Quel effet vous fait notre nourriture ? questionnai-je.

– Votre nourriture ? La *vôtre* m'est tout à fait comestible, dit-il, trempant son doigt dans le sang qui formait une flaque d'un rouge brunissant au milieu de mon assiette avant de le porter à ses lèvres.

Je réprimai un haut-le-cœur et déglutis, percevant plus que jamais le goût de mort dans la viande.

– Non, dis-je d'une voix mal assurée, je voulais parler du sucre, du pain… D'aliments humains.

– Quel effet ferait un verre de sang à un humain ?

– Plutôt un mauvais effet, je suppose.

– Eh bien, un plat de pâtes fait la même chose à un vampire. Vous comprenez ?

– Oui, je crois. Je regrette de m'être montrée aussi dure avec vous. J'aurais dû vous faire davantage confiance.

– C'est oublié. Je vous remercie de vous confesser à moi comme à une personne.

– Vous êtes une personne, Lorenzo. Nous sommes *tous* des personnes.

Je rinçai mon assiette dans l'évier en essayant de m'en convaincre malgré le sang qui coulait sur le zinc.

Je fus à nouveau prise d'une violente quinte de toux. Les yeux embués, je présentai mes doigts maculés de sang à Lorenzo sans réfléchir : j'avais besoin de l'entendre.

– Est-ce que… est-ce que je suis en train de mourir ? Dites-le-moi.

– Je l'ignore, répondit Lorenzo, visiblement mal à l'aise. Mais je ne crois pas, il doit s'agir d'un simple effet secondaire de la mutation. Je pense que vous devriez écouter Démétrius : ce n'est qu'en comprenant votre passé que vous pourrez contrôler votre avenir. Pour le moment, vous nagez en plein brouillard.

Je devais reconnaître qu'il avait parfaitement raison.

– Votre contrôle sur vous-même est très impressionnant, commentai-je. Mon sang n'a pas l'air de vous faire le moindre effet.

– Chacun d'entre nous est formé d'un réseau de sentiments et de désirs contradictoires, dit-il calmement. Le tout est de savoir lequel est le plus fort : peut-être votre compagnie me plaît-elle davantage que l'odeur de votre sang ?

J'écarquillai les yeux, prenant conscience de cette sensation bizarre qui ne me quittait plus quand je parlais avec Lorenzo.

Cette étrange, incompréhensible sensation.

– Je m'en vais, annonça-t-il. Il n'est pas prudent que je reste ici trop longtemps, cela risque de nous causer des ennuis à tous les deux. Mais réfléchissez bien à ce que vous faites : Démétrius ne vous veut pas de mal.

– Comment pouvez-vous en être si sûr ?

– La ressemblance entre vous est vraiment frappante sous certains angles, lâcha-t-il en m'observant du coin de l'œil.

– Quoi ? Qu'est-ce que vous insinuez ?

– Rien de plus que ce que je viens de dire.

– Vous pensez qu'il pourrait-être… Mais qu'est-ce que je vais faire ? demandai-je, me sentant au bord du gouffre.

– On a vu plus étrange dans cette ville. (Il haussa les épaules.) Si je peux vous aider, n'hésitez pas : vous savez comment me contacter, ajouta-t-il en sortant.

Chapitre 21

– Ça fait longtemps que tu es là ? demandai-je, à la fois surprise et embarrassée.

Gaspard ne répondit pas, fixant sur moi un de ces regards orageux dont il avait le secret et qui vous donnaient l'impression qu'il scrutait votre âme.

– Qu'est-ce que tu fais assis dans cet escalier ? tentai-je de nouveau.

– Je suis venu te voir, dit-il enfin d'un ton plat. Et puis je suis resté ici le temps de me calmer : je ne veux pas te faire de mal.

– Je crois qu'il vaut mieux que tu entres, suggérai-je en m'effaçant pour le laisser passer.

J'avais l'intention de sortir prendre l'air – Lorenzo était parti depuis près d'une heure et les saignements semblaient s'être momentanément arrêtés, mais je me sentais toujours bizarre. Seulement, à peine avais-je fait un pas hors de mon appartement que j'avais trouvé Gaspard, assis sur les marches devant ma porte. J'avais des sueurs froides à l'idée qu'il avait failli croiser Lorenzo.

– Je devrais être mort, non ? questionna-t-il sans crier gare, me tournant ostensiblement le dos pour regarder par la fenêtre de mon salon.

Il n'avait même pas retiré sa veste. Généralement, quand il entrait dans mon appartement, il se désarmait. Qu'il ne le fasse pas me déchira le cœur autant que s'il m'avait ouvertement insultée.

– Non, affirmai-je avec conviction. Tu ne devrais pas. Qu'est-ce qu'ils voulaient, ces sorciers ?

– Apparemment, me voir crever, répondit-il avec un vague sourire en tournant brièvement la tête vers moi.

– Mais pourquoi ? Ils devaient bien avoir une raison.

– Ce sont des corbusards. Ils tuent des gens tous les jours sans aucune raison.

– Je ne pense pas que ce soit ça, ils ont dit que c'était un problème personnel. Tu les connais ?

– Non. Je fais partie de l'Organisation et j'ai quitté leur communauté : c'est suffisant pour qu'ils aient un problème avec moi.

– Oui, sans doute, dis-je, assez peu convaincue.

– Comment est-ce que tu as réussi à les battre ? demanda-t-il.

– J'en ai tué deux et les autres m'ont laissée pour morte, je crois.

– Comment ça, « tu crois » ? Qu'est-ce que tu veux dire ?

– Je ne sais pas ce qu'il s'est passé, avouai-je. Je saignais, je me suis évanouie, et quand je suis revenue à moi, j'étais... vivante.

Gaspard tiqua, puis replongea dans son mutisme, me laissant me noyer dans mon malaise.

– Qu'est-ce qui m'est arrivé ? interrogea-t-il.

– Tu étais très mal en point.

– J'aurais dû mourir.

– Non, dis-je, balayant cette éventualité d'un geste brusque.

Je ne voulais pas l'envisager, je ne voulais même pas penser à ce qui se serait passé si...

– Tu avais seulement besoin d'aide.

– Quelle *aide* exactement m'a-t-on apportée, Saralyn ? demanda-t-il en détachant chaque syllabe.

– On t'a soigné, répondis-je, redoutant sa réaction.

– Qui ?

– Aucune importance.

Et j'étais sincère. Tant qu'il vivait, je n'éprouvais pas le moindre regret d'avoir trahi l'Organisation.

– Démétrius, dit-il d'une voix menaçante, se retournant tout à fait.

Je reculai – il avait compris et je percevais la froide colère qui l'envahissait, remplissant ses yeux d'une lueur dangereuse.

– Gaspard, c'était le seul moyen, suppliai-je.

– Qu'est-ce que tu as promis ?

– Je ne sais pas. Je ne veux pas en parler.

– En échange de ma vie, qu'est-ce qu'il t'a demandé ?

– Ça ne regarde que moi.

– Il n'a jamais arrêté, hein ? gronda-t-il en s'approchant de moi. Il te tourne autour depuis le début, tout le temps. Et tu m'as menti, je savais que tu mentais.

– Gaspard, il t'a sauvé la vie ! répliquai-je, plus fort que je ne l'aurais voulu.

Sa fureur irradiait déjà de toutes parts et je me sentais désorientée, au bord de la panique.

– Il va te tuer ! Tu n'aurais jamais dû ! Tu aurais dû me laisser mourir, cria-t-il.

– Comment peux-tu dire ça ? m'écriai-je, laissant éclater la bulle d'angoisse qui m'étouffait. J'ai choisi. Il ne m'a pas forcée, j'ai… Il fallait que je le fasse, tu peux comprendre ça ?

Un sanglot me secoua. J'avais peur, tellement peur de ce qui allait arriver maintenant que j'appartenais à Démétrius. Je n'aurais pas dû céder, c'était vrai, mais qu'aurais-je pu faire d'autre ?

– Démétrius est un monstre et je t'interdis d'aller le voir. Tu entends ? Je te l'interdis. Dis-lui d'annuler votre contrat, dis-lui de reprendre ce qu'il a donné.

Je le giflai, tremblante de colère. Il ne frémit même pas.

– Comment oses-tu ? Comment peux-tu me demander de faire une chose pareille ?

– Tu ne les connais pas, tu ne sais pas…

Sa voix se brisa. J'appuyai mon dos contre la bibliothèque, résistant à l'envie de courir m'enfermer dans ma chambre. Cette situation me dépassait complètement et j'ignorais ce que j'étais censée faire.

Ils doutaient tous de lui. Ils le haïssaient autant au sein de l'Organisation que parmi les corbusards.

Pourquoi est-ce qu'ils l'appelaient le Fossoyeur ?

– C'est toi que je ne connais pas, murmurai-je.

– Ne me regarde pas de cette façon !

– De quelle façon ? marmonnai-je en essayant de garder une voix assurée.

– Comme si tu avais peur de moi. Je ne te ferais jamais de mal, tu le sais !

– Non, je ne sais pas, Gaspard. Je ne sais vraiment plus.

– Dis-moi, alors ! Dis-moi : qu'est-ce que tu veux savoir ? demanda-t-il d'une voix éperdue qui me bouleversa davantage que je ne l'aurais voulu.

– Je ne sais pas, répétai-je. Pourquoi est-ce que tu les hais autant ? Qui es-tu ?

Il eut un sourire amer et s'assit sur le canapé, là où je trouvais si souvent Lorenzo.

– Qui je suis ? Personne, Saralyn. Mais si tu y tiens, je peux te raconter ma petite histoire. Tu veux ?

– Ou… Oui, balbutiai-je, n'osant y croire.

– Je suis né dans la région des Grands Lacs, dans le Nord. Mon père faisait… des choses et d'autres. Il braconnait un peu pour nous faire vivre, il était très doué avec les armes à feu. C'est lui qui m'a appris à tirer. J'avais un frère, qui avait cinq ans de plus que moi, et notre mère s'occupait de nous deux.

Je le dévisageai : il gardait les yeux perdus dans le vide, comme pour se remémorer des souvenirs longtemps oubliés.

– Il est parti de la maison quand mon père est mort. J'avais onze ans. Il est allé à Edencity et s'est mis à m'écrire des lettres ; on n'avait pas le téléphone, tu sais ? Ça a duré des années. Au bout de quelques mois, il a commencé à me parler de trucs bizarres, de créatures pas vraiment humaines. Jusqu'au jour où on n'a plus eu de nouvelles. Ma mère a tout de suite compris… Je suis resté avec elle, parce qu'elle n'a jamais su se débrouiller toute seule. Elle a fini par se remarier, alors je suis venu ici. J'ai pas mis très longtemps à trouver le Quartier Rouge, j'avais gardé toutes les lettres… Je voulais pas croire que les choses s'étaient finies comme ça et que je ne le reverrais plus jamais. Seulement, il était déjà mort. J'ai traîné avec les sorciers un bout de temps, mais à un moment, je me suis rendu compte que c'étaient eux qui l'avaient tué, – c'était de leur faute. Quand les types de l'Organisation sont venus me voir, j'ai pensé que j'allais enfin pouvoir les empêcher de… Je voulais que ça n'arrive plus, à personne. Mais les corbusards sont trop forts pour nous, et je peux rien y faire. On peut rien y faire, Saralyn.

Les muscles de sa mâchoire se crispèrent. Il passa sa main sur ses yeux puis eut un sourire sombre.

– Ils ont tué mon frère, tu comprends ? C'est pour ça que tu n'avais pas le droit de faire de moi l'un d'eux : tu aurais dû me laisser mourir.

– Je suis désolée, soufflai-je, n'osant pas l'approcher.

– Tu vas faire un rapport… sur l'incident de la décharge ?

– Non. Est-ce que tu peux… me pardonner ? ajoutai-je à voix basse.

– Je ne t'en veux pas, dit-il sans hésitation. C'est seulement qu'il ne faut pas que ça recommence, je ne veux pas qu'ils te fassent du mal. Je pourrais pas le supporter. Parce que ça ne s'arrête jamais, ça recommence encore et encore… Ils tuent tout ce qu'ils touchent, et peu importe combien j'en élimine.

– Oui, l'interrompis-je. Je sais que tu essayes de bien faire, mais tu ne peux pas faire cavalier seul. Nous luttons tous pour protéger la population et tu ne dois pas en faire une croisade personnelle. C'est toi-même qui m'as dit que nous devions nous contenter d'exécuter les ordres de nos supérieurs.

– J'imagine que j'ai menti, alors.

Je portai la main à ma tête pour étouffer un mal de crâne latent, réprimant une envie de tousser qui me raclait le fond de la gorge.

– Est-ce que ça va ? lui demandai-je.

– Pour un mort, je suis en pleine forme.

Je baissai les yeux, convaincue d'être l'être le plus immonde et le plus égoïste de cette planète pour avoir fait de lui tout ce qu'il détestait sans penser une seule seconde à ce qu'il pourrait ressentir.

– Tout ira bien, m'assura-t-il.

J'aurais aimé pouvoir le croire, mais ce n'était pas le cas.

– Je ne veux pas que tu t'approches de Démétrius, dis-je.

– Pourquoi ?

– Parce que tu n'as aucune chance, face à lui.

Parce que je lui ressemble, pensai-je. Je m'arrêtai, l'esprit confus. Mais il fallait qu'il sache la vérité, pour une fois.

– Je t'en prie, je ne supporterais pas qu'il te tue.

– Je ne peux pas t'empêcher de le voir, hein ?

– Non.

– Sois prudente, m'ordonna-t-il en se levant. Et ne crois pas ce qu'il dira, les corbusards mentent tout le temps.

– Ils ne sont pas les seuls, marmonnai-je entre mes dents.

– Au fait, tu avais raison pour Justin : je suis convoqué dans son bureau demain matin. À tous les coups, il va trouver une raison de me passer un savon ; ça me rappelle le collège.

Je souris et étouffai un bâillement. J'éprouvais une lancinante tristesse, comme si quelque chose venait de se briser définitivement et que, sans le savoir encore réellement, je pressentais les funestes conséquences de ce jour.

– Tu as l'air fatiguée, dit-il en posant la main sur la poignée de la porte d'entrée.

– Qu'est-ce que tu as fait ? demandai-je d'une voix presque inaudible.

– Qu'est-ce qui te fait penser que j'ai fait quelque chose ?

– Gaspard, soupirai-je. Ne me prends pas pour une idiote, s'ils t'en veulent tous autant, c'est qu'il y a une raison.

– Je ne vois pas de quoi tu veux parler.

– Gaspard, dis-je encore.

Il se retourna et planta ses yeux dans les miens, l'air incroyablement maître de lui.

– Tu ne me caches rien ?

– Non.

– J'ai besoin d'avoir confiance en toi.

– Tu peux, je te le promets.

Je refermai le battant derrière lui et m'y adossai. J'étais si fatiguée. Alors, le visage de Lorenzo me revint en mémoire avec tout ce qu'il contenait d'âpreté et de déception. Serait-ce ce que je lirais sur le mien un de ces matins en me regardant dans la glace ? Je commençais à comprendre ce qu'il ressentait : la solitude du survivant.

Chapitre 22

Lorsque j'ouvris les yeux, le soleil inondait encore ma chambre. Quelque chose clochait. Je m'assis et lissai ma robe du plat de la main. Pourquoi étais-je habillée ? D'ailleurs, jamais, je dis bien jamais, je ne me serais couchée en gardant mes chaussures. Je me laissai retomber sur le dos – je ne me souvenais même pas de m'être mise au lit.

Le départ de Gaspard. J'étais épuisée – oui, j'avais dû m'allonger une minute, juste une minute, et m'endormir. Je m'étirai et chassai la sensation de torpeur qui m'embrumait le cerveau. Mon réveil indiquait 16 h. Il devait y avoir une erreur, je me rappelais parfaitement qu'il était 16 h 30 tout à l'heure. Dans le salon, l'horloge marquait la même heure et Jamara vint se frotter contre mes jambes en miaulant pathétiquement. Je lui servis à manger et allai ouvrir la porte d'entrée comme si cela eût pu me donner une quelconque indication. Ce fut le cas : je buttai contre mon courrier du jour.

Cela signifiait que nous étions… demain ? Non, impossible !

Je retournai dans ma chambre et m'assis sur mon lit – la désagréable pensée que j'avais manqué une nouvelle séance d'entraînement venait de traverser mon esprit. Rudolph n'aimait pas qu'on lui fasse faux bond. Un entraîneur efficace, pas de doute : devant lui, je me sentais comme une gamine de dix ans prise en faute. J'étouffai un soupir et décidai de me changer. J'observai un instant la garde-robe que l'Organisation m'avait concoctée. Elle comprenait une impressionnante collection de joggings, dont je n'avais pas encore fait le tour, et davantage de tenues de camouflage que de robes du soir. Je refermai la porte de la penderie et rencontrai mon reflet. Je posai les doigts sur la glace froide – j'avais soudain l'impression d'être différente. J'étais bien celle que je croisais dans tous les miroirs, pourtant l'inexplicable sensation qu'il s'agissait de quelqu'un d'autre s'imposa à moi. Qu'est-ce que Gaspard voyait en moi ? Un monstre ? Parfois, dans ses yeux, je lisais le doute, les moments où il n'avait plus en face de lui Saralyn, mais une lycaride – presque l'une des leurs. Et Lorenzo ? De la nourriture – oui, sûrement : une source de sang chaud et un cœur palpitant. Et moi, je ne voyais rien, rien qu'une fille d'une vingtaine d'années, pareille à tant d'autres, avec des yeux un peu trop gris.

Je baissai la tête, mais la relevai immédiatement. La coupure – je me souvenais de m'être entaillé la pommette. Je passai lentement le bout de mes doigts sur ma joue intacte, presque craintivement. Il n'y avait plus la moindre trace, comme si elle s'était résorbée durant mon sommeil. Je m'examinai des pieds à la tête et retournai m'asseoir : toutes mes cicatrices avaient disparu. Toutes, excepté la première, celle qui me barrait la gorge, celle par laquelle ma nouvelle vie avait commencé. Qu'est-ce qu'on avait fait de moi ? Pourquoi n'étais-je pas morte ?

Oui, c'était bien ça, ce que voulait dire Steven Drake : informateurs ou spécialistes, nous subissions tous la malédiction des chasseurs de monstres – nous serions toujours là et rien ne pourrait nous délivrer.

– Pas même la mort, murmurai-je.

***

Le lendemain matin, Rudolph me chapitra vigoureusement vis-à-vis de mes absences, et je n'avais aucune excuse valable à présenter. Pour ma peine, la séance dura une heure de plus. Je n'en fus pas mécontente – l'effort me permettait de diluer mon angoisse. Néanmoins, même trente tours de stade ne parvinrent pas à faire taire la petite voix qui me chuchotait que quelque chose avait changé depuis l'incident de la décharge et que ça n'amènerait rien de bon.

À la fin de la séance, Rudolph m'informa que j'avais pour ordre d'aller au QG. Je m'y rendis à reculons, persuadée qu'une catastrophe m'attendait. Dans le parking, avant de sortir de la voiture, je mis une veste pour camoufler mes avant-bras dépourvus de cicatrices. Moi qui avais tant souhaité les voir disparaître, j'étais terrifiée par cette peau lisse : c'était comme si on venait d'effacer des années de ma vie d'un seul coup.

Cette fois-ci, je passai par l'accueil, et une jeune femme blonde en tailleur noir m'indiqua avec un sourire que j'étais attendue dans le bureau 521.

Je montai les escaliers au pas de course. Je dus m'appuyer contre le mur pour reprendre mon souffle en atteignant le cinquième étage. Je cherchai ensuite la bonne porte et restai paralysée devant la plaque de plastique qui annonçait que j'étais arrivée.

– Je peux vous aider ? demanda une voix.

– Ah… euh…

Je me retournai vers l'homme en costume. Il tiqua en croisant mon regard – le fait que j'étais anormale se voyait-il tant que ça ?

– Vous venez voir Justin ? demanda-t-il d'un ton embarrassé.

– Oui. Enfin, je crois. C'est son bureau ?

Il acquiesça et ouvrit la porte pour moi. Je ne savais pas si je devais lui être reconnaissante d'avoir balayé mes doutes d'un simple geste ou le détester de m'avoir si brutalement jetée dans la fosse aux lions.

– Merci, dis-je en lui adressant un sourire crispé.

– Ah, Saralyn ! Tu en as mis du temps, me salua Justin, assis derrière un grand bureau encombré de dossiers. Merci Malcolm, vous pouvez y aller, ajouta-t-il en direction de l'homme.

Celui-ci inclina la tête et referma la porte derrière moi.

– Tu sais de quoi je veux te parler, n'est-ce pas ? reprit Justin en m'indiquant un siège qui ressemblait à un fauteuil de dentiste.

– Non, répondis-je en m'asseyant.

Justin soupira et tapota le bois de son bureau avec le bout d'un stylo en plastique transparent.

– Très bien. Dans ce cas, je vais t'expliquer. Ne m'interromps pas, dit-il en levant la main pour prévenir d'éventuelles objections.

En réalité, je n'en avais aucune. J'étais terrifiée à l'idée qu'il puisse avoir découvert que j'avais traité avec Démétrius – est-ce que j'allais passer devant la Commission et être punie ? Gaspard avait raison, j'avais l'impression d'être de nouveau cette petite fille trop mince en robe noire, convoquée dans le bureau du directeur.

Sauf qu'ici, je ne m'en tirerais pas avec une corvée de vaisselle supplémentaire.

– Tu te souviens que je t'avais demandé de surveiller Gaspard ? Tu ne l'as pas fait. Je comprends, continua-t-il après un silence. Je n'aurais pas dû te confier cette mission, c'était une situation délicate et je suis très heureux de constater que tu as l'esprit d'équipe. Cependant…

Je me raidis. Ajouter « cependant », après un quasi-compliment n'annonçait jamais rien de bon.

– Nous savons que Gaspard nous a trahis. Je me doute bien que tu n'as rien à voir avec ses agissements, ajouta-t-il immédiatement.

– Comment ça, trahi ? intervins-je.

– Il a eu de la chance : nous avons la certitude qu'il est leur informateur, mais nous n'avons pas de preuve. Cela lui évite la commission disciplinaire.

– Pas de preuve ? répétai-je, abasourdie.

C'était étrange, mais ça semblait beaucoup contrarier Justin. Comment pouvait-il le détester autant, tout à coup ?

– Il a seulement été rétrogradé à une fonction subalterne. Ce sera la seule sanction prise à son encontre pour le moment, continua-t-il sans tenir compte de mes interventions.

– Je ne comprends pas, dis-je. Vous ne savez pas s'il a fait quelque chose et vous le punissez juste parce que vous pensez qu'il nous a peut-être trahis ? Enfin, Justin, ça n'a aucun sens !

– Tu ne connais pas Gaspard Flynn aussi bien que tu le crois. Ce garçon est très instable, et il peut devenir dangereux. Je regrette de ne pas m'en être rendu compte plus tôt et de t'avoir obligée à faire équipe avec lui.

– Mais il n'a rien fait !

– Tous nos informateurs sont formels, et notre mission est trop importante pour que nous puissions prendre le risque d'être infiltrés de l'intérieur. Il y a des fuites. Il y en a toujours eu, mais ces derniers temps, ça a pris une proportion alarmante, et avec la guerre qui se prépare…

– Tu n'es pas sérieux : Gaspard, donner des informations aux corbusards !

– Il ferait presque n'importe quoi pour de l'argent. Il a un gros penchant pour les joujoux de luxe, et crois-moi, l'état de ses finances est très inquiétant.

Les joujoux de luxe : les armes, les voitures…

– Comment le sais-tu ?

– Nous savons tout, je te l'ai déjà dit, répondit Justin, visiblement agacé par mes questions.

– Mais vous n'avez pas trouvé de preuve.

– Écoute, je fais ça aussi pour te protéger. Il ne lui arrivera rien à condition qu'il ne s'approche plus jamais de toi. Je conçois que ça te paraisse un peu brutal, et je sais que tu penses que c'est ton ami, mais fais-moi confiance, ce n'est pas le cas.

– Tu es en train de m'interdire de le revoir ? demandai-je, sentant mes pupilles se dilater sous l'effet de la colère et de la stupeur.

– Tu n'auras plus à travailler avec lui. Tu as bien progressé et tu m'as même sauvé la vie, alors tu mérites une promotion. À partir de lundi, tu seras officiellement une coordinatrice de rang trois.

– Quoi ? Plus de terrain ?

Moi qui avais tant souhaité échapper à toutes ces scènes d'horreur, j'étais désemparée à l'idée que quelqu'un d'autre irait interroger Cal et traîner dans les caves du Quartier Rouge. Ma vie m'échappait.

Encore.

– Mais… protestai-je. Justin !

– Tu seras mieux payée, tu auras plus de temps libre pour voir tes amis, et tu prendras moins de risques. Tu es une fille intelligente, le terrain, c'est du gâchis pour toi. Tu verras, tout se passera très bien. Mais si Gaspard t'approche ou essaye seulement de prendre contact avec toi, tu dois nous prévenir. On ne peut pas risquer de se faire infiltrer ou de te perdre, alors s'il te rend visite, ne serait-ce qu'une seule fois, il passera devant la Commission

– Il ne me ferait jamais de mal. Il m'a sauvé la vie tellement de fois que j'ai arrêté de compter !

Comment Justin pouvait-il croire que Gaspard se rangerait du côté de ceux qui avaient tué son frère ? Mais ça, peut-être que, malgré ses prétentions à l'omniscience, l'Organisation l'ignorait. J'eus un instant l'idée de le dire à Justin, mais je n'avais pas le droit de révéler ce que Gaspard m'avait confié : c'était sa vie, et s'il n'avait pas jugé bon d'en parler, je ne pouvais pas le faire à sa place.

– C'est pour ça que tu l'avais convoqué hier.

– Oui.

– Comment il l'a pris ?

– Il s'est plié à notre décision sans protester. Tu ferais bien d'en faire autant. Je te protégerai autant que possible, mais je ne tire pas les ficelles, alors si tu fais des bêtises, je ne pourrai pas tout rattraper.

Je passai la main dans mes cheveux et regardai dehors à travers la vitre, cherchant quelque chose à quoi me raccrocher.

Ce n'était pas possible. Ce n'était qu'une erreur, un cauchemar, un malentendu…

– Allons, ne sois pas trop triste, dit-il, souriant enfin. Je suis désolé, tu sais : j'aurais dû me rendre compte plus tôt qu'il n'était pas fiable. Enfin, j'ai fait ce que j'ai pu pour adoucir la peine et il s'en tire vraiment bien, l'Organisation passe avant tout.

– J'en suis consciente, répondis-je. Mais c'est tellement…

Justin se leva et vint poser gentiment sa main sur mon épaule. C'était lui, le Justin que je connaissais… pas ce type froid qui prenait la décision de me séparer de mon seul ami en signant une feuille de transfert.

– Je suis navré, Saralyn, mais n'oublie pas que quoi qu'il arrive, je serai là pour toi.

– Je sais.

– Oh, fit-il. Tu saignes.

Je portai la main à mon nez. Justin sortit un mouchoir de sa poche et me le tendit.

– Changement de saison, expliquai-je d'un ton d'excuse.

– Oui, et tu as cette vilaine toux…

– J'ai dû attraper froid dans les Marais, dis-je sans ciller.

Je plongeai mon regard à travers la vitre dans une vision d'Edencity depuis le cinquième étage de cette grande tour.

– C'est beau, n'est-ce pas ? Ce bureau, c'est ma seconde maison, et tu seras toujours la bienvenue. Tiens, au fait : voilà ton chèque, annonça-t-il en tirant ma paye d'un des tiroirs de son large bureau. Désolé pour le retard.

– Ça ne fait rien. Gaspard dit qu'un jour ou l'autre on finira dans le quartier des indigents, de toute façon.

– Pleure un bon coup et oublie-le, crois-moi, ça vaut mieux. Allez, rentre chez toi. Je vais te raccompagner et faire du café, d'accord ? Rester toute seule à ruminer des idées noires, ce n'est pas une façon de fêter son anniversaire.

– Quoi ? demandai-je en relevant la tête. Oh oui, c'est vrai. Comment le sais-tu ?

– J'ai un dossier sur toi, comme sur chacun des employés de l'ORPHS. Question de sécurité...

Oui, mon anniversaire était le 23 octobre. Hier. Ça m'avait bien traversé l'esprit à mon réveil, et puis j'avais oublié. Je n'avais que vingt-trois ans, et je me sentais si vieille, comme écrasée par le poids de chaque semaine que je passais dans cette ville.

Je me renfrognai : je n'aimais pas que Justin sache mieux que moi quand était mon anniversaire. C'était injuste qu'il ait un dossier sur ma vie quand j'ignorais jusqu'à son nom de famille.

– Qui est le docteur Smith, pour toi ? demandai-je, me disant que je me sentirais sans doute mieux si j'obtenais une réponse à l'une de mes questions. Elle avait l'air effondrée quand tu as disparu, et les coordinateurs l'ont laissée entrer dans les bureaux pendant une intervention, ce n'est pas normal pour un simple médecin.

– C'est ma femme, dit Justin, impassible.

Je ne sus que répondre. Je m'attendais vaguement à quelque chose de ce genre, mais l'entendre faisait un drôle d'effet. J'aurais adoré pouvoir raconter ça à Gaspard – il aurait sûrement fait des remarques déplacées pendant au moins quinze jours.

Il me vint alors à l'esprit à quel point j'avais besoin de mon coéquipier – je n'avais jamais envisagé de faire ce travail sans lui.

Lui qui n'avait peur de rien.

Chapitre 23

La nuit était plutôt chaude pour un mois d'octobre, mais le vent me faisait frissonner sous mon manteau. Le bruit de mes talons claquait sur le béton, et j'espérais que personne n'aurait l'idée de m'attaquer, parce que ruiner les chaussures dans lesquelles je venais d'investir près du quart de ma paye m'aurait chagrinée. Je savais qu'il s'agissait d'un investissement inutile, pour ne pas dire complètement ridicule, mais elles m'avaient évité de faire trop mauvaise figure à côté des amies avec lesquelles j'avais dîné. J'avais passé un temps infini à me préparer pour cette soirée, faisant de mon mieux pour ne pas ressembler à une souillon qui aurait volé les escarpins de son employeuse. Carla était resplendissante, comme toujours, et Rachel l'était aussi, à sa manière. Oh, il y avait Mark aussi. Rachel et lui avaient organisé ce dîner pour fêter leur futur mariage. En réalité, il s'agissait d'un traquenard pour m'obliger à porter une robe de demoiselle d'honneur pendant la cérémonie. J'avais bien sûr tout de suite refusé : je connaissais les penchants de Rachel pour la mousseline rose pâle et les nœuds en satin.

Carla et les futurs mariés n'avaient pas tardé à être complètement ivres, la faute au très long apéritif qu'ils avaient tenu à prendre avant le repas. L'abus d'alcool avait tendance à rendre les manières de Carla passablement indélicates et il m'avait fallu l'empêcher de faire un strip-tease sur une table. Finalement, ils avaient eu raison de moi : leur conduite était tellement embarrassante que j'avais accepté de jouer les demoiselles d'honneur uniquement pour qu'ils me laissent partir.

En réalité, je ne m'étais pas autant amusée depuis des années. Je souris en pensant au chauffeur de taxi qui devait être en train de les supporter pendant qu'ils hurlaient n'importe quoi à l'arrière de sa voiture.

– Ce n'est pas prudent de se promener seule la nuit, dit une voix, me faisant sursauter.

Par chance, je la reconnus avant de dégainer – il était assez tard, mais le quartier était plutôt fréquenté.

– Arrêtez d'apparaître comme ça, râlai-je en jetant un regard noir à Lorenzo.

– Vous étiez à une soirée ? interrogea-t-il en détaillant mon inhabituelle tenue.

– Oui, en quelque sorte. J'ai essayé de me fondre dans la masse, pour une fois.

– Ça vous va bien.

Je me sentis rougir et fus heureuse de penser que le fond de teint devait masquer mon embarras – j'aurais dû en mettre plus souvent.

– Il paraît que vous me cherchiez ?

– Mmm, oui, admis-je, sentant mon malaise croître.

Je refermai la main sur le morceau de métal qui traînait dans ma poche depuis près d'une semaine.

– Vous m'avez dit que vous accepteriez de m'aider si j'en avais besoin, bafouillai-je. Eh bien, si ça tient toujours… Les vampires ont des dons pour l'hypnose, n'est-ce pas ? On prétend qu'ils peuvent faire ressurgir les couches inconscientes de l'esprit.

– C'est exact, répondit-il en penchant la tête de côté, l'air attentif.

– J'aimerais que vous m'aidiez à retrouver la mémoire, avouai-je très vite.

Mon souffle se bloqua dans ma gorge et je ne parvins pas à décider si j'avais plus peur qu'il accepte ou bien qu'il refuse.

– Ce sera probablement long et pénible : votre amnésie n'a, à mon sens, rien de naturel, expliqua Lorenzo d'un ton égal. En outre, je dois vous prévenir que j'aurai ainsi accès à toutes vos pensées et à tous vos souvenirs. Mais si vous êtes sûre de vouloir le faire, je vous aiderai.

Si quelqu'un devait lire mon esprit, je préférais que ce soit Lorenzo.

– Oui, j'en suis sûre, affirmai-je avant de pouvoir changer d'avis.

– Bien, dit-il.

Puis il garda le silence et je me plongeai dans la contemplation de mes escarpins, n'osant pas sortir ce maudit bout de métal de ma poche.

Ce sentiment… Il fallait que je le dise maintenant – j'avais été tellement injuste avec lui.

– Lorenzo ?

Il tourna de nouveau la tête vers moi.

– Vous et moi…. On est amis ? demandai-je d'une voix sourde.

Lorenzo ouvrit de grands yeux. Quelque chose d'étrange passa dans son regard et, pendant un instant, il me parut intensément *vivant*. Alors, son visage s'éclaira et j'eus l'impression de le voir sourire pour la première fois. Un sourire qui n'avait plus rien de mélancolique.

– Oui, répondit-il, on est amis.

– Alors, tenez : prenez ça et qu'on en parle plus, dis-je en lui rendant la clef de mon appartement d'un geste brusque. Je ne savais pas quoi en faire, j'ai déjà une clef, me justifiai-je devant sa stupéfaction. Mais par pitié, sonnez avant de vous en servir, et ne débarquez pas à n'importe quelle heure !

– La dernière fois, vous m'avez demandé s'il m'arrivait de ressentir encore quelque chose, vous vous souvenez ? Parfois... je ressens de l'espoir.

Je lui souris à mon tour, certaine que j'avais pris la bonne décision. Parce que pour gagner une guerre, le premier pas consiste à bien choisir ses alliés.

ÉPILOGUE

Les semaines passaient et je ne revoyais pas Gaspard. Il avait disparu de mon monde, me laissant si désespérément seule. Évidemment, je savais qu'il pouvait s'en sortir – peut-être même que jouer les mercenaires de bas étage lui plaisait –, mais je m'inquiétais pour lui.

Mon nouvel emploi se révéla assez peu palpitant, et les paires d'escarpins que j'allais avoir l'occasion de m'offrir n'arrivaient pas à effacer le goût amer de cette promotion. Justin disait qu'il fallait tourner la page, et il avait sans doute raison : je devais me plonger dans le passé afin de pouvoir envisager l'avenir, mais sur ce point l'Organisation ne pouvait rien pour moi.

La nouvelle coalition se fit presque intégralement exterminer au cours d'une unique attaque. La mort de Virgile l'avait de toute façon beaucoup affaiblie. Le lendemain, l'Organisation se joignit aux sujets de Démétrius pour faire disparaître les corps. Il y en avait trop, et la population ne devait pas voir. Il fallait que les humains continuent d'ignorer et c'était bien le seul point sur lequel tous les camps étaient d'accord. Nous nous étions ralliés au vainqueur et notre soutien à la coalition ne fut pas évoqué – Justin nia même qu'il eût jamais existé.

Les renégats survivants ne firent aucune difficulté pour suivre notre exemple. En fait, je pense qu'ils étaient plutôt soulagés : Démétrius était un dirigeant sévère, parfois cruel à ce qu'on disait, mais ça valait probablement mieux que d'être mort pour de bon. Il était incroyable de constater à quel point les personnes qui étaient passées par le cercueil ou la fosse commune avaient peur de mourir. Steven Drake en était un parfait exemple, et il disait que même si être un rappelé ne donnait pas la sensation d'être vraiment vivant, c'était toujours mieux que de ne plus l'être du tout. Pourtant, l'existence d'un informateur mort ne devait pas être drôle tous les jours : chacun n'a que ce qu'il mérite et Steven Drake ne valait pas plus. Il avait fui Edencity tout de suite après la bataille, comme un certain nombre de corbusards impliqués dans des affaires louches – les affrontements leur avaient fait peur et Démétrius avait achevé de les terrifier. Il s'était enfin montré à ses sujets et j'avais comme l'impression qu'il n'y aurait pas de nouvelle révolte avant longtemps : il fallait du cran pour se mesurer à un dirigeant, mais, pour se battre contre Démétrius, il aurait fallu être fou. Personne n'avait une chance de le vaincre dans cette ville et nous n'en étions que trop conscients – les corbusards qui voulaient rester à Edencity se pliaient à la loi du plus fort. Il en avait toujours été ainsi, et il en serait de même jusqu'à la fin des temps.

Mes cauchemars avaient cessé au moment même de ma rencontre avec Démétrius, laissant mes nuits peuplées de cadavres. Pour l'instant, il ne cherchait plus à me contacter, mais je sentais qu'il m'appelait, du fond de l'endroit où il se terrait la plupart du temps. Il me suffirait de le vouloir pour le trouver. Seulement, la prochaine fois, il faudrait que je lui pose la question et je ne pouvais pas. Pas encore. Pouvait-il réellement être…

Mon père ?

Finalement, même si ce n'était encore rien de tangible, j'avais l'intuition que ces dernières semaines avaient bouleversé les choses à un point que nous étions encore incapables de ressentir. Jusqu'ici, nous, les soldats de l'Organisation, nous pensions détenir la vérité. Nous pensions être les maîtres et les sauveurs de ce monde.

Nous avions tort, mais à force de regarder droit devant, nous avions fini par oublier que les réponses se trouvent toujours derrière nous.

C'était ce que le sang m'avait appris.

La série Edencity
se poursuit dans
La Cité des damnés.

EXTRAIT

EDEN CITY

LA CITÉ DES DAMNÉS

de N. M. Zimmermann

Je me redressai à moitié pour alléger la pression sur mes coudes douloureux. Je jetai un coup d'œil à ma montre : cinq heures. Je ne me souvenais plus à quelle heure j'étais arrivée et le ciel se teintait de lueurs blafardes. J'avais froid, enfin c'était ce qu'il me semblait : je n'étais plus vraiment certaine de ce que je ressentais, mes membres étaient engourdis. Je tournai la tête sur le côté, prise d'un sentiment de malaise, et mon regard se heurta à une silhouette. Elle était encore dans l'ombre, ramassée sur elle-même dans une posture quasiment impossible pour un être humain – trop souple, beaucoup trop.

– Mon chat se tient exactement comme vous, quand il guette les cafards de ma salle de bains, dis-je, retournant à la contemplation du ciel.

Je le vis néanmoins sourire, ou plutôt, je le sentis. Ses cheveux retombaient devant son visage, m'empêchant de distinguer ses traits. Je n'avais pas peur – Lorenzo faisait tout le temps ça : il n'était pas là et, la seconde d'après, il était à vos côtés comme s'il n'en avait jamais bougé. Je n'avais pas peur et j'avais tort, parce que Lorenzo avait faim et que Lorenzo était un vampire.

DANS LA COLLECTION

MACADAM

MILAN

V-Virus
de Scott Westerfeld

Traduit de l'anglais
par Guillaume Fournier

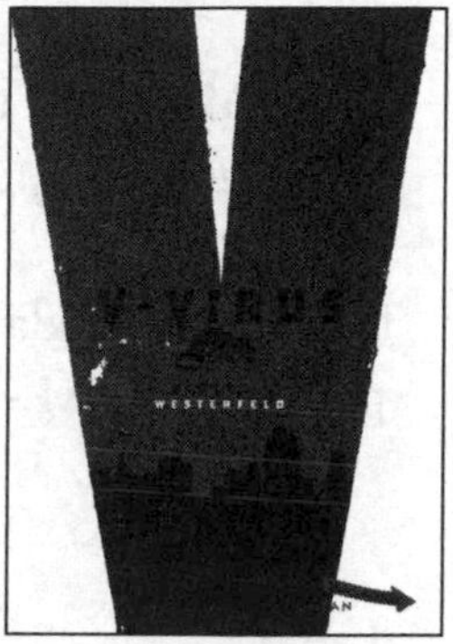

Avant de rencontrer Morgane, Cal était un étudiant new-yorkais tout à fait ordinaire. Il aimait la fête et les bars, la vie insouciante du campus. Il aura suffi d'une seule nuit d'amour, la première, pour que sa vie bascule. Désormais, Cal est porteur sain d'une étrange maladie. Ceux qui en sont atteints ne supportent plus la lumière du jour, fuient ceux qu'ils ont aimés et ont une fâcheuse tendance à se repaître de sang humain. Des vampires d'un genre nouveau…

Extrait :

Morgane vida son verre, je vidai le mien ; nous en vidâmes quelques autres. Ensuite, mes souvenirs deviennent de plus en plus flous. Je me rappelle seulement qu'elle avait un chat, une télé à écran plat et des draps de satin noir. Par la suite, tout ce qu'il me restait de ma soirée, c'était une assurance nouvelle auprès des femmes, des superpouvoirs qui commençaient à se manifester, ainsi qu'un penchant pour la viande saignante…

Manhattan macadam

d'Ariel et Joaquin Dorfman

Traduit de l'anglais (États-Unis)
par Nathalie M.-C. Laverroux

New York.
Une ville monstrueuse, sans état d'âme. Une ville qui avale les gens sans aucune pitié. Chacun vit dans son coin, vaque à ses petites affaires... Et quand les mauvaises nouvelles arrivent, plus personne n'est là pour tendre la main. Sauf Heller, ce garçon anonyme qu'on ne remarque pas, mais qui rappelle à chacun ce qu'il y a d'humain en lui.

Extrait :
« Le monde entier va fondre », se dit Heller.
C'était le 4 juillet, et tout Manhattan transpirait. La sueur suintait des rues, des immeubles, des robinets. Toutes les radios parlaient d'un temps inhabituel. Les couples se réveillaient dans des draps humides. Les ouvriers du bâtiment travaillaient torse nu, et les agents de change desserraient leurs cravates avec un soupir d'envie. Les touristes se plaignaient, les vendeurs de glaces souriaient, et le mercure menaçait de faire exploser le thermomètre.
Heller Highland voyait tout ça, et ce qu'il ne pouvait pas voir, il le savait, tout simplement.

Trop parfait pour être honnête

de Joaquin Dorfman

Traduit de l'anglais (États-Unis)
par Nathalie M.-C. Laverroux

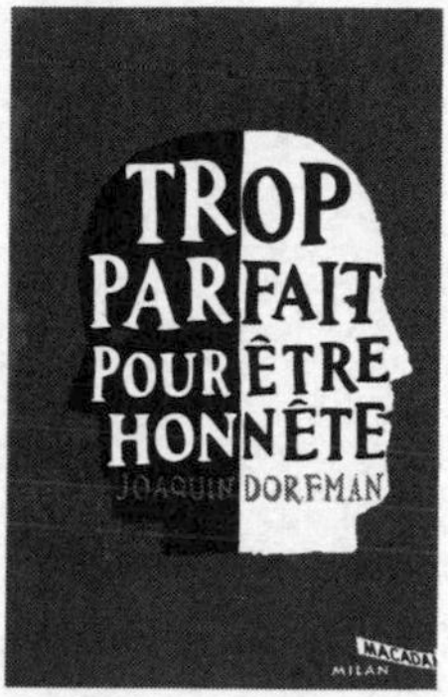

Sebastian est l'ami parfait ! Toujours prêt à donner un coup de main, toujours là pour soulager les angoisses existentielles, dénouer les situations inextricables. Alors le jour où Jeremy, son meilleur ami, lui demande de retrouver son père, Sebastian fonce. Il a un plan imparable : retrouver ce père jusque-là inconnu et se faire passer pour Jeremy. Sauf que, cette fois, Sebastian joue un peu trop bien son rôle.

Extrait :
Jeremy examina de nouveau la photo.
– Il a l'air un peu brut de décoffrage…
Il tapota le cliché du bout des doigts.
– Un sacré bonhomme, apparemment. Est-ce que je serai capable de faire une impression quelconque sur un type comme lui ?
Je haussai les épaules.
– Je n'en sais rien. C'est pour ça que nous avons prévu de permuter nos noms.

Entre chiens et loups
de Malorie Blackman

Traduit de l'anglais
par Amélie Sarn

Imaginez un monde. Un monde où tout est noir ou blanc. Où ce qui est noir est riche, puissant et dominant. Où ce qui est blanc est pauvre, opprimé et méprisé. Un monde où les communautés s'affrontent à coups de lois racistes et de bombes. C'est un monde où Callum et Sephy n'ont pas le droit de s'aimer. Car elle est noire et fille de ministre. Et lui blanc et fils d'un rebelle clandestin…
Et s'ils changeaient ce monde ?

Extrait :
Callum m'a regardée. Je ne savais pas, avant cela, à quel point un regard pouvait être physique. Callum m'a caressé les joues, puis sa main a touché mes lèvres et mon nez et mon front. J'ai fermé les yeux et je l'ai senti effleurer mes paupières. Puis ses lèvres ont pris le relais et ont à leur tour exploré mon visage. Nous allions faire durer ce moment. Le faire durer une éternité. Callum avait raison : nous étions ici et maintenant. C'était tout ce qui comptait. Je me suis laissée aller, prête à suivre Callum partout où il voudrait m'emmener. Au paradis. Ou en enfer.

La Couleur de la haine
de Malorie Blackman

Traduit de l'anglais
par Amélie Sarn

Imaginez un monde. Un monde où tout est noir ou blanc. Où ce qui est noir est riche, puissant et dominant. Où ce qui est blanc est pauvre, opprimé et méprisé.
Noirs et Blancs ne se mélangent pas. Jamais. Pourtant, Callie Rose est née. Enfant de l'amour pour Sephy et Callum, ses parents. Enfant de la honte pour le monde entier. Chacun doit alors choisir son camp et sa couleur. Mais pour certains, cette couleur prend une teinte dangereuse… celle de la haine.

Extrait :
J'ai compris que je ne savais rien de la manière dont je devais m'occuper de toi, Callie. Tu n'étais plus une chose sans nom, sans réalité. Tu n'étais plus un idéal romantique ou une simple manière de punir mon père. Tu étais une vraie personne. Et tu avais besoin de moi pour survivre.
Callie Rose. Ma chair et mon sang. À moitié Callum, à moitié moi, et cent pour cent toi. Pas une poupée, pas un symbole, ni une idée, mais une vraie personne avec une vie toute neuve qui s'ouvrait à elle.
Et sous mon entière responsabilité.

Le Choix d'aimer
de Malorie Blackman

Traduit de l'anglais
par Amélie Sarn

Imaginez un monde. Un monde où tout est noir ou blanc. Où ce qui est noir est riche, puissant et dominant. Où ce qui est blanc est pauvre, opprimé et méprisé.
Dans ce monde, une enfant métisse est pourtant née, Callie Rose. Une vie entre le blanc et le noir. Entre l'amour et la haine. Entre des adultes prisonniers de leurs propres vies, de leurs propres destins.
Viendra alors son tour de faire un choix. Le choix d'aimer, malgré tous, malgré tout…

Extrait :
Voilà les choses de ma vie dont je suis sûre :
Je m'appelle Callie Rose. Je n'ai pas de nom de famille.
J'ai seize ans aujourd'hui. Bon anniversaire, Callie Rose.
Ma mère s'appelle Perséphone Hadley, fille de Kamal Hadley. Kamal Hadley est le chef de l'opposition – et c'est un salaud intégral. Ma mère est une prima – elle fait donc partie de la soi-disant élite dirigeante.
Mon père s'appelait Callum MacGrégor. Mon père était un Nihil. Mon père était un meurtrier. Mon père était un violeur. Mon père était un terroriste. Mon père brûle en enfer.

L'Affaire Jennifer Jones

d'Anne Cassidy

Traduit de l'anglais
par Nathalie M.-C. Laverroux

Alice Tully. 17 ans, jolie, cheveux coupés très court. Étudiante, serveuse dans un bistrot. Et Frankie, toujours là pour elle.
Une vie sans histoire.
Mais une vie trop lisse, sans passé, sans famille, sans ami. Comme si elle se cachait. Comme si un secret indicible la traquait…

Extrait :
Au moment du meurtre, tous les journaux en avaient parlé pendant des mois. Des dizaines d'articles avaient analysé l'affaire sous tous les angles. Les événements de ce jour terrible à Berwick Waters. Le contexte. Les familles des enfants. Les rapports scolaires. Les réactions des habitants. Les lois concernant les enfants meurtriers. Alice Tully n'avait rien lu à l'époque. Elle était trop jeune. Cependant, depuis six mois, elle ne laissait passer aucun article, et la question sous-jacente restait la même : comment une petite fille de dix ans pouvait-elle tuer un autre enfant ?

Prisonnière de la lune

de Monika Feth

Traduit de l'allemand
par Suzanne Kabok

Il y a les Enfants de la lune. Comme Maria et Jana. Elles suivent les règles, aveuglément. Pour elles, pas de bonheur possible hors de la communauté.
Et il y a les autres. Ceux du dehors. Comme Marlon, un garçon normal, avec une vie normale.
Des jeunes gens destinés à ne jamais se rencontrer.
À ne jamais s'aimer…

Extrait :
– Que doit faire un Enfant de la lune qui s'est écarté de la Loi ? demanda Luna avec son sourire compréhensif.
– Se repentir, répondit Maria.
– Et qu'est-ce qui favorise le repentir ? poursuivit Luna.
– La punition, dit Maria.
Les membres du Cercle restreint entourèrent Luna.
– Je vais maintenant t'annoncer ta punition, dit Luna. Es-tu prête ?
– Oui, répondit Maria d'une voix étrangement absente.
– Trente jours de pénitencier, annonça Luna. Use de ce temps à bon escient.

La Promesse d'Hanna
de Mirjam Pressler

Traduit de l'allemand
par Nelly Lemaire

Pologne, 1943. Malka Mai avait tout pour être heureuse. Une mère médecin, Hanna, une grande sœur complice, Minna, une vie calme et sans histoire, dans un paisible village. Bonheur fragile, car la famille Mai est juive. Et lorsque les Allemands arrivent pour rafler les juifs, tout bascule. Mère et filles doivent fuir en Hongrie, à pied, à travers la montagne, vers une promesse de liberté. Mais Malka est brutalement séparée de sa mère et doit revenir de force en Pologne. Un seul refuge possible : le ghetto.

Extrait :
La rafle eut lieu le lendemain. Au petit matin, des voitures passèrent dans le ghetto avec des haut-parleurs, et des voix retentissantes donnèrent l'ordre à tous de rester à la maison. Les Goldfaden rassemblèrent toute la nourriture possible et ficelèrent leurs couvertures. Malka les regardait faire.
– Nous ne pouvons pas te prendre avec nous, dit Mme Goldfaden en évitant de la regarder.

Pacte de sang
de Wendelin Van Draanen

Traduit de l'anglais (États-Unis)
par Nathalie M.-C. Laverroux

Joey ne devrait pas être inquiet. Il sait qu'un véritable ami ne trahit jamais un secret. Même un secret terrible, qui les ronge peu à peu…

Extrait :
J'ai l'impression que Joey et moi, nous passions notre temps à sceller des pactes. Un nombre incroyable, qui nous a conduits à cet ultime serment. Joey me disait toujours :
– Rusty, j'te jure, si tu en parles à quelqu'un…
– Je ne dirai rien ! Juré !
Il tendait le poing et nous exécutions toujours le même rituel, qui consistait à cogner nos phalanges les unes contre les autres. Puis, après nous être entaillé un doigt avec un canif, nous mélangions nos sangs, et Joey poussait un soupir.
– Rusty, tu es un véritable ami.
Et notre pacte était scellé.
Pour la vie.

La Face cachée de Luna
de Julie Anne Peters

Traduit de l'anglais (États-Unis)
par Alice Marchand

Le frère de Regan, Liam, ne supporte pas ce qu'il est. Tout comme la lune, sa véritable nature ne se révèle que la nuit, en cachette. Depuis des années, Liam « emprunte » les habits de Regan, sa sœur. Dans le secret de leurs chambres, Liam devient Luna. Le garçon devient fille. Un secret inavouable. Pour la sœur, pour le frère, et pour Luna elle-même.

Extrait :
En me retournant, j'ai marmonné :
– T'es vraiment pas normale.
– Je sais, a-t-elle murmuré à mon oreille. Mais tu m'aimes, pas vrai ?
Ses lèvres ont effleuré ma joue.
Je l'ai repoussée d'une tape.
Quand je l'ai entendue s'éloigner d'un pas lourd vers mon bureau – où elle avait déballé son coffret à maquillage dans toute sa splendeur –, un soupir de résignation s'est échappé de mes lèvres. Ouais, je l'aimais. Je ne pouvais pas m'en empêcher. Cette fille, c'était mon frère.

XXL
de Julia Bell

Traduit de l'anglais
par Emmanuelle Pingault

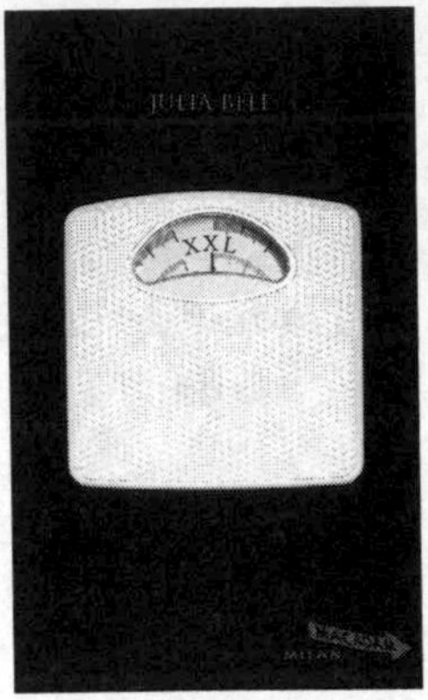

Le poids a toujours été un sujet épineux pour Carmen. Rien de surprenant : sa propre mère lui répète comme une litanie qu'être mince, c'est être belle ; c'est réussir dans la vie ; c'est obtenir tout ce que l'on veut… Alors c'est simple : Carmen sera mince. Quel qu'en soit le prix.

Extrait :
– Si j'étais aussi grosse qu'elle, je me tuerais, dit Maman en montrant du doigt une photo de Marilyn Monroe dans son magazine.
Je suis dans la cuisine, en train de faire griller du pain. Maman n'achète que du pain danois à faible teneur en sel, le genre qui contient plus d'air que de farine. Son nouveau régime l'autorise à en manger deux tranches au petit déjeuner.
– Tu me préviendrais, hein ? Si j'étais grosse comme ça ?
Je me tourne vers elle, je vois ses os à travers ses vêtements. Je mens :
– Évidemment.

11h47 Bus 9 pour Jérusalem
de Pnina Moed Kass

Traduit de l'anglais
par Alice Marchand

Le hasard. C'est le hasard qui les réunit, dans le même bus, à la même heure. Quelque part entre un aéroport et Jérusalem. Des voyageurs de passage, et un poseur de bombe. Chacun a son histoire, qui l'a conduit à cet endroit. À cette heure-là, à cette minute-là.

Achevé d'imprimer en France par France Quercy, à Mercuès
Dépôt légal : 4e trimestre 2007
N° d'impression : 72168/